此书为教育部人文社会科学研究规划基金项目"现代中国作家的南洋叙事及其知识谱系研究"（21YJA751027）成果

现代中国作家的南洋叙事

颜敏 ◎ 著

中国社会科学出版社

图书在版编目（CIP）数据

现代中国作家的南洋叙事／颜敏著． -- 北京：中国社会科学出版社，2024．10． -- ISBN 978-7-5227-4191-8

Ⅰ．I206.6

中国国家版本馆 CIP 数据核字第 202462SL64 号

出 版 人	赵剑英
责任编辑	郭晓鸿
特约编辑	杜若佳
责任校对	师敏革
责任印制	戴　宽

出　　版	中国社会科学出版社
社　　址	北京鼓楼西大街甲 158 号
邮　　编	100720
网　　址	http://www.csspw.cn
发 行 部	010-84083685
门 市 部	010-84029450
经　　销	新华书店及其他书店
印　　刷	北京明恒达印务有限公司
装　　订	廊坊市广阳区广增装订厂
版　　次	2024 年 10 月第 1 版
印　　次	2024 年 10 月第 1 次印刷
开　　本	710×1000　1/16
印　　张	16
插　　页	2
字　　数	203 千字
定　　价	88.00 元

凡购买中国社会科学出版社图书，如有质量问题请与本社营销中心联系调换
电话：010-84083683
版权所有　侵权必究

从叙事层面展开现代作家的南洋际遇·序

赵稀方

何时与颜敏认识，已经记不清了。第一次对她有印象，是2007年4月河南焦作华文文学高峰论坛之后，樊洛萍教授邀请我们顺访郑大，并游览黄河。那时候颜敏还是一个黄毛丫头，像个尾巴一样跟在我们后面，并不多言。后来她有了读博士后的想法，于是给我打电话，询问相关事宜。

颜敏是一个很有才气的人。最轰动校园的一件事，是她研一在《外国文学评论》上发表了论文。这是一件好事，但也可能是一件坏事。它让颜敏充满了学术自信，却也导致她日后的自怨自艾。如果她日后能够在学术上顺利发展，这是一个好的起点。不过她在毕业后分配并未如愿，到了惠州学院。惠州是一个很美的地方，有山有水。苏轼当年贬官至此，发出"日啖荔枝三百颗，不辞长做岭南人"的感慨。不过对于有着高远学术志向的颜敏来说，这个地方却太偏僻了，不足以施展她的才华。她本不是广东人，一直想走，不断谈论去这里或那里，也征求我的意见，但她是有家庭的人，不是说走就能走的，终于还是蹉跎在那里。她其实干得不错，从学院副院长，直至担任学报主编。

感觉颜敏是一个很文学的人，感情细腻丰富，又具有学术训练，是做学术的好料子。每次在学术会议上听她发言，都觉得耳目一新，能够把原有的分析更加推进一步。不过，有梦想的人，总有不满。

她的博士后出站报告《现代中国作家的南洋叙事（1840—1955）》几经周折，终于签了出版合同。颜敏觉得让博士后合作导师写一个序，自证其出身，可能更好，我从来不给学生的书写序，为了这本书的出版，我破例了。

《现代中国作家的南洋叙事（1840—1955）》的优长在于，书中不仅有颜敏擅长的对于作家作品的精彩分析，并且方法上也很新，思想切入点十分独到。作者并没有采取传统历史学的方法进行考证，而是从叙事的层面展开现代作家与南洋的际遇。这是一种很聪明的做法，既避免了某种类型的本质主义，反过来还能显示现有论述的局限。这本出站报告早在十二年前就已经写就了，延迟了这么多年，仍然充满新意。在方法乃至于文本层面上，它都可以给南洋研究者乃至于文学研究者以启发。

在这本书的后记中，颜敏描绘了她当年读博士后时的情景，让我觉得恍如隔世。那时候杨义老师还在所里，每天抽烟的时候，与同学们聊天，其乐融融。如今，杨老师已经度过了十年澳大时光，在珠海人民医院的病房里与疾病斗争后去世了。那时候，我正在深度理论旅行，《后殖民理论》正在问世，女儿正要去哈佛，一切都生机勃勃，如今却老之将至。过去的年轻学生，现在都已步入中年，各自承受自己的命运。

这本迟来的书，提醒着我们十年前的那段时光。

是为序。

目 录

从叙事层面展开现代作家的南洋际遇·序 ………… 赵稀方（1）

第一章　绪论 ……………………………………………（1）
  第一节　研究对象的限定及问题的提出 ………………（2）
  第二节　已有研究路径及问题 …………………………（18）
  第三节　走向批判性协调的可能路径 …………………（28）

第二章　游历与实录：重新发现的风景
        （1840—1911 年前后）………………………（34）
  第一节　生活的空间：热土与乐土 ……………………（38）
  第二节　"我思"之疆域：史与情 ………………………（43）
  第三节　失去的封地：志南洋而叹中国 ………………（48）
  第四节　"野蛮"的东方：旧词与"新知" ………………（52）
  本章小结 …………………………………………………（56）

第三章　观看与想象：类型化的意象
        （1911—1931 年前后）………………………（59）
  第一节　情感意象与宗教话语
        ——许地山的南洋叙事 ………………………（62）

第二节 情人意象与欲望话语
　　——徐志摩与丁玲的南洋叙事 …………（78）

第三节 黑暗意象与革命话语
　　——洪灵菲、许杰等革命作家的南洋叙事 ………（93）

第四节 花园意象与童话话语
　　——老舍的南洋叙事 ……………………………（108）

本章小结 ……………………………………………………（122）

第四章 融入与反思：生活化的世界（1931—1955年前后） ……………………………………（124）

第一节 边缘空间与底层话语
　　——艾芜的南洋叙事 ……………………………（127）

第二节 战争情境与浪漫话语
　　——田汉、张爱玲、杜埃等作家的南洋叙事 ……（143）

第三节 "淘金"生活与启蒙话语
　　——司马文森、巴人等的南洋叙事 ……………（157）

第四节 寓居经验与本土话语
　　——姚紫的南洋叙事 ……………………………（172）

本章小结 ……………………………………………………（188）

第五章 结论："我和你" ……………………………………（190）

第一节 自然化？生活化？
　　——现代中国作家笔下的南洋图像 ……………（191）

第二节 他乡？我乡？
　　——现代中国作家与南洋的情感关系 …………（194）

第三节 文本性？体验性？
　　——现代中国作家南洋叙事的资源及其运用 ……（197）

第四节 我的经验？我们的经验？
　　——现代中国作家南洋叙事的独特经验及
　　现实意义 …………………………………………（201）

参考文献 ………………………………………………（206）

附录　有关南洋的文学作品一览 ……………………（236）

后　记 …………………………………………………（247）

第一章 绪论

中国现代性的塑造与呈现过程,既是从特定的时间点开始出现的断裂和转换,也是一个与世界各国并存、抗衡、交织和对话的过程。在当前的研究中,研究者常借助有关西洋和东洋的视角来深入探讨现代中国的问题,但南洋却是一个尚未被完全发掘与正确对待的空间。在文学领域,南洋叙事之所以在很长一段时间内不为学者所重视,表面的原因是有关这一空间的文学作品缺乏艺术性,没有经典;更深层的原因则是处在西学东渐的大潮中,我们一直将南洋定位为无关紧要者,或是将之作为中西关系的附庸边角,或是对之复制中西对抗的认识逻辑,从而使真正的南洋问题徘徊在我们的显意识之外。然而,若对晚清以来的文学与历史文本进行梳理,我们可以发现南洋如挥之不去的影子,处处可见其踪迹。或许不依附现有的固执死板的"我与他者"的逻辑,我们就可以获得理解南洋的全新视角。因此,本书试图从作家与文学经验的层面切入有关"南洋"的问题,凸显中国的南洋经验相形西洋、东洋经验的独特性及价值所在。

第一节 研究对象的限定及问题的提出

"南洋"所涉及的地理疆域存在多种说法。一是指称江苏、浙江、福建、广东等沿海各省,是晚清基于海防需要而构想的境内地理边界,与北洋、西洋和东洋相并称①,这期间出现的"南洋大臣""南洋通商大臣""南洋水师"等名称都是这一指涉。二是指新加坡、马来西亚、印度尼西亚等华人聚集程度较高的海岛地区。三是不单指南中国海(南海)区域中的岛屿,还包括与我国西南诸省即广东、广西、云南、西藏等地接壤并伸出于南海的缅甸、安南(今天的越南)、暹罗(今天的泰国)以及马来群岛国家(如印度尼西亚、文莱、菲律宾等),即今天的东南亚地区。四是指向"南太平洋"的广大领域,甚至包括澳大利亚、巴布亚新几内亚、斐济、萨摩亚等国家。其中,第三种说法得到了更为广泛的认同,无论是在民间还是在学术界②,如今"南洋"与"东南亚"都被当成毫无区别的同义词在使用。但是,当人们毫无区别地使用南洋与东南亚之时,南洋的特殊性就被抹去了。何以言之呢?从自然地理学的角度来看,这两个词语可以指向同一现实地理空间,但从思想史以及文化地理学的层面来看,两者有着完全不同的渊源与指向。

东南亚是英语"Southeast Asian"的直译,这个历史并不悠久的地理名词代表了西方对亚洲的深入认识和重新规划。在此之前,西方对东南亚地区的认知一直是模糊的。从陆地视角,该地区被包括在大印度(Great India)的范围内,或叫东印度、外印

---

① 明末清初,四洋之说成立。所谓西洋指的是大西洋两岸即欧美各国;今江苏省以北的山东、河北、辽宁等沿海各省为北洋;因日本在我国之东,又习称日本为东洋。

② 如厦门大学的"南洋研究所"研究的对象就是东南亚国家。

度、远印度（Further India），岛屿东南亚部分则被称为"东印度群岛"（East Indies）。从海洋角度，东南亚多处在南太平洋的模糊海域。16世纪以后，以葡萄牙为首的西方国家开始了对该地区的侵袭和殖民，大批西方人开始进入，有关这一地区的认识与研究也逐渐深入，一些游历文章和航海日记提供了有关东南亚风土人情的琐碎记载，也逐渐酝酿出对东南亚的整体观感，1839年，马尔科姆在其游记 Travels in South-eastern Asia 中首次使用了South-eastern Asia 这一表述，是东南亚这一词语在西方著述中的首次出现。1923年，奥地利地理学家海涅·革尔登的《东南亚》则在学术层面上第一次将东南亚视为整体的地理和文化空间。然而，东南亚这一词成为国际共用语，则与第二次世界大战有关。1943年，英国蒙巴顿将军在该地区建立了东南亚盟军司令部，成为东南亚这一词语被国际社会公认的重要起点。在蒙巴顿的战略意图中，东南亚即亚洲的东南部，包括东亚大陆中形成中印半岛地域、印度尼西亚和菲律宾在内的广大群岛。第二次世界大战结束后，西方的东南亚学开始从历史、文化根源等多个角度来呈现"完整"的东南亚。1955年英国学者D. G. E. 霍尔出版了第一部东南亚地区通史《东南亚史》[①]，该书从历史、地理、文化等多个角度强调东南亚自身的整体性和主体性，该书出版后的影响使学术界越来越倾向于将东南亚视为整体。然而无论是出于军事战略的需要还是学术研究的推动，"东南亚"这一整体想象都是西方对东方的深入认识和重新划界的结果，始终与西方强国的殖民策略与军事行为有关，隐含了西方将东南亚他者化的倾向。东南亚作为一个独立而具有整体性的地区，与其说是天生的，不如说是形成的，事实上，西方现有的各种东南亚历史著作难以回避的正

---

① ［英］D. G. E. 霍尔（D. G. E. Hall）：《东南亚史》（上、下），中山大学东南亚历史研究所译，商务印书馆1982年版。

是其人种、民族、语言、宗教、文化的变化性、流散性和多元性，而不是稳定性、整体性和单一性，尤其是1511年以前的古代东南亚社会。①

对地理空间命名权的争夺是充满了意识形态意味的，特定地理空间命名的更换集中体现了使用者对其定位、划界与筹谋的现实用意。显然，中国的南洋想象及经验与西方的东南亚想象及经验之间是存在区别的，本部分通过溯源南洋的时空起点，凸显中国视野，限定研究对象并引出本书的关键性问题。

一 溯源南洋——研究对象及时间的限定

著名的南洋研究学者陈序经先生在探讨南洋这一命名时认为，一些半岛国家"本属于大陆的一部分，称之为南洋，顾名思义，未必妥当，然而这名词沿用已久，我们只好用下去"②。陈先生只是从自然地理学意义去思考"南洋"的命名过程，而没有意识到命名背后的政治文化策略，南洋这一名词所代表的并非一个纯粹的自然地理空间，而是一个想象性的共同体。它作为"海岛与半岛国家"的统称也并不久远，而是在晚清慢慢定型的。在此，通过分析这一命名所指的生成语境，我们能清晰地看到它的历史性和策略性。

南洋一词最早出现应在宋代，现在可以查阅的文献多集中在南宋③。从地理位置来看，当东、西洋分别向东西两个方向推移

---

① 东南亚要不要作为一个整体来对待，学术界一直有争议的声音，如王赓武就指出，东南亚一直是一个含混不清的地区，其地区意识的形成与其说是自主的，不如说出于外力的推动与建构。参见王赓武《新加坡和中国关于东南亚研究的两种不同观点》，载《南洋问题研究》2004年第2期。
② 陈序经：《南洋与中国》，岭南大学西南经济研究所1948年版，第3页。
③ 如真德秀的《真文忠公文集》、周去非的《岭外对答》等之中皆可见有关南洋的表述。

时，一个专指中国正南方以外地区和水域的名称就出现了，这个专名就转变成南洋。① 但除此之外，南洋一直有一种泛指意义，如文天祥的诗《高沙道》中的"南洋"② 就与北海相对，泛指南面大海。明中前期文献中偶尔出现的南洋多与文天祥用法接近，如《西游记》和《星槎胜览》中便有此例证③。明末清初，南洋一词有了新的所指，它所包含的地理疆域逐渐接近今天的东南亚，且成为被禁止和排斥的外部世界。在此之前，今天的东南亚含混于南蛮（夷）、南海、西洋等词中，并没有成为一个整体的区域，其与中国的关系虽有夷夏之辨，却无鲜明的内外之分。清晰标示了南洋定位这种新动向的政令是1716年（康熙五十五年）的康熙谕旨：

> 再东洋可使贸易，若南洋，商船不可令往，第当如红毛等船，听其自来耳。且出南洋必从海坛经过，此处截留不妨，岂能飞渡乎？……台湾之人时与吕宋地方人互相往来，亦需预为措置。……海外如西洋等国，千百年后中国恐受其累，此朕逆料之言。又汉人心不齐如满洲蒙古数十万人皆一心。朕临御多年，每以汉人为难治，以其不能一心之故，国家承平日久，务须安不忘危……④

---

① 钱平桃、陈显泗：《东南亚历史舞台上的华人与华侨》，山西教育出版社2001年版，第38页。

② 其时文天祥从元军中逃往南宋，经过高沙（今江苏高邮）历尽磨难，此长诗记录了这段经历，其中有"波涛避江介，风雨行淮堧。北海转万折，南洋溯孤骞。周游大夫蠡，放浪太史迁。倘复游吾盘，终当耕我绵。夫人生于世，致命各有权。慷慨为烈士，从容为圣贤"。此外，在山西和山东，宋代都出现过南洋河之河名，它们流入渤海，方位在南，这也是值得追溯的一条线索，但绝大多数时候宋代的"南洋"都是泛指。

③ 吴承恩《西游记》第四十二回《大圣殷勤拜南海 观音慈善缚红孩》中有"只把他一口气吹开吸拢，又着实一口气，吹过南洋苦海，得登彼岸"。第五十七回《真行者落伽山诉苦 假猴王水帘洞誊文》中有："好大圣，拨回筋斗，那消一个时辰，早至南洋大海"；《星槎胜览》中则写道："其处在交栏山之西，南洋海中。"

④ 《清实录·清圣祖实录》卷270，中华书局1985年版，第650页。

自明嘉靖以来，南洋已逐渐脱离朝贡体系的掌控，必须采用新的思维与新的定位。作为一个具有一定西学知识、地理意识颇为清晰的帝王，康熙看到的是一幅由西洋、东洋、南洋和中国构成的世界版图，他是时代的先觉者。他将南洋与东洋、西洋并视为外部世界，并将南洋定位为影响国家安全的战略要塞。正是在这一高度上，他看到了南洋凸显的重要性，并作了不同层面的梳理。一是台湾虽已收复，却仍不稳定，它与南洋各岛形成了相互呼应的反清势力，将随时危及国家安全，此乃内忧；二是深入南洋的西方殖民者可能循此东来，未来将成为国家的心腹大患，此乃外患。为了防止内忧外患①，他开出的药方却是堵塞和禁止。"东洋行走犹可，南洋不许行走"②的药方将南洋定位为被排斥和禁止的他者空间，康熙时代的中国也失去了以更开放的心态与世界交往的可能性。

康熙所言之南洋着眼于海洋防线，其具体所指并不非常清晰，可界限还是存在的。除南海的部分海域外，还可能既指向已为西人所管控的众多海岛国家（亚齐、吕宋、槟榔屿、满剌加、爪哇等），也包括战略防御范围内的台湾、琉球等地，但显然没有包括当时尚属于清朝藩属地的中南半岛（缅甸、暹罗、安南、柬埔寨、老挝等）。

然而，随着西方殖民者的步步逼近和清朝势力的逐渐衰败，半岛与海岛国家也逐渐成为中国的异在和外缘。当外患甚于内忧之时，康熙时代的南洋定位与对策已经不得不作出新的调适，对此有先见之明的是以魏源为代表的晚清知识分子。在《海国图志》

---

① 康熙的预言和忧虑在后来都变成了现实，孙中山所领导的辛亥革命正是从南洋走向大陆，而西方殖民者也确是由南洋开拓了一条进驻中国内陆的通道。

② 康熙五十六年后到鸦片战争以前，清朝的南洋政策相当严厉，其中最突出的是以下两条，一是禁止华人私往南洋，二是禁止与南洋贸易。

中，魏源以"东南洋"①之术语将海岛与半岛作为整体来思考，确立了面对新的领土危机之战略意图。

魏源的《海国图志》可谓对传统舆地学的总结和超越，其"东南洋"的概念，虽脱胎于明代的海洋观，但已是具有精确性的理性知识之结晶。因为在魏源看来，传统舆地学虽在晋代已有成就，但从处在海洋时代巅峰的明朝史籍记录到清初传承修正者尤侗笔下，其显现的地理意识都是弊端百出的：

> 志海国莫琐于《明史·外国传》，传成于尤检讨侗。侗本乎明外史及王圻《续通考》，大蔽有三：一曰西洋与南洋不分。古里、琐里皆南洋近国，而与荷兰、佛郎机同卷；意大里亚处大洋极西，而与柯枝、榜葛剌同卷，甚谓佛郎机近满剌加，何翅秦越同席？其弊一。二曰岛国与岸国不分。……三曰同岛同岸数国不当分而分。大泥、彭亨、柔佛、满剌加、吉兰丹皆暹罗南境属国也，婆罗、渤泥、爪哇、苏禄、文莱、马神皆一岛所环处也，止宜以毗连各属国附于暹罗之传，以渤泥等统立一同岛之传。余自亚齐、三佛齐、小爪哇、锡兰山等著名数大岛国外，类皆荒洲小屿，人不过数百家，贡不过一再至，无关沿革，何以共球？止宜统述一篇，胪其名目。乃各国各传，触目迷离，概称在东南海中，无疆里沿革可征，无市舶边防可述。其弊三。②

所谓"方位不分、海陆不分、大小不分"之弊端正是传统知识的含混性。这一方面是中国人固有的含混思维造成了地理空间意识的模糊性；另一方面更是人们对海洋疆域缺乏敏感度和战略

---

① 在魏源的《海国图志》里的南洋则为南海或中国南面之海洋的意思。
② 魏源：《海国图志·叙东南洋》卷5，岳麓书社2004年版，第341—342页。

意识的表现。为了纠偏，魏源采用了图志形式。所谓一图胜千文，用图志方式将对象在地图上加以固定化、关系化，有利于观看者对对象的清晰把握与整体定位。从历史上的沿革变化到整体的归类总结，该书都使用了极为精确的图绘语言，从而使东南洋能在世界图景中得到准确定位。但更重要的是，魏源以中国朝贡体系的重建为出发点，将这一区域放置于中西关系中作了重新整理：

> 红夷东驶之舶遇岸争岸，遇洲据洲，立城埠，设兵防，凡南洋之要津，已尽为西洋之都会。地方天时变，则史例亦随时而变，志南洋实所以志西洋也。故今以吕宋、荷兰、佛郎机、英吉利、布路亚五国纲纪南洋。其越南、暹罗、缅甸、日本四国，虽未并于洋寇，亦以事涉洋防者著于篇。而朝鲜、琉球、洋防无涉者不及焉。①

从上述表述来看，在魏源的海防意图中，以昔日朝贡体系为视点，使包括越南、暹罗、缅甸、日本以及殖民者所占据的南洋各岛的东南洋得以凸显和整体化②。由于这片区域的失去正是中国走向衰败的象征，为了重立中国的大国地位，必须驱除西方殖民者在东南洋的威胁与影响。于是，在魏源视野中，"志南洋实所以志西洋也"，中央之国与周边蛮夷的对立，转换成中国与西欧的对立，南洋则成为中国与世界碰撞的前沿地带和战场，对重建中西关系乃至改变世界格局具有战略上的重要意义。

比之康熙含混的"南洋"海域，魏源的东南洋在延续康熙时

---

① 魏源：《海国图志·叙东南洋》卷5，岳麓书社2004年版，第342页。
② 魏源认为朝鲜和琉球不涉及洋防，则说明他尚未意识到日本的威胁所在，认为主要敌手在西洋。

代之战略视野的同时,凸显了其清晰与理性的认知态度,并强调了中西对峙的方面,是具有前瞻性与指引性的。然而,魏源此说初成于1842年①,在风雨飘摇但又彷徨迷茫的晚清情境里,可谓振耳逆言,所能和者不多。于是,东南洋一词与蛮夷、南海、南洋等词混杂使用,仅仅成为中国人对于海洋时代的一种话语反应。最终将魏源东南洋之日本、朝鲜等真正从南洋中排除出来,则是在日本磨刀霍霍之后②,尤其在1985年中日甲午战争之后,日本在朝鲜、琉球之外,将台湾也纳入了自己的殖民圈。在中国西南和东北腹地全部暴露的危机时刻,南洋开始在地理疆域之上与今天的东南亚遥相呼应。

中法战争之后,魏源所构想的东南洋防线已不复存在,但具有讽刺性的是,正是此时清廷开始将南洋作为一个整体空间和区域来考量。中法战争之前,清廷因经济方面的考虑③,已有对南洋的独立考量④,但不够明朗和清晰。在相当长一段时间,南洋各岛的外交事务隶属于各殖民宗主国的中国驻外使馆,外交上常有鞭长莫及之感。这一方面与殖民宗主国的百般阻挠有关,另一方面也是清廷观念陈旧、行动不够周全造成的。光绪三年(1877),驻英使臣郭嵩焘与英国政府百般交涉,终于得以在新加坡设立隶属于英使之下的外交官,但朝廷给予领事胡璇泽

---

① 1842年为初刻本,50卷;1847年二刻本,60卷;1852年为100卷本;但东南洋部分的概述并未发生变化。

② 日本曾是东亚朝贡体系中的一员,这一史实是造成清末很多知识分子对之颇具好感或怀有幻想的基本根源。从政要李鸿章,知识分子如魏源、梁启超,到革命者孙中山等皆曾有此幻想,但后来的事实是,日本成为有过之无不及的侵略者。从这一点来看,魏源及中国近代知识分子对日本的定位是有所偏差的。

③ 在光绪四年之后,南洋华侨捐款赈灾积极,还有不少捐官之人,1887年,李钟珏在新加坡看到"年来赈捐防捐,富商乐输巨款,核奖得虚衔封典比比。其门前榜大夫第、中宪第、朝议第,一如内地"。见《新加坡风土记》,丛书集成初编本,第190页。

④ 1868年1月,李鸿章曾奏请在暹罗、吕宋等华人集聚点派设领事,以保护华商利益,并形成中国向心力(见《筹办夷务始末·同治朝》卷55,第21页)。张之洞后来也对此大加呼吁。

（1816—1880）的待遇是很不公平的，只有办公经费而没有薪俸。① 而在槟榔屿、苏门答腊等其他岛屿设立领事之事则根本没进入考虑范围②。

中法战争爆发初期，边境吃紧，防务大臣彭玉麟等提出联暹抗法的思路，欲偷袭西贡、断法粮道而取胜③。于是，1884年彭派遣熟悉南洋事务的郑观应④前往联络及侦察敌情，郑往返奔波于西贡、新加坡、曼谷、马六甲、槟榔屿、金边等地，对南洋各岛的战略和经济意义有了整体把握，回国不久，他立刻向醇亲王发出呼吁：

> 若分遣领事，参赞等官自为保护，无事则抚循教诲摩义渐仁，有事则激励振兴云合响应，因之而阜通货贿开美利于东南，教习艺工扩聪明于机器，因利乘便，巩我皇图。虽觉虑始之难，实为当务之急。⑤

因其对南洋的长期了解和关注，加之战争情境的刺激，郑观应把中南半岛和南洋群岛作为整体来思考，得出"南洋不仅是海防之前沿，更是民族经济振兴之津渡"的结论。他在承继魏源对南洋的战略定位之外，又突出了南洋的经济和商业地位，并进一步将魏源的理论图志转换成运作指南，在其《盛世危言》有关通

---

① 次年香港和南洋等处华人捐款赈灾二十多万两。或许与此有关，当郭嵩焘次年向朝廷奏请给予胡璇泽薪俸时，朝廷终于批准；但仍以胡能西文为由，省掉翻译，以示节约，参见《总署奏新加坡设总领事经费薪俸办法折》，《清季外交史料》卷14，第20—22页。

② 这一方面有殖民宗主国的百般阻挠，另一方面也源于清政府的意识和行动力的迟缓，参见庄国土《对晚清在南洋设立领事馆的反思》，《厦门大学学报》（哲学社会科学版）2006年第5期。

③ 光绪九年十二月初十（1884年1月7日），彭玉麟在奏折《暗结暹罗袭取西贡折》等中对此有详细展开。见彭玉麟《彭刚直公奏稿》，光绪十七年刊本卷4，第10—11页。

④ 郑观应出生于澳门，少时游历南洋各岛，后又在太古洋行做高层主管（总买办），对南洋一带颇有阅历，1883年他又因轮船招商局事务前往南洋各岛考察过。

⑤ 郑观应：《禀醇亲王为拟收复南洋藩属各岛华侨以固边圉事》，选自夏东元编《郑观应集·下集》，上海人民出版社1988年版，第439—440页。

使论的部分,提出可以直接运作的南洋整体策略,云:

> 亟宜简派公使驻扎南洋,所有南洋各国,如越南、缅甸、暹罗、小吕宋,及英、法各国属土之华民悉归统辖。即选各埠殷商。或已举为甲必丹中外信服者为领事,联络声气,力求自强。仍仿西人在华训练民团,以资保护,令各埠商民捐资购置一二兵船,公使乘之出巡各埠,庶信息灵通、邦交益固。声威既壮,藩属不敢有外向之心。以兵卫民,即以民养兵,一举两得,无逾于此。①

中法战争之后,作为藩属国的越南、缅甸沦为法英殖民地,清廷开始运转关乎中南半岛和南洋群岛的一系列策略,与郑观应等人的设想基本吻合。光绪十七年(1891)在南洋诸岛设立不依附英法等的独立使节,光绪二十九年(1903)颁布保护华侨令并在南洋创兴孔教。光绪三十年(1904)在槟榔屿创办第一所华侨中华学校,并以清代《图书集成》为教材,传播传统文化。光绪三十二年(1906)派法政科举人董鸿炜总理南洋各埠学务,并拟派船巡游南洋各岛,保护华民。光绪三十三年(1907),南洋华侨商会成立以保护华商的权益。南洋的战略和经济意义整体不断凸显,其地理版图也在国人心中趋向稳定和清晰②。

可见,"南洋"这一空间在晚清出现及其意义的凸显,是在战略需要和现实逼迫下被发现和形塑的。从晚明以来,南洋问题与国家和领土危机始终联系在一起,晚清的"南洋"则被集中纳

---

① 郑观应:《盛世危言·通使》,见夏东元编《郑观应集·上集》,上海人民出版社1982年版,第391—392页。
② 光绪三十二年,在前英使汪大燮(1905—1907年为英使)奏报南洋各岛情况时,已将中南半岛之暹罗、越南、缅甸等与新加坡、马来亚等一起传达。光绪三十四年,商务大臣杨士琦奏报考察南洋各岛情况,也已经将西贡、曼谷、泗水、新加坡等全纳入其中。

入中西关系的视野之中,成为内陆国家应对海上强国所形塑的地理与心理事实。在地理空间层面,随着西方殖民者蚕食边地的步伐,南洋的地理疆域逐渐接近今天的东南亚,包括半岛和海岛国家。在想象和观念层面,虽然南洋是在新的世界观念之中浮现的,但是仍旧积淀了以往历史的种种感知与观念。正是这种断裂性与一致性的并存,使近代形成的南洋概念在地理疆域上趋向固定的同时,在想象和心理层面仍充满了芜杂性、开放性和不稳定性。对南洋及其背后的观念进一步的清理与模塑则在民国时期。

民国时期,南洋一方面逐渐成为自明的概念和习惯性话语,在大众中流行;另一方面它也成为研究的对象和领域,南洋研究兴起[1]。由于民国时期是学科体制得以成型的阶段,在这种氛围之下的南洋研究,也逐渐朝系统化和专门化方向发展[2]。1927年南京国民政府成立,局势相对稳定之后,南洋研究有了新的进展。首先,出版了大量有关南洋的研究译作和专门著述,广涉史地人文、经济政治、自然科学等各个专门领域[3]。其次,出现了一些专门的研究机构和专门性研究期刊。1927年,侨校暨南大学成立了南洋文化事业部[4],次年《南洋研究》创刊,后与《中南

---

[1] 由于南洋与中国有着越来越密切的现实联系,人们开始广泛而随意地运用这一词语,但多种英文表达方式 South ocean、South sea countries、East indies 等都被翻译成"南洋",则说明南洋所指区域依然具有含混性,学术研究凸显了这片区域,却难以清除日常术语运用的含混性。

[2] 1927年后,南京国民政府相继成立了大学院和中央研究院,随后又成立了北平研究院,各实业团体和高等学校也都相继建立起一些科研机构,具有现代意义的现代学科体制得以显出雏形。而有关南洋方面的研究,正是在这样的时代氛围中得以系统化和规模化的。另大学院内还设立了华侨教育委员会,外交部还设立了侨务局,对华侨工作的重视则是南洋研究的现实推动力。

[3] 不包括单篇的报刊文章和相关的区域研究著述,我们已搜索到262本南洋主题的著作。

[4] 该机构次年改为国立暨南大学南洋美洲文化事业部,成立机构的主要目的有"出版刊物、对海外侨胞进行宣传、鼓励华侨子弟归国深造",同时也在开展南洋问题的学术研究,在全盛时期有30多位研究和工作人员。

情报》合并，此研究机构陆续出版了近40种南洋丛书；1940年，中国南洋学会在新加坡成立，会刊《南洋学报》创刊①；1942年，侨务委员会和教育部又在重庆创办南洋研究所，培养了一批南洋研究的后起之秀。最后，出现了一批颇有影响力和成就的专门研究者。何海鸣、李长傅、刘士木、冯承钧、姚枬等拓荒者的学术著述，奠定了考据辩证结合的南洋学基础。民国南洋学的勃兴，意味着时代转型对地理空间的重新规训。从封建王朝到现代国家，新的国家意识的出现和强化，必须摆脱原有的朝贡思维，对南洋这片地区做出重新整理与定位。民国的南洋研究即是以现代的国家意识对南洋做出重新整理与定位，把它镶嵌进入民国的革命、经济、文化、教育等各个领域，于是，晚清模糊不清的地域空间被整理、规范成一个清晰的地理空间、文化空间乃至知识体系。

1955年4月22日，周恩来总理在亚非会议期间解决了双重国籍问题②，华侨要么回归中国，要么归顺当地成为所在国的国民，虽然情感上的纠葛依然存在，但南洋与中国借由华侨而产生的特殊关系宣告结束，南洋的政治—文化意义逐渐被抽离和遗忘，正如黄锦树所言："当华侨大量散布在那些岛屿时，南洋才有了比较实质的内涵；南洋和华侨其实是相互依存的，当华侨纷纷自称为华人、华裔，南洋的政治文化内涵也随之被抽离，变成了空洞的指称，一个历史名词。"③

---

① 1940年，姚枬、许云樵、郁达夫等8人在新加坡成立中国南洋学会，创办了《南洋研究》会刊，前期中国意识比较明显，学术影响比较大，相关研究中往往凸显爱国热情和民族感情的动机，可纳入民国南洋研究的谱系之内。第二次世界大战后逐渐融入东南亚本土研究脉络之内，研究立场出现转变。

② 1909年，由清政府颁布的国籍法以血缘为依据，只要父母有一方是中国人，无论在哪里出生，都是中国人，因此，东南亚华人都是中国侨民；但同时东南亚殖民宗主国又采用出生地原则来确认国籍，于是，东南亚拥有双重国籍的华人越来越多。

③ ［马来西亚］黄锦树：《内/外：错位的归返者王润华和他的乡土山水》，见黄锦树《马华文学：内在中国、语言与文学史》，华社资料研究中心1996年版，第213页。

由此看来，南洋和东南亚的共同之处在于，两者都是从外部视角出发的对该地区的命名方式，南洋是中国在旧有朝贡体系开始崩溃之时出现的对于该地区的整体命名，东南亚则是西方重建亚洲殖民秩序之时出现的对该地区的整体命名。但南洋只是区域性甚至带有一点民间性的想象共同体，它是中国对世界防御性态度的话语反映，在第二次世界大战后逐渐自我消解，处在一种暧昧不明的次要位置①；而东南亚这一从亚洲与欧洲对应的世界版图中衍生的命名方式，则具有开放性和稳固性，借助西方强大的经济、军事实力等所造成的话语权，在第二次世界大战后它成了通用的国际用语。

可见，"南洋"并非一个超时间的地理范畴，而是历史和时间的产物。从鸦片战争到1955年万隆会议期前后，正是"南洋"被不断建构和想象的时段，也是这一想象空间参与、渗透现代中国的政治与生活各个领域的时段，因此，本书研究的时间跨度主要限定在1840年到1955年前后。

二 问题的提出：中国的南洋经验有何意义？

自晚清以来，南洋对于中国凸显了多重意义。从国家领土安全的角度来看，南洋一度被晚清思想者看成是防御西方入侵的边防门户，如魏源《海国图志》便突出了随着海洋时代的来临南洋所具有的战略地位。在革命与战争史视野中，从康有为的维新立宪、孙中山的辛亥革命到全民的抗日战争，南洋都是革命的策源地与财力人力等后备基地，南洋华侨与革命激情、爱国主义紧密地联系在一起。从生民生存的角度来看，南洋以其天然的地理优

---

① 南洋与东南亚同时使用，很少出现在官方文字上，但在学术和生活领域都可见痕迹；我国台湾地区也依然有大量学术著述涉及"南洋"。

势成为下层人民谋生、发财和避难的首选之地,有关南洋的血泪记忆与财富梦想也就在这样的视野中得以呈现。东南沿海至今仍在流传演绎的"下南洋"的民谣和民间故事,血泪斑斑,感人至深。从现代化的动力来看,南洋对于中国来说曾经是边缘,在清末却成为前沿。当明清海禁使早期东来的传教士失去了在中国本土传教的可能性时,侨民众多的南洋便成为他们主要的活动地区。于是,南洋产生了近代西学东渐史上的许多第一:"第一份中文期刊①,第一家中文印刷所,第一所华人学校,第一部英汉字典,第一本石印中文书籍,等等。"② 正是西学知识在南洋华人群体中的率先传播,促成了晚清中国所谓沿海传统③的出现,酝酿出现代中国裂变和前进的区域动力。

但南洋的意义不能只限于它为中国提供了什么,而在于能为世界提供什么?中国的南洋经验相对于西洋经验和东洋经验到底有何特殊性,能否为我们提供中西二元对立之外的新思维、新经验?这是本书要重点探讨的问题。

南洋是以中国为中心而形成的带有想象性的空间,但中国与南洋的关系既不是中西关系的复制与再现,也不能简单定位为殖民与被殖民的关系。首先,由于华人华侨的存在、南洋内部东西关系的复杂性,中国与南洋之间有着交错重叠的历史和视野,彼此的关系也不能简化为自我与他者的对抗性关系。其次,中国移民在南洋的生存历史和开拓历史中,都是松散的个人、家族和地域行为,而不是以国家武装和领土侵略为标志的殖民行为。若要

---

① 1815年8月5日,西方传教士在马六甲创办了第一份现代中文报刊《察世俗每月统纪传》。

② 熊月之:《近代西学东渐的序幕——早期传教士在南洋等地活动史料钩沉》,载于《史林》1992年第4期。

③ [美]费正清主编:《剑桥中华民国史·第一部》,章建刚等译,上海人民出版社1991年版,第11—31页。

从思想史的层面显现南洋的意义，我们首先必须拒绝上述二元对立的话语逻辑，寻找新的思维路径。

具体分析中国与亚洲经验，我们不难发现，多种文化之间的共存、融合和交往构成了中国和亚洲历史的最为重要的经验，这种交往、联系和相互想象的经验能够为构建新的亚洲想象提供经验，同时也将为新的世界想象提供经验。正是基于对中国经验的肯定和重视，不少学者开始提出了新的构想，企求在东西二元对立的思想框架之外另谋出路。沟口雄三提出的"以中国为方法，以世界为目的"的中国学是一重要起点。通过对中国近代化历程的细致考察，他认为，在欧美的思维与发展模式之外，中国经验之中隐含了另一种思维模式和另一条通向现代化的道路[1]。受到沟口雄三的启迪，中国学者也开始寻找新的思想史路径。汪晖在他的洋洋大作《现代中国思想的兴起》中阐述了传统资源和现实经验对现代中国思想形成的重要影响，他以其细致的个案研究凸显出思想者在外来压力和时代动力之下，如何在传统和现代之间化合杂糅从而建构起中国自己的现代性立场，现代中国思想与其说是欧美的不如说是中国的。[2] 陈光兴在《去帝国——亚洲作为方法》这一著述中则提出"以亚洲为方法"，强调在"欧美经验"之外，亚洲的多元、异质的丰富思想资源应该被看到、被重视、更广泛地被分享[3]。所有这些尝试都体现了在多元化差异化的思想史视野之中，我们重新挖掘以往被忽略的思想资源和参照体系以寻求新的思想路径的用心。正是基于这种视野，南洋这一被长期忽略、搁置的空间，应该

---

[1] ［日］沟口雄三：《作为方法的中国》，林右崇译，台北："国立"编译馆1999年版，第101—109页。
[2] 汪晖：《现代中国思想的兴起》，生活·读书·新知三联书店2008年版。
[3] 陈光兴：《去帝国——亚洲作为方法》，台北：行人出版社2006年版，第337—418页。

得到更多的关注。在现代中国的思想进程中,西洋和东洋都充当了显性的、对抗性的他者,凝固和强化了二元对立的思想路径,而南洋则因其在西学东渐的现代中国历史进程中的暧昧性、交叉性反而被忽略了,在笔者看来,南洋在现代中国意识的形成中,所占的位置或许比我们意想的还要重要和微妙,正如韩少功所指出的那样"南洋历史,南洋与中原的互动历史,还有南洋与中原互动历史对现代中国的影响,其实都是了解中国与世界的重要课题"①。韩少功已经意识到南洋的微妙性和独特性,他认为对南洋的重新言说"并不是要追怀往日中央帝国的朝贡体系,而是在民族主义与国家主义之外,获得一种人类共同体多重化与多样化的知识视野——还有善待邻人与远人的胸怀"。② 如韩所说,在朝贡体系之外,在民族主义和国家主义之外,中国的南洋经验可能代表着一种多元化的知识视野,代表一种与邻人和远人和谐相处的胸怀,这或许隐藏了中国处理"异"的特殊经验,因此,我们需要在二元对立思维之外,以更细致和深入的方式来梳理中国和南洋的关系历史,这样做不仅有利于今天中国与东南亚国家的和平相处,也将为世界提供具有启迪性的历史经验。

那么,如何清晰地呈现出现代中国南洋经验的生成过程及特殊性呢?在此文学叙事的重要性被凸显出来。跟史地话语等科学性的专门话语相比,文学具有更明显的主观性,但文学的主观性不是一种缺陷,正是它的主观性言及了地点与空间的社会意义,从而赋予文学话语创造地方的能力。南洋作为一个区域的存在,必须符号化,必须借助话语和叙事将之形象化,凸显其意义,对于人们而言它才是可以把握与理解的地理空间,而文学正是一种

---

① 韩少功:《重说南洋》,载于《新东方》2003 年第 3 期。
② 韩少功:《重说南洋》,载于《新东方》2003 年第 3 期。

凸显空间意义的话语。萨义德在《文化与帝国主义》中说："像小说之类的文学文本对于形成帝国主义态度、参照系和生活经验极为重要。"① 他认为，虚构性的作品不只能反映现实问题，同时还能决定现实问题的解决方式。同样，我们也认为，文学中的南洋叙事不仅表征着现代中国的南洋经验，也在参与南洋经验的塑造过程。"文学作品不能简单地视为是对某些地区和地点的描述，许多时候是文学作品帮助创造了这些地方。"② 更重要的是，文学创造的感觉结构能够呈现被历史叙事所普遍忽略的普通人的情感经验，保存和复活"人民"的记忆，呈现无法被简单压缩和概括的历史经验与生命状态，因而文学场域是还原复杂性和流动性的最佳场所，文学话语的暧昧多元将对既有的形而上学进行解构，从而呈现人们对于特定空间的微妙感觉。一句话，对文学叙事的考察将有利于我们在更为细腻和微观的层面上反思现代中国南洋经验的生成过程及其特殊性，因此，本书试图在对现代中国作家南洋叙事的过程梳理之中，提取现代中国产生"差异"、处理"差异"的独特经验。

第二节　已有研究路径及问题

中国的南洋研究脱胎于边疆史地和中外交通史研究，鸦片战争前后，由于外患压境、国势衰退，南海诸国沦为欧美的殖民地，出于军事外交之需要，域外史地学兴起，在《海国图志》等史地著述中便出现了有关南洋的论述；另有一些清廷官员如郑观

---

① ［美］爱德华·W. 萨义德：《文化与帝国主义》，李琨译，生活·读书·新知三联书店2003年版，第2—3页。
② ［英］迈克·克朗：《文化地理学》，杨淑华、宋慧敏译，南京大学出版社2007年版，第40页。

应等则被派往南洋收集情报以备政策之用,但这些都不是严格意义上的学术研究,在他们心目中也没有南洋研究的概念①,真正的南洋研究应从民国时期开始。准确地说,1927 年南京国民政府成立后局势相对稳定,南洋研究才日渐兴盛,渐成气候。20 世纪 40 年代中期后,南洋研究出现了不同的走向,在中国大陆及港台地区、东南亚地区的研究重心与范式开始分化,回望历史和立足当下的两种研究思路与成果趋向平衡。进入 20 世纪 80 年代,中国及海外关注历史上的南洋和"南洋历史"的著述越来越少,位于主位的是带有现实性、实践性、微观性的"东南亚"研究。通过梳理这些南洋研究的学术成果,我们可以看到学者们在资料整理、方法探索和理论思考等方面作出的持续努力和巨大贡献。但若从总体研究思路来加以考察的话,我们便能发现相当明显的研究立场与倾向,从中可以发掘南洋问题长期以来被研究界遮蔽、忽略和误读的主要原因。

一 基于中国本位的研究及其局限

从晚清到民国开始的一些南洋研究成果中,不无中国本位的痕迹②。

首先,从其研究重心来看,基本命题是"南洋之于中国的意义,中国人对南洋的影响和贡献",早期还流行过殖民南洋之论

---

① 有关南洋研究的历史概述,可参考许云樵《50 年来的南洋研究》一文,原载于刘问渠主编《这半个世纪(1910—1960):〈光华日报〉金禧纪念增刊》,槟城《光华日报》1960 年版。

② 相关著述有李长傅的《中国殖民南洋小史》(《东方杂志》1926 年第 23 卷第 5 号)、胡炳熊的《南洋华侨殖民伟人传》(上海国立暨南大学南洋文化事业部 1928 年版)、刘继宣等的《中华民族拓殖南洋史》(国立编译馆 1934 年版)、李长傅的《中国殖民史》(商务印书馆 1936 年版)、吴晗的《十六世纪以前中国和南洋的关系》[《清华大学学报》(自然科学版)1936 年第 1 期]等。

调。鸦片战争前后，晚清对南洋的定位服务于中国海防大局，在相关的南洋论述中突出了南洋作为战略要地的重要地位，但没有彻底摆脱朝贡思维，如 1842 年魏源在初版的《海国图志》中便以重建朝贡体系为基础来规划南洋的地理范围与意义。受西方民族主义思潮影响，南洋还被看成是中国的殖民地，借此以求建立民族的伟力神话，形塑中国的现代想象。出于这一目的，1904 年梁启超在《中国殖民八大伟人传》[①] 以及《祖国大航海家郑和传》中高调提出了南洋殖民论，南洋在中国中心主义的意识中被定位为："亚洲东南一大部分，即所谓印度支那及南洋群岛者，实中国民族唯一之尾闾也。又将来我中国民族唯一之实力圈也。"[②] 1921 年，南洋研究的先驱者何海鸣在北京平民大学讲授的科目"海外华侨殖民史"中的思路仍与梁启超相差无几。直到 1936 年，历史学家吴晗还有将南洋纳为中华帝国属地的幻想："从成宣时代积极经营南洋以后，南洋已成为中国之一部，无论在政治方面、经济方面、文化方面，均为中国之附庸。南洋之开拓及开化，完全属于中国人之努力。假如政府能够继续经营，等不到欧洲人的东来，南洋诸岛已成为中国之领地，合为一大帝国，或许世界史要从此变一样子。"[③] 这些言论未必是殖民主义的，但仍有以中国为中心的偏执。

其次，从研究方法来看，研究者虽然开始运用调查统计、田野考察等现代研究方法，但由于早期有关南洋的交通史地著述都重视从中国古书中寻找有关南洋的历史记载，采取训诂学等考据方法，因而也将古人的"神话话语与奇观话语"等历史遗产继承

[①] 梁启超：《中国殖民八大伟人传》，载于《新民丛报》1904 年第 15 期总 63 号。
[②] 梁启超：《祖国大航海家郑和传》，载于《新民丛报》1904 年第 21 期总 69 号。
[③] 吴晗：《十六世纪以前中国和南洋的关系》，《清华大学学报》（自然科学版）1936 年第 1 期。

了下来。冯承钧1937年出版的《中国南洋交通史》① 为较为严谨的考证性著述，中西文献都有所借鉴，但论及南洋各国的风土人情时，主要沿用的是《岭外对答》《岛夷志略》《瀛涯胜览》《诸蕃志》《明史》等古籍的相关记载，一些未经证实的传说也被当成科学性的表述。

最后，从运作策略而言，它以中国的现实需求乃至政策需要为驱动力，具有强烈的实践性，工具理性强于科学理性；多属于调查研究与资料整理型的研究，有对具体问题的临时对策而缺少进一步的理论总结与探索。如教育方面有黄炎培《南洋荷属华侨教育研究会之盛况》（《教育杂志》1917年第9卷第9号）、《南洋之职业教育》（《教育与职业》1917年第1期）；经济方面有刘士木译的《南洋荷属东印度之经济》（暨南大学南洋美洲文化事业部1929年版）、吴承洛编的《菲律宾工商业考察记》（上海中华书局1929年版）、陆庆编的《荷印之统制贸易》（实业部商业研究室1936年版）、中华工业国外贸易协会的《南洋商业考察团报告书》（1937年3月）等都是就某个领域做的描述性、记录性的调查报告。此外，鉴于华人华侨问题与中国的深切关联，南洋华人华侨成为不言而喻的研究焦点，在这些研究中，往往强调南洋华人华侨是中国之组成及其对中国革命与经济所作出的贡献，较少涉及其在南洋生成的历史传统和现实归属问题。因而民国期间看似多样松散的学术话语，都拘束于"中国与南洋"的视野之中，具有为"我"所用的临时性与策略性。

新时代以来，实践性极强的"东南亚研究"成为主流，重点关注东南亚国家近期政治经济的变化情况，有关"南洋"的研究主要散见于有关华侨华人历史的著述之中。在诸如孙健的《华侨

---

① 冯承钧:《中国南洋交通史》，商务印书馆1937年版。

与辛亥革命》(《历史研究》1978年第4期)，张天的《华侨对南洋的开发与中华文化的南移》[《西北第二民族学院学报》(哲学社会科学版)1992年第4期]，高伟浓的《华夏九皇信仰与其播迁南洋探说》(《东南亚纵横》2002年第Z1期)，侯松岭的《华侨华人：移民南洋及其影响》(《东南亚研究》2000年第2期)，陈奕平、王岚的《晚清领事保护与南洋华侨教育研究》[《暨南学报》(哲学社会科学版)2022年第7期]，赵晨韵的《晚清南洋革命报刊的传播策略及影响述评》(《社会科学动态》2023年第4期)，臧宏宇的《抗日战争时期南洋华侨对祖国的经济支援》(硕士学位论文，东北师范大学，2008年)，赵钢的《论马来亚华人对辛亥革命的重要贡献》(硕士学位论文，吉林大学，2011年)等历史论述之中，"中华文化在南洋的传承与影响、中国人在南洋的拓荒历史与卓越贡献"以及"南洋华侨在中国革命与抗战中的位置及贡献"等依然是研究者的重要视角或结论，表现出鲜明的中国本位意识。在文学研究领域则集中体现为"中国文学的南洋影响"这一命题。如蒋荷贞的《新文学在南洋的传播——记许杰在吉隆坡的文学活动》[《杭州师范学院学报》(社会科学版)1984年第2期]、王振科的《中国现实主义文学理论在新马的传播——兼评许杰和郁达夫在新马的文学活动》(《上海第二工业大学学报》1988年第1期)、李志的《鲁迅及其作品在南洋地区华文文学中的影响述论》[《西南民族学院学报》(哲学社会科学版)2003年第3期]、朱文斌的《论曹禺剧作在南洋的传播与影响》(《文学评论》2008年第5期)、刘慧和谢仁敏的《晚清驻外领事与南洋华文文学的发生》(《华侨华人历史研究》2022年第2期)等。这种凸显中国文学南洋影响与嬗变的研究思路，也保留了从自我需要出发而显现的中国本位意识，未能在更多元的视野中定位南洋的现代意义和世界意义，是有所局限的。

二 基于南洋本位的研究及其局限

第二次世界大战后,随着东南亚各国的相继独立,东南亚学界对南洋的重新审视中充满了民族主义的情绪,逐渐发展出与中国本位主义相对立的南洋本位主义研究路径,不少研究者试图颠覆以往基于中国本位而得出有关南洋的结论①。20世纪五六十年代,因自身身份的过渡性,许云樵、陈育崧等南洋研究的开拓者虽有了本土视野,却未强化"本土与中国"之间二元对立的思维结构②,然而进入20世纪七八十年代,随着反思意识的强化,土生土长的新一代学者其论调开始有所变化。首先是王赓武在他的一系列著作中,借鉴富于后现代性的身份理论,强调了华人身份"随事态而变化"的流动性与多元性,突出他们以"生存为第一要义"的身份建构策略,从而解构了民国以来中国主流南洋华侨叙事中的国家主义、民族主义思路等一元化思路③。在他之后,不少新马学者对此加以引申发挥,提出了一些略显偏颇的观点。如新加坡学者黄贤强分析了在晚清社会具有重要影响的辜鸿铭、李登辉、伍连德等南洋知识分子的中国经验之后,指出"近代南洋知识分子未必将中国看成是自己的国家,也未必是因为爱国而前往中国,他们只是将中国

---

① 东南亚本土研究成果主要集中在新马地区,而印度尼西亚、菲律宾、越南等国家尚未发现对"南洋"问题进行集中论述的知名华人学者。但浏览有关鸦片战争到万隆会议前后有关"中国与东南亚国家"关系历史的研究著述,可见本土主义、土著主义和民族主义的论调,一些国家历史教材的写法以及出现的种种排华反华的暴力过激行为都证明了,过于狭隘的本土思维与视野可能带来的巨大危害与现实后果。

② 他们大多是从中国前往新马地区,最后扎根于此,相对而言他们的本土意识还尚未发展到与中国意识相对抗。

③ 参见《东南亚华人身份认同之研究》(《王赓武自选集》,上海教育出版社2002年版)和《南洋华人民族主义的限度:1912—1937》(《东南亚与华人——王赓武教授论文选集》,中国友谊出版公司1985年版),相关论述还可见《南海贸易与南洋华人》(中华书局香港分局1988年版)、《南洋华人简史》(台北:水牛出版社2002年版)等书。

作为一个可以实现自己人生目标、开创自己的事业的地方而已"。①

而另一些较为极端的本土论者，则将中国与南洋的关系对抗化、绝对化，提出了所谓中国殖民南洋的观点。最有代表性的学者是王润华。这位出生于马来西亚，游走于新加坡与中国台湾之间的学者，在他的《华文后殖民文学》一书中，以鲁迅在南洋的文化影响为例，认为中国文化在南洋建立的威力，"最后对落地生根的华人而言，也变成了一种殖民的霸权文化"。② 这样的表述既是作者"去中国化"的政治立场的体现，也体现了深受中国文化影响的新马华人在建构文化主体性时的"焦虑"情绪。但其思维和结论都是有问题的。首先，从学术立场来看，从现代政治需要出发，对历史进行扭曲和简化显然是错误的；对待过去的基本思路应该是，在尽可能还原历史的形成阶段之后，再向前探索可能更好的发展线索，重视基于经验的总结而不是意念先行的武断。其次，从现实情况来看，中国文化已经成为东南亚华人内在的文化传统之一，并非外在的压制性的存在，王润华把民族的文化传统看成是一种文化霸权和殖民文化，既不符合逻辑也与现实相背离。

正是基于这种二元对立思维，一些东南亚学者将现代中国作家的南洋叙事简化为"欲望话语"，强调中国与南洋的支配与被支配的关系。如马来西亚学者林春美在《欲望朱古律：解读徐志摩与张资平的南洋》中认为，南洋是两位具有中原心态的作家笔下充满异国情调的地方，是"一个快乐原则战胜现实原则之处，同时也是万事皆滞无意识的地方"。③ 新加坡学者南治国的《"凝

---

① ［新加坡］黄贤强：《跨域史学：近代中国与南洋华人研究的新视野》，厦门大学出版社2008年版，第267页。
② ［新加坡］王润华：《鲁迅与新马后殖民文学》，选自王润华《华文后殖民文学——中国、东南亚的个案研究》，学林出版社2001年版，第53页。
③ ［马来西亚］林春美：《欲望朱古律：解读徐志摩与张资平的南洋》，载于《柳州师专学报》2004年第4期。

视"下的图像——中国现代作家笔下的南洋》一文同样强调中国现代作家具有心理上的文化优势,戴着中国文化的滤色镜,从主观的角度"选择性聚焦"南洋社会,营构出自己心目中的南洋图像。① 他们对于文本的细读和概括不无可取之处,结论却因先入为主的思路而显得过于单一。

值得注意的是,进入 21 世纪以来,中国大陆的学者基于反思立场着力发掘现代作家南洋叙事中的"中国中心主义"倾向,也存在一些问题。他们从后殖民理论的"内部他者"出发,简单套用中原与化外、野蛮与文明的逻辑对现代作家的南洋叙事进行分析,反思和批判中国所谓的优越心态、文化殖民意识,正好成为狭隘的南洋本土论者的回声。沈庆利在《现代中国异域小说研究》一书中指出,现代小说将南洋等地描述成苦难、野蛮和诗意融合的空间,隐含了文化中心主义的情结。② 他发现了中国的东方(南洋)叙事与西方和日本叙事的差异,却在中西二元对立的思维中得出了缺乏新意、失之简单的结论。毕业于新加坡国立中文大学的夏菁在《欲望在高热光源下想象——试论中国现代作家游记的南洋情调》一文中认为现代中国作家笔下的南洋情调,"虽不似古人那样奇谈怪论,但也多有臆测想象的成分"③。"作家们在描绘南洋图像或南洋情调时,不仅抽离了其复杂性,而且,在南洋图像与原始性爱、意趣之间建立联想。"④ 陈桃霞的《论现代中国文学的南洋叙事》(《江汉论坛》2012 年第 2 期)和罗克

---

① [新加坡]南治国:《"凝视"下的图像——中国现代作家笔下的南洋》,载于《暨南学报》(哲学社会科学版)2005 年第 3 期。
② 沈庆利:《现代中国异域小说研究》第四章,北京大学出版社 2009 年版,第 143—194 页。
③ 夏菁:《欲望在高热光源下想象——试论中国现代作家游记的南洋情调》,载于《文艺争鸣》2009 年第 7 期。
④ 夏菁:《欲望在高热光源下想象——试论中国现代作家游记的南洋情调》,载于《文艺争鸣》2009 年第 7 期。

凌的《"蛮性"与"野性":中国现代作家笔下的南洋土著类征》(《江西师范大学学报》2014年第3期)等论述中也都认为中国作家的南洋论述隐含了文化中心主义的情结。从已有观点出发,在对作家文本群或特定文本字句的选择性引用中完成对已有观点的确证,这样的分析模式在将原本复杂的文本现象简单化的同时,也简化了作家南洋经验的复杂性。它恰恰说明,抽离现代中国作家南洋叙事复杂性的可能是研究者自己。事实上,从既有理念与固定思维出发回溯历史的研究模式是危险的,它可能在不知不觉中将原本复杂的历史过程简单化、教条化了。中国中心主义论者回避了中国南洋经验的流变性与复杂性,其结论也难以促成今天中国与东南亚国家的友好交往。

当然,随着时间的推移,在中国中心与南洋本位立场之外,出现了新的走向,研究者开始在多元视野中探讨南洋这一空间的特殊性,观点和立场更为辩证。在文学领域,探析南洋作为文化空间特殊性的研究开始涌现。朱崇科的《考古文学"南洋":新马华文文学与本土性》(上海三联书店2008年版)受知识考古学方法影响,以本土性与中国性的辩证意识呈现了"南洋"这一空间的复杂性。张重岗的《南洋的位置:以中国南下文人为切入点》(《世界华文文学研究:理论与实践,国际学术研讨会论文集》,中国文化出版有限公司2007年版)、刘俊的《"南洋"郁达夫:中国属性·海外形塑·他者观照——兼及中国作家的海外影响与华文文学的复合互渗》(《文学评论》2018年第1期)和王艳芳的《凝视异域:张爱玲的南洋书写及其意义》[《暨南学报》(哲学社会科学版)2018年第7期]等立足海外华文文学的研究视野,深度审视了南洋在现代文学有关他者、异域书写中的特殊意义。另一些整合文学、历史等南洋资源,探求特定时期南洋观的研究,已隐约显现出了思想史研究的新路径。如《民国南洋学的几种话语（1912—1949）》①《民国南洋华侨文献出版热及"南洋"观辨析》②等以话语分析方法，对晚清、民国的南洋观进行了深入辨析。有关日本与南洋的部分研究还凸显了在东亚、世界视野中定位南洋的可能性。如朱忆天关于日本南洋姐的系列研究③，藤田梨那和李志颖关于中岛敦南洋书写的研究④；纪宗安和崔丕⑤、陈艳云⑥、吴婉惠⑦等对第二次世界大战前后日本有关南洋地理、经济调查和南洋华侨研究的重新梳理，都发掘了在世界之中的南洋如何被书写、被把握的细节。此外，南洋研究开始向音乐、书画、影视、武术、教育等领域拓展，如王昕野的《"下南洋"与中国传统音乐在东南亚的传播》[《福州大学学报》（哲学社会科学版）2021年第6期]，李超、刘康琳的《刘海粟"南洋时期"艺术文献研究》（《美术》2022年第1期），庞艳芳的《20世纪二三十年代邵氏电影企业在南洋的发展研究》（《当代电影》2022年第5期），秦利君、周亚婷的《北洋政府时期中华武术在南洋地区的传播——以精武体育会为例》（《南京体育学院学报》2021年第11期），陈奕平、王岚的《晚清领事保护与南洋华侨教育研究》[《暨南学报》（哲学社会科学

---

① 颜敏：《民国南洋学的几种话语（1912—1949）》，载于《东南亚研究》2011年第1期。
② 易淑琼：《民国南洋华侨文献出版热及"南洋"观辨析》，载于《华侨华人历史研究》2016年第2期。
③ 2012—2018年，朱忆天在《南洋问题研究》《史学月刊》《史林》等刊物发表了关于南洋姐的系列论文，论及南洋之于日本的特殊意义。
④ [日] 藤田梨那：《中岛敦"古谭"中的异域文化视野》，《中外比较文学与比较文化（国际）研讨会论文集》，2004年9月；李志颖：《中岛敦文学与南洋殖民地体验——解读中岛敦的作品集〈南岛谭〉》，载于《东南亚研究》2011年第5期。
⑤ 纪宗安、崔丕：《日本对南洋华侨的调查及其影响（1925—1945）》，载《中国社会科学》2009年第1期。
⑥ 陈艳云：《日据时期台湾总督府对南洋华侨的调查》，载于《东南亚研究》2006年第1期。
⑦ 吴婉惠：《战争、思想与秩序：日本对南洋华侨的宣传政策与活动（1937—1941）》，载于《广东社会科学》2019年第5期。

版）2022年第7期］，等等，奠定了在融合视野中研究南洋的多学科基础。

概之，中国本位和南洋本位的研究都可能将南洋历史做出了两极化思考，因而难以呈现历史过程的复杂性，第三类研究则发掘出南洋话语谱系的某些思路，敞开了新的可能。但三类研究中，南洋无论是作为实存地理空间、想象性共同体还是某种类型主题（有关南洋的文学艺术、经济文化或其他知识领域），都被预设为边界、内涵固定的对象，研究者对其想象与建构过程的历史性缺乏自觉，故而有关南洋本身的边界问题认知并不明晰。但问题在于，自晚清以降，南洋的边界与内涵处在急剧的变动之中，围绕南洋的一系列历史实践形成了复杂多变的话语体系。为了准确定位南洋，呈现现代中国南洋经验的特殊性与复杂性，需确定南洋的界限，并将与南洋相关的文学艺术、教育经济等活动均归入现代中国有关异域的某种话语实践之中，才能协调想象与事实、辨析、整合并超越具体化、经验性的南洋研究，准确定位南洋的位置与意义。本书试图在时空的界限中，系统梳理现代中国作家的南洋叙事及其后的知识谱系，为南洋研究走向整合融通提供可借鉴的经验。

第三节 走向批判性协调的可能路径

中国本位和南洋本位思路展开了诸多值得进一步探究的问题领域，在具体观点和方法层面的成果也非常丰富，但表现出将南洋历史两极化的倾向，对历史过程的复杂性有所回避。因此，本书在批判性协调的方法论视野中，采用了以下具体的研究思路与方法，整合融通已有的南洋研究思路，呈现中国南洋经验的特殊性。

一 思想史视野和话语分析方法

一直以来，南洋研究主要分散在经济研究、史地研究、文学研究等各个专门领域，缺乏整合性的研究思路与成果，自然难以从理论上梳理出南洋经验的特殊性。思想史研究与话语分析方法都正在以其非学科性的思维方式打破界限森严的现代学科的划分方式与思维方式，在更为理论化的层面对特定问题进行整体探讨，因此，本书试图借助思想史视野和话语分析方法初步凸显南洋的特殊性及其意义。

伯林（Isaiah Berlin）认为，"思想史是人们的观念与感受的历史"。[①] 正是鉴于文学在呈现人们观念与感受方面的重要性和无可替代性，在思想史视野中，文学叙事变得非常重要，它不但是时代的思想印记，也是时代思想的生长方式。本书试图在思想史的视野之中重新整理、发掘现代中国作家有关南洋的文学作品，从中揭示出现代中国的南洋经验的特殊性。从黄遵宪的《新嘉坡杂诗》到巴人的《印尼散记》，以往这些文学作品都因其美学价值的缺乏而处在中国文学史论述的边缘，得不到研究者的太多关注，但它们却保留了现代中国最为鲜活和细腻的南洋经验。故本书在选择代表性的作家作品时，并不注重其在已有文学历史框架中的位置，而是关注其南洋叙事的价值与独特性，以勾勒出南洋思想史的基本脉络。因此，一些活跃在新马地区，却被主流文学史遗忘的中国作家也是我们的关注重心，而20世纪五六十年代被认为是新马文学的开拓者但中国意识十分清晰的某些南来作家也在被关注视野之内。

---

① ［伊朗］雷敏·亚罕拜格普：《哲学与人生：以赛亚·伯林访谈录》，杨孝明译，载于资中筠主编《万象译事》，辽宁教育出版社1998年版，第228页。

话语本是一个语言学的概念，但当人文学科研究者将之定位为一个社会实践过程时，所谓的话语分析就与语言之外的社会、文化、历史等因素紧密地联系在一起。作为语言艺术的文学，其所反映的现实生活和精神世界包含多重话语，且由于文学文本反映现实变化的敏感性，在某种话语未成为明确的公共话语之前，文学就已经以细腻具体的方式将之记录下来，故通过对文学叙事的话语分析，可以获取对现象更为复杂性和原创性的理解。因此，本书试图借助话语分析的方法对现代中国作家的南洋叙事进行分析整合，根据其叙述立场和叙述语境的差异，从纵向和横向两个层面将之分为不同的话语类型，在对其话语方式的特点、内涵以及生成方式的谱系化梳理中呈现现代中国南洋经验的特殊性与复杂性所在。

需要指出的是，尽管福柯意义上的话语分析方法与思想史视野有着不同的旨趣，前者重视断裂与差异，后者重视连续性与一致性，但在本书中，两者并不是冲突的。思想史作为研究视野而话语分析方法作为解读文本的主要策略，两者的创造性协调既凸显思想观念的"社会性"和"社会化"的向度，也凸显了话语分析方法之于思想史研究的积极意义。把思想作为一种社会语境中的话语，通过话语的社会语境分析来展现思想历史的变化，正好构成了本书交叉复合的理论视野。

二 过程论

萨义德在分析东方学的东方想象时，认为"无时间性"是其重要特点。但中国的南洋意识，却具有强烈的时间性和移动性。南洋与其说是凝固的异域空间，不如说是一个随着时间、事件而漂移的位置，是由众多话语类型参与建构的地理与文化景观。鉴于南洋的经验性而非超验性的特点，本书提出以过程性理论来定位现代中国的南洋经验。就过程性理论看来，各种研究立场和话语方式都不过是特定情境下的产物，具有暂时性，只有将各个阶段的图像一一陈列出来，才有可能获得更为全面的认识。在过程性理论中，有关南洋的话语类型并非凝固的，其只是话语之旅中的一个序列，因而在处理文本时，不但要遵循情境再现主义的逻辑，把所研究的文本放置在一个复杂的文化语境中考察，同时在分析时也使用文本细读的方法，确立特定文本的价值与独特属性，进而揭示单个的文本与其所属复杂文本集合之间的动态关系。

在具体运作中，本书则以时间为线索，以作家的文学叙事为分析对象，在数个具有对比性的个案研究中将1840—1955年现代中国南洋想象的阶段性和过程性呈现出来。我们认为，只有重视这一变化过程，才能避免得出偏激和简单的观点（无论是南洋本位主义还是中国本位主义都犯过类似错误），揭示现代中国南洋经验的复杂性和具体性。

从鸦片战争到万隆会议前后，现代中国作家的南洋叙事可略分为三个阶段，1840—1911年前后为第一阶段，在晚清西学渐来的时代氛围下，放眼看世界的文人逐渐摆脱传统海客谈瀛的话语模式，开始书写各自带有体验性和纪实性的南洋经验，形成了初具现代性的南洋话语。1911—1931年前后为第二阶段，民国成立之初，在国家意识之下对南洋进行了进一步的探索与研究，形成趋向一体化的思维路径，这在作家笔下则表现为较为固定的南洋类型意象和话语方式。1931—1955年前后为第三个阶段，从1931年的九一八事变开始，中国与南洋的距离因外敌入侵而被拉近，南洋华人社会凝聚了浓烈的民族意识和爱国意识，这构成了中国作家走进南洋、重写南洋的时代氛围，其叙事中呈现的是一个

"我在其中"的生活化的世界,而不是浪漫的异域奇观。

三 历史的重写本

在急剧变化的时代里,对某一空间的已有观念总是被不断修改、抹除、稀释,最终呈现新的面貌与形象。现代中国作家的南洋叙事也是对已有南洋观念的修改与稀释,最终形成了一种中国式的现代化体验与态度。本书用"历史的重写本"(the palimpsest of history)的概念来定位以说明这一重写过程的复杂性及其与传统资源的关系,以重建现代中国作家南洋叙事的知识谱系。

palimpsest一词源于中世纪书写的印模,指可以消去旧字另写新字的羊皮、石板等涂改文字的稿本。其实印模上以前刻上的文字从未被彻底擦掉,而是随着时间的流失,新、旧文字混合在一起。因此,重写本便反映了所有被擦除及再次书写上去的总数。[①] 按照"历史的重写本"的这一视野,现代中国作家书写的虽然是带有个性的、即时的南洋景观,却始终处在已有话语资源的笼罩之中,如何将时代、个人经验与已有话语资源进行化合,则体现了重写的策略及动力。

因此,本书在分析现代中国作家的南洋叙事话语时,首先注重从互文性角度探讨特定作家南洋叙事对已有资源的依赖与借用情况。其次试图探索现代中国作家重写南洋的动力及其创新的程度,进一步展开生成某种话语类型的历史语境。一般而言,现代作家重写南洋的动力集中在两个层面,一是自身的南洋经验,是匆匆过客还是沧海桑田,是道听途说还是亲力亲为,是漂泊离散还是安居乐业,现代中国作家对于南洋的体验、感受和了解程度

---

① [英]迈克·克朗:《文化地理学》,杨淑华、宋慧明译,南京大学出版社2005年版,第20页。

将决定其重写南洋的策略与态度。二是特定的时代氛围，没有哪个作家能够完全逃逸于时代之外，近现代历史上的风云变化，不断地改写中国与南洋总体的感觉结构与利益关系，这必然影响到作家个人的生命历程，也会渗透于作家重写南洋的过程之中。不过在文学创作中，这两个层面的影响将积聚为一点，也就是作家与南洋的情感关系和心理距离。正是这种情感关系决定作家叙事的策略与方式，也决定其对已有南洋话语资源的信赖程度和使用方式，因此，距离与重写策略的关联也就成为本书对现代中国作家南洋叙事划分话语类别与不同阶段的基本逻辑。

第二章 游历与实录：重新发现的风景
（1840—1911年前后）

按照柄谷行人的观点，"风景"指的并不一定是名胜古迹，也可以是在特定时空被凸显的新事物、新现象；风景的发现，往往与风景自身无关，而与发现者认知装置的变化及塑造这一认知装置的时代语境有关。① 在中国语境中，很长一段历史时间里"南洋"都是中国南部大海的一个泛指，地理疆域并不明朗；晚清以降，南洋与今天所指的东南亚逐渐重叠，具体指向新加坡、马六甲等海岛国家和安南、缅甸等半岛国家，其地理边界及文化定位都处在转变过程中。也就是说，晚清的南洋是一种被时代语境重新塑造的"风景"。那么，文学是否介入了晚清南洋风景重新发现的过程，又是如何介入的？

19世纪40年代后期，随着晚清派驻使节、设置领事、士大夫绕经南海出国考察或常驻南洋群岛等的出现，知识者开始深入当地生活景观，命名与描述南洋，在晚清西学渐来的时代氛围下，这些放眼看世界的文人逐渐摆脱传统海客谈瀛的话语模式，开始书写各自带有体验性和纪实性的南洋经验，形成了初具现代性的南洋观感。其中最重要的表述形式是游记和旧体诗。

---

① ［日］柄谷行人：《日本现代文学的起源·序言》，赵京华译，生活·读书·新知三联书店2003年版，第1页。

第二章　游历与实录：重新发现的风景（1840—1911年前后）●◎◉

在晚清中国人循海西游的旅途中，南洋是人们感受外部世界的第一站，文人墨客常沿着海岸线一一观览游历从西贡到新加坡的各个坷埠城市，有的还要上岸淹留多日，访亲探友，理应留下不少游记文字。但晚清超过1000种的域外游记之中，① 相对数量庞大、名篇甚多的是欧美和日本叙说，有关南洋的观感只能说是雪泥鸿爪、只言片语，专门性的南洋游记更是少见。② 容宏是1847年赴美的留学生，他与居住在新加坡的丘菽园等颇有来往，在新马也停驻过一些日子，但他1909年面世的《西学东渐记》里找不到南洋的正面记叙。另外，从体例来看，这些官员日记或旅途游记很多又近似调查报告，以记录为主，很难将其定位为体现作家主体性的文学叙事③。

---

① 王锡祺的《小方壶斋舆地丛钞》收录晚清各种域外游记、考察记及地理舆情图录1500多种。其中域外游记84种，这是目前为止著录域外游记数量最多的一套丛书。钟叔河的《走向世界丛书》搜集整理36种域外游记；陈左高的《历代日记丛谈》和《中国日记史略》共著录了48种。
② 仅有的几篇如力钧的《槟榔屿志略》、黄可垂的《吕宋纪略》、佚名的《白蜡游记》《槟榔屿游记》《游婆罗洲记》《南洋述遇》等都名不见经传。
③ 按照我们的简单梳理，1848年云南大理人马复初的《朝觐途记》可能是晚清较早记录南洋各岛的游记。1841年马复初从云南出发经缅甸、印度前往麦加朝圣，1847年经新加坡回到广州，《朝觐途记》便简略记载了这次麦加朝圣之旅的沿途观感，虽在体例上类似传统的风土记，但少虚妄之词，多实录之笔。19世纪60年代后，众多由清廷派往西欧考察任职的官员在其日记与游记中留下了不少有关南洋的记录，对南洋各岛的地理位置、风土人情、华人社会情况等都有较为清晰的记录，接近调查报告，此类官员日记与游记中最早也较为有代表性的应属斌椿的《乘槎笔记》和张德彝的《航海述奇》。1866年，53岁隶属旗籍的官员斌椿和张德彝等几个同文馆的年轻学生，被派往出游列强。两人的上述两部游记中所叙主要为西欧诸国，有关南洋的部分是极为简略的。但和古典文献如《东西洋记》等中的南洋记录相比，斌椿和张德彝的记录方式更具有个人性和真实性，将沿途所见所思所感较为细致地描述了出来。另值得一提的是具有维新意识的文人王韬1873年出版的《漫游随录》。1867年，王韬应香港英华学院院长理雅各之邀，前往欧洲时途经南洋，《漫游随录》中有两篇便记录了他在新加坡上岸游玩的经过。在《新埠停桡》篇中，王韬描绘出新加坡浩瀚无边的海上风光，颇带传说色彩的风土民俗，并对此处居住的华人移民恪守汉俗表示赞赏。李钟珏《新嘉坡风土记》是另一部值得一提的游记。1887年李钟珏到诸兄左秉隆处游玩2月，写成该书，书中记录了新加坡的地理特产、风俗习惯及特产，对英国在新加坡的统治制度也有所涉及，另记录了有关猪仔贸易、猪花以及英国政府诱骗华人吸鸦片、赌博的情况，被认为是具有历史文献价值的南洋游记。

虽然游记奠定了晚清南洋叙事的基调，即以书写观游所见的实录方式为主的基调。但就本书所要寻求的历史现场感而言，相对于游记中简略、零散的南洋记录而言，晚清有关南洋的旧体诗具有更高的研究价值。首先，晚清有不少重要诗人与南洋结下不解之缘，他们写下了很多有关南洋①的专题组诗与诗集，专题组诗如黄遵宪《新嘉坡杂诗》和《养疴杂诗》、陈宝琛的《息力杂诗》等；诗集如康有为的《大庇阁诗集》、丘逢甲的《海天酬唱集》、丘菽园的《啸虹生诗钞》和《丘菽园居士诗集》等。这些专题组诗和诗集显然包含了更为丰饶的南洋叙述。其次，小说的兴起虽然多少影响了旧体诗在晚清的地位，但对于传统知识分子而言，旧体诗是其从小接受的基本训练与科举应试的必备科目，自然成为他们寄怀感伤、叙事抒情的重要形式。事实上，旧体诗的作用并不如胡适等后来的白话文运动倡导者所言仅仅是只能填写旧经验的"过去"的文类范畴，它同样能够书写新时代的新感受。在旧体诗短小精悍、寓意隐晦的格式套路之下，晚清文人也竭力复活典故或创造新的语言、意境以传达新的生存体验。最后，在家国飘零、外忧内患的晚清语境中，经历了西学刺激和国内政治环境巨变的诗人，其旧体诗乃是带有时代创伤印记的表征体系，它们为我们在更为宏阔的历史和意识形态视野中确立文学叙事的价值提供了可能。

在中国与南洋的关系历史之中，奠定晚清文化南洋历史起点的文人应该是新加坡第一任领事左秉隆。左秉隆先后两次寓居新加坡，第一次是1881—1891年，他以新加坡领事身份居住十年之久。第二次是1907年，他再度来新加坡担任总领事官并兼辖其他海峡殖民地，直到1910年9月辞官后还有一段时间寓居于新加

---

① 以南洋为中心的诗歌，或作于南洋的诗歌。此外，力钧写于1891年的《槟榔屿志略》也同样是具有调查报告性质的游记。

第二章 游历与实录:重新发现的风景(1840—1911年前后)

坡。在为官南洋的漫长岁月里,左秉隆在保护侨民、整顿社会治安秩序的同时,也兴学办教、结社吟诗,风雅一时,创作了不少脍炙人口的旧体诗①,他的诗歌在呈现乡愁体验、记录教化经验之外,也描绘了南洋的异域风情和在地景观。另一位凸显了中国与南洋感觉结构的是作为晚清维新运动领袖人物的康有为,从1900年到1911年,在维新运动失败、流亡海外的十几年间,他前后来往南洋地区达7次,写下了数量可观的古典诗词,在现已编辑出版的诗作15卷中,南洋诗占了3卷。康有为的南洋诗是流亡者身心分裂的写照,风霜刀剑严相逼,他将个人的情感心境融入异国的风物描写之中,思家念国之痛苦与个人的劫难感遇使一切异国风情都变得难以有自身的韵味。另一位给南洋华侨社会带来深远影响的是被称为诗界革命之巨子的丘逢甲。1900年丘逢甲受粤省当局委派去南洋查访侨情并联络募捐,在南洋各地游历三个多月,不仅圆满地完成了粤省当局交给他的任务,而且还写了不少南游诗。丘逢甲的南游诗,怀古记事,视野开阔,虽然呈现风土人文之时仍纠缠于古籍中的意象典故,但耳闻目睹的南洋印象已替代荒诞不经的南洋传说。丘菽园也是形塑晚清南洋想象的重要作家。1896年,已考取举人的丘菽园因不满清朝政治,南下新加坡继承祖业,在耗费巨资支持国内政治革命的同时,也积极投身于当地的文教事业之中,办报结社②,吟诗唱和,引领文坛风骚。在1977年由文海出版社编辑出版的《菽园诗集》3编7卷共1345首诗中,丘菽园写于南洋的诗有5卷1000余首。他的诗歌吟咏南洋本土风物,描摹当地景观,逐渐摆脱了流离眼光,呈

---

① 详见新加坡后来编撰的左氏的《勤勉堂诗钞》,新加坡南洋历史学会1959年编。
② 1898年创刊的《天南新报》由丘菽园主办主编,他不善生意上的经营,却习惯以诗文会友,先后创设"丽泽社""乐群文社",主持"今吟社",作为新加坡唯一的举人,自然成为文坛领袖。

现了源于生活的在地感觉。

然而，就本书所设置的"现代中国作家的南洋叙事"这一命题而言，在众多晚清诗人中，黄遵宪是最具代表性和总结性的作家。首先，黄遵宪的生活经历和政治实践中集中凸显了"中国和南洋"的情感结构。在他从小生活的侨乡嘉应，"下南洋"既是乡人谋生求富的美梦，又是乡人离散苦难的噩梦，"生活世界"的南洋经验渗透在黄遵宪成长的记忆中。1891—1990年，黄遵宪作为外交官入驻新加坡，三年的领事生涯，他不但深入了解了当地风土人情，还借助其政治资源请开海禁、变革华人社会陋习、推动当地文教活动，对南洋产生了深刻影响。其次，从其诗歌的价值与趋向而言，黄遵宪作为晚清诗界革命的先驱和杰出代表，他的眼界随外交生涯的迁徙而开阔①，对巨变的时局初具现代意识，其诗歌又处在新旧更替的临界点上，往往被视为考古今之变的重要范本。同样，他凭借个人深厚的文化素养所创作的南洋诗（如《新嘉坡杂诗》《番客篇》《寓章园养疴》《养疴杂诗》《以莲菊桃杂供一瓶作歌》等）不但艺术精湛、影响较大，也集中体现了晚清文人对南洋的重新定位与新鲜感知，这些都为我们借之探究现代中国转变中的南洋观提供了便利。因此，本章以黄遵宪为主，兼及其他晚清诗人的创作以呈现晚清南洋叙事的特点，看他们以何种话语方式参与晚清对南洋"风景"的重新发现与定位。

第一节 生活的空间：热土与乐土

从《山海经》到《东西洋考》《三宝太监西洋记》《西游记》

---

① 他在《己亥杂诗歌》中写道："我是东西南北人，平生自号风波民，百年过半洲游四，留得家园五十春。"见黄遵宪《人境庐诗草》卷9，钱仲联笺注，中国青年出版社2000年版，第634页。

第二章 游历与实录:重新发现的风景(1840—1911年前后)

《镜花缘》等,无论是文学想象还是史地著作,中国传统典籍中所呈现的"南洋"多有荒诞传奇的色彩;就是被认为代表了传统异域书写最高峰的尤侗,由于主要借鉴传说与史料,其撰写的《明史外国传》及《外国竹枝词》中,南洋同样是模糊不清、亦真亦幻的风景。魏源在《海国图志》中就批评尤侗空间意识的缺失与混乱,认为他在书写南洋时海陆不分、大小不分、岛陆不分。[1] 这一类南洋叙事,可称之为有关异域的神话话语(奇观话语)。相比前人,黄遵宪的南洋诗尽管想象丰富、色彩瑰丽,带有浪漫主义色彩,但他给我们展现的南洋却远离了传说与神话,有着清晰准确的地理定位和现实感受,是一种生活话语。

《新嘉坡杂诗》第一首诗写道:"天到珠崖尽,波涛势欲奔。地犹中国海,人唤九边门。南北天难限,东西帝并尊。万山排戟险,嗟尔故雄藩。"[2] 在此诗中,诗人用饱含情感的笔调准确表现出了新加坡作为中西要津之险要地势,是身临其境后才有的生活感受。《养疴杂诗》则通过高山树杪飞泉、丛林荒野虎迹、山月椰阴驯猿和红日海波云浪等自然意象,如实再现了槟榔屿、马六甲、北蜡等地独特的地形地貌与自然风光。但黄诗"在地感觉"的形成不只是因地理距离消弭而出现的精微认知,还源于心理距离缩短后产生的对异域空间的内在认同。与尤侗那种以猎奇为主,重事实梳理的冷看远观不同,黄的南洋叙事是一种有体温的叙事,有着兴致勃勃的参与感。如《新嘉坡杂诗》其十为:"舍影摇红豆,墙阴覆绿蕉。问山名漆树,计斛蓄胡椒。黄熟寻香木,青曾探锡苗。豪农衣短后,遍野筑团焦。"[3] 诗人以"观察者,探询者"的视角捕捉着南洋随处可见的"红豆、绿蕉、漆树、胡

---

[1] 魏源:《海国图志·叙东南洋》卷5,岳麓书社2004年版,第341—342页。
[2] 黄遵宪:《新嘉坡杂诗》,《人境庐诗草》卷7,第447页。
[3] 黄遵宪:《新嘉坡杂诗》,《人境庐诗草》卷7,第453页。

椒、香木、锡苗、团焦"等衣食住行的符码，呈现了"我在其中"的南洋生活画卷。另一首诗则以"品尝者"的视角写出了榴梿、荔枝、槟榔、椰子等南洋水果的诱惑力，充溢着鲜活的生活感受："绝好留连地，留连味细尝。侧生饶荔子，偕老祝槟榔。红熟桃花饭，黄封椰酒浆。都缦都典尽，三日口留香。"① 在自注中他还以导游身份向读者介绍当地谚语："留连，果最美者。谚云：典都缦，买留连；留连红，衣箱空。"② 这说明诗人不但对南洋风土十分熟悉，更有深谙其道、乐在其中的体验感与享受感。同样，《番客篇》《以莲菊桃杂供一瓶作歌》皆以诗人之现场观察和亲身体验为叙述线索，回荡着一种浸染其中的不隔感。可见，黄所叙述的南洋不再是静止凝固的异域远景，而是人声沸腾、你我同在的生活热土；不仅可游、可望，更是可居、可亲之地。作为生活热土的南洋形象之出现，集中凸显了南洋对于晚清中国的生活意义。唐以来的战乱、饥荒、贫困迫使无数中国人远下南洋，在那里重建生存的空间和生活的信念，延至晚清，更有大批的劳工、苦力商人前往谋生，南洋成为华人最重要的聚集空间，随处可见浓缩变形的中国景观。③

南洋的热带风光与原始森林的自然景观在中国古籍中常有记载，晚清稍早的游记如斌椿《乘槎笔记》和《海国胜游草》、张德彝的《航海述奇》、王韬的《漫游随录》和李钟珏的《新嘉坡风土记》中也有所记录，但这些文本中的"自然景观"不过是点染，并非主体。而黄遵宪部分诗篇却集中呈现了南洋山水自然之魅力。在《养疴杂诗》及《己亥杂诗》中的若干诗篇中，三年南

---

① 黄遵宪：《新嘉坡杂诗》，《人境庐诗草》卷7，第453页。
② 黄遵宪：《新嘉坡杂诗》，《人境庐诗草》卷7，第453页。
③ 黄乃裳率领福建移民在诗巫开矿而建立的"新福州"便是这种带有异托邦性质的中国景观。

第二章 游历与实录:重新发现的风景(1840—1911年前后)

洋生活被浓缩成一个闲居山野的意象,在诗人对山水奇观的细描静赏中,南洋成为与机心、人事相对立的宁静和自然,具有超尘脱俗的美。从诗歌写作风格来看,以《养疴杂诗》为代表的南洋风景诗多为近体小诗,与以往的鸿篇巨制相比,少了一些雄放豪气,多了一层平淡静穆,处处渗透着陶渊明式的悠然和恬静。《养疴杂诗》记录了诗人在华人山庄养病闲居时的所见所感,诗歌多写幽居野趣,风格淡雅冲和。如:"万山山顶树参天,树杪遥飞百道泉。谁信源头最高处,我方趺脚枕书睡。"① "一溪春水涨弥弥,闲曳烟蓑理钓丝。欲觅石头无坐处,却随野鹭立多时。"② 独居山巅、枕书闲睡的生活,闲钓春水、与鹭同立的情境,该是怎样闲淡自然的诗意人生的写照?《己亥杂诗》是诗人因政治风云卸职返乡后的人生总结篇,其涉及南洋之笔墨有:"云为四壁水为家,分付名山该姓佘。瘦菊清莲艳桃李,一瓶同供四时花。" "上山如画重累人,结屋绝无东西邻。襟间海上一丸月,履底人间万斛尘。"③ 在这些诗歌中,山水海月、奇花异景与尘俗人世相对照,记忆中的山水美景与现实中的烦忧坎坷相映照,凸显出南洋作为世外桃源的地理感觉。

无独有偶,在康有为、丘逢甲等的南洋诗中也有对南洋山水的沉迷与赞美,如康有为的《大庇阁诗集》和丘逢甲的《槟榔屿杂诗》等诗篇中,南洋风景亦有仙界瀛洲之美。如丘逢甲写道:"谷绣林香万树花,青崖飞瀑落谽谺。谁知地下潜流出,散作春泉十万家。"(其一)"走马交衢碾白沙,椰阴十里绿云遮。晓风吹出山蜂语,开遍春园豆蔻花。"(其三)④ 山海椰阴、林香飞瀑,

---

① 黄遵宪:《养疴杂诗》,《人境庐诗草》卷7,第485页。
② 黄遵宪:《养疴杂诗》,《人境庐诗草》卷7,第488页。
③ 黄遵宪:《己亥杂诗》,《人境庐诗草》卷9,第635页。
④ 丘逢甲:《岭云海日楼诗钞》,上海古籍出版社1982年版,第168页。

在乱离和变动的现实政治中,晚清文人归依了风景南洋,最终将之定位成温暖的世外仙境。虽然这类风景诗并未远离陶渊明式的田园村居想象①,"自然"作为诗人心境意绪的映照之物也没有真正获取独立的审美意义;但当文学中的南洋不是茹毛饮血的野蛮之邦,也不是放逐与流亡的异度空间,而是充满自然山水之乐的梦幻空间之时,这一类乐土想象已经与传统带有神话色彩的乐土想象②有了明显的距离。

所谓热土与乐土的想象,体现了有关异域的两种典型想象,一是现实层面的,一是梦幻层面的。在晚清的语境中,现实层面的异域想象似乎有着更为明显和重要的意义,因为它意味着我们观察和书写异域的方式出现了重大转变,随着地理与心理距离的改变,遥远而模糊的异域传说成为必须努力去把握的现实和问题。与此同时,梦幻层面的异域想象则因仍残留着对异域的奇观心理,隐含静止扭曲的眼光而难以作为新质对待。但晚清有关南洋的"乐土"想象与"热土"想象仍有着统一的现实基础和内在联系。"下南洋"与"闯关东"、"走西口"并称,是中华民族抗争、拼搏和逃离痛苦寻求幸福的重要途径,南洋的繁盛生机也离不开数代华人开山辟岭、含辛茹苦的耕耘开拓。在移民史和开发史的交织进程中,这片熔铸了华人爱与能量的生活热土便成为真实存在的桃花源。

黄遵宪正是从生活视野出发,形成了一种体验亲历式的南洋话语,与传统海客谈瀛的神话话语形成了强烈的对比。正是在这种叙述模式中,传统有关南洋的随意、模糊、荒诞的印象转变成为真实存在的生活热土与乐土形象。

---

① 跟西方18世纪因反对工业文明而兴起的自然主义对自然的崇拜不一样,晚清对南洋的自然定位仍是作为心境之物而呈现的,所谓寓情于景也。

② 在神话、民间传说和《西游记》《三宝太监西洋记》《镜花缘》等小说中都有关于南洋乐土的叙述,大多以荒诞不经的幻想、扭曲变形的意象为标志。

第二节 "我思"之疆域:史与情

除神话话语（奇观话语）之外，中国历代史书和方志里还保留了有关南洋的另一类知识，集中在贸易、战争、商品、自然资源、种族特征等客体知识的领域，这些具有较强的真实性和客观性的资料已经成为今天研究东南亚古代史的学者的重要资源。① 然而，传统的南洋史地话语是一种知识话语，缺乏书写者个体感知的积极投射，某种意义可以说是"我们"的叙事，而非个体的叙事。而晚清的南洋叙事是一种渗透了我思我情的主体话语，叙述者主体意识的位置是凸显的。在黄遵宪的南洋诗中，便处处可见诗人的情绪与身影，南洋由此成为诗人驰骋思想、反观自身、启蒙批判的重要媒介与疆域。

融再现手法于表现手法之中，被认为是诗歌近代化的标志之一。② 黄遵宪的南洋诗自可被称为一种历史叙事，他的南洋诗所具有的注重事实、视野宏阔、定位准确等特点也体现了历史叙事的特点。首先，"不隐恶、不虚美"这一历代书史者所推崇的原则在黄遵宪的南洋叙事中得到了体现。如《新嘉坡杂诗》中，诗人在谴责西方殖民者的强盗行为的同时，也肯定了其对新加坡经济繁荣作出的巨大贡献："国旗扬万舶，海市幻重台。宝藏诸天集，关门四扇开。红髯定何物，骄子复雄才。"③《番客篇》在赞美南洋客的勤俭、开拓精神的同时，也不吝笔墨渲染他们不择手段的发家历史：

---

① 西方第一部试图将东南亚放入印度文化影响圈的学者 G. 赛代斯在他的著作《东南亚的印度化国家》之中就大量引用中国史地典籍中的相关记载。见［法］G. 赛代斯《东南亚的印度化国家》，蔡华、杨保筠译，蔡华校，商务印书馆2008年版。
② 王杨:《寓"新变"于诗句之中——略论黄遵宪诗歌的艺术特征》，载于《重庆科技学院学报》（社会科学版）2010年第13期。
③ 黄遵宪:《新嘉坡杂诗》，《人境庐诗草》卷7，第453页。

"自从缚马足,到处设鱼网。夥颐典衣库,值十不一当。一饮生讼狱,谁敢倾家酿?搜索遍筐箧,推敲到盆盎。自煎罂粟膏,载土从芒砀。鸡泊窃更鹜,颠倒多奇想……龙断兼赝鼎,巧夺等劫掠。积钱千百万,适足供送葬。"① 这里传神刻画了一类"精于权术、见利忘义、巧夺豪取"的华商形象。其次,黄遵宪的南洋叙事还具有宏阔的历史视野,从《番客篇》到《新嘉坡杂诗》,他都很少停留在一己之私叹,而是将笔触延展到古今中外的纵横视野中去观察与书写,使对象与现象得到准确定位。与晚清斌椿等官员观游日记中零碎随意的南洋印象相比,黄遵宪展现了具有时空纵深感的立体南洋图景。长达408行的五古长诗《番客篇》便是有关南洋番客史的宏大叙事篇,诗歌从南洋华侨的婚礼现场回溯了华侨华人的移民创业历史,从风俗风物的细节到华侨华人的整体文化心态,从个人的一己遭遇延伸到国家民族的兴衰,以其缠绵细腻又气势磅礴的笔墨勾勒出一幅有关南洋的"清明上河图"。以至于有人认为,"《番客篇》细致地描绘了十九世纪末叶新加坡华人社会的生活面相,凡治华族史者,不可不读"。② 因有了史家的比较意识,黄遵宪可能是最早准确捕捉并表现出南洋"中西杂烩、物种、人种、文化多元特点"的中国作家。新马研究者王润华认为现代作家老舍20世纪30年代所写的《小坡的生日》是有关新加坡多元种族与文化的最早预言,但1890—1900年黄遵宪所写的系列南洋诗中,对此早有了准确而形象的表述。如《以莲菊桃杂供一瓶作歌》一诗写道:"如竟笳鼓调筝琶,蕃汉龟兹乐一律。如天雨花花满身,合仙佛魔同一室。如招海客通商船,黄白黑种同一国。"③

---

① 黄遵宪:《番客篇》,《人境庐诗草》卷7,第476页。
② [新加坡]柯木林、林孝胜:《黄遵宪总领事笔下的新加坡》,见柯木林、林孝胜《新华历史与人物研究》,南洋学会1986年版,第153—169页。
③ 黄遵宪:《以莲菊桃杂供一瓶作歌》,《人境庐诗草》卷7,第455页。

第二章 游历与实录:重新发现的风景(1840—1911年前后)

黄遵宪的诗被称为诗史,这固然与其诗歌善于对时代风云作出及时反映和全面描摹有关;但更重要的是,诗歌中贯彻了诗人自觉追求的"史家意识"。诗人以古之"小行人""外史氏"自居,强调愿为王者"观风俗、知得失,勤考证",从《日本国志》《日本杂事诗》到《逐客篇》《纪事》,他对异域国事民情的自觉关注与如实再现,都秉着以事为鉴的现实态度,凸显了自我意识的位置。而诗歌附注的大量注释、序言不但将诗的创作背景一一道来,也清晰阐发了诗人创作的自觉意识。此外,由于抒情性的介入,诗歌的叙事本应成为更能凸显主体意识的历史叙事。文论家费伦通过对"抒情性"的界定指出了这一点,他说抒情性是"某人在某个场合为了某个目的……告诉某个人某件事情是什么"(而不是叙事性中"发生了某事");或者"某人在某个场合为了某种目的告诉某人他/她对某事的思考"。① 也就是说,诗歌的叙事是一种更彰显叙述者主体位置(主观态度与个人意识)的叙事方式。从这个意义上来讲,黄遵宪以情感为线索的历史叙述凸显和强化了诗人自我意识的位置。黄遵宪早期所提出的"我手写我口,古岂能拘牵"以及晚年的"诗之外有事,诗之中有人"中的"我"和"人"在此也不妨理解成为诗人主体意识的自觉。在黄遵宪的南洋叙事中,其主体意识的体现有以下方面:一是诗人的个人体验和情感因素对历史叙述的介入,二是诗人的反省批判意识的出现与强化,三是诗人启蒙意识的隐约显现。

如前所叙,黄遵宪笔下的南洋,显现出不同于他人的独属自我时空范围的独特风貌,它总是处在主体的情感氛围和独特心境之中,是广泛的现实情景与生动深刻的精神世界的融合,是一种

---

① 转引自[美]布赖恩·麦克黑尔《关于建构诗歌叙事学的设想》,尚必武、汪筱玲译,载唐伟胜主编《叙事》(第二辑),暨南大学出版社2010年版,原见:Phelan, James, *Experiencing Fiction: Judgments, Progressions, and the Rhetorical Theory of Narrative*, Columbus: Ohio State University Press, 2007, p. 227。

参与者和实践者的南洋想象。正因为他善于从个人的体验感受出发来书写南洋的历史与现状，由此形成了以小观大、由近及远的叙事结构，最终呈现出一种"我在其中"的历史画卷。这与传统历史方志中"冷看远观"的理性叙述有了明显的差异。这样的叙述模式，既是晚清观察与体验异域方式的转变在文学中的自然呈现，又留下了诗人历史叙事的个性烙印。

  海外的游历、视野的开阔，使黄遵宪对传统世界认知与书写方式有了自觉的批判意识。在1890年写就的《日本杂事诗自序》中，他将所在时代的士大夫分为三大类。一类是"排斥谈天，诋为不经，屏诸六合之外，谓当存而不论，论而不议者"，这类人思想极度狭隘，无视外部世界的存在；另一类是"鼓掌谈瀛，虚无缥缈，望之如海上三山，可望而不可及者"，此类人是海客谈瀛，对异域的认知失之荒诞随意。第三类是睁眼看世界后出现的新型知识分子。"中国士夫，闻见狭陋，于外事向不措意。今既闻之矣，既见之矣，犹复缘饰古义，足以自封，且疑且信；逮穷年累月，深稽博考，然后乃晓然于是非得失之宜，长短取舍之要，余滋愧矣！"① 在黄看来，就是见闻颇广的士大夫，也难以摆脱传统知识的约束，需有所稽考与经历方能有所领悟，可见，他对以自己为代表的"读中国书、游外国地"的士大夫的局限性是有所反思的。其南洋诗中不但贯彻了现实理性的观察方式，更有着对传统南洋观的自觉批判。《新嘉坡杂诗》中写道："纩绝阴天所，犁鞬善眩人。偶题木居士，便拜竹王神。飞蛊民头落，迎猫鬼眼瞋。一经簪笔问，语怪总非真。"② 这首诗并不像某些论者所言体现了作者面对南洋居高临下的姿态，相反，诗人是以略带戏谑的语言对一系列荒诞不经的传统认知作出了否定。同样以在场经验纠正古籍中偏见的还有丘逢甲。他在《西贡杂诗》中写

---

① 黄遵宪：《日本杂事诗自序》，《人境庐诗草·附录》，第831页。
② 丘逢甲：《岭云海日楼诗钞》，第164页。

道："槟榔红嚼蛎灰腥，粲露瓠犀醉半醒，交趾不逢逢黑齿，大荒重记百虫经。"① 他在自注中解释，自己在到达越南之后发现古书中所言之"交趾人趾皆交"的说法是错误的，但黑齿的说法却不是无稽之谈，原因是越南人都吃槟榔，所以齿黑如漆也！

无论是对南洋民俗的出色书写还是对华人出番历史的精彩回溯，黄遵宪的南洋叙事都渗透了如康有为所言的"上感国变，中伤种族，下哀生民"的一贯情怀。他呈现了一个由苦力、商人等普通百姓构成的南洋空间，同时也以启蒙者的立场对"生民处境"予以深切的关怀和理性的呼吁。从黄遵宪三年南洋外交生涯来看，他所扮演的角色，不只是一个正直的外交官，更是一个思想启蒙者。1891年，黄遵宪到任新加坡一月后，即详察各岛情形，关注侨民疾苦，上书薛福成公使，请求设法改善侨民的处境，又捐巨资扩办保良局，保护那些被诱拐到新加坡为娼的良家妇女，挽救社会颓风。同时，他在任期间对南洋文教事业也作出了巨大贡献，他延续左秉隆的做法并加以革新，将左任内设立的会贤社改组易名为图南社，组织了有规模有规律的本土文学创作活动，从主题的设定意图到后进学人奖掖提携，都有文化南洋、醒民医国的良苦用心②。《番客篇》最后发出的"设学保民"的强烈呼吁，正说明了他在南洋的文化启蒙活动与醒民医国之目标的内在联系。

从史地著述的知识对象和荒诞传奇的神话想象到倾注我思我情的现实空间，晚清文人笔下的南洋，构成了晚清文人反观自我、凸显个人主体性的重要媒介，就是在魏源的《海国图志》这样的史地著作中，也同样可以看到论述者鲜明的主体意识，由此，传统有

---

① 丘逢甲：《岭云海日楼诗钞》，第164页。
② 有关黄遵宪在南洋的文教活动，可详见黄升任《黄遵宪评传》，南京大学出版社2006年版。

关异域的集体话语在晚清逐渐显现出了个人话语的痕迹。

第三节 失去的封地：志南洋而叹中国

南洋曾经是中华帝国的藩属地，也是抵御外敌入侵的重要防线，但近代以来，被殖民者蚕食分割的南洋成为外敌入侵的通道，"华民三百万，反为丛驱雀"，作为先行者的华人移民在南洋反而成为流离失所者。在这样的现实情境中，南洋作为失去的封地，就像一道深深的伤痕，映照往昔的强盛，唤起被凌辱的记忆，进而激发觉醒者强烈的民族意识和国家意识。因此，晚清文人在如实呈现了他们所亲历和感受的个性南洋之时，又"记得绿罗裙，处处怜青草"，字里行间无不萦绕着感时忧国的情怀，其南洋叙事也衍变成为一种具有现代意义的国族话语。

在黄遵宪的南洋诗中，志南洋与叹"中国"便是一种互释关系，借他人之酒杯，浇自己的块垒，志南洋始终以叹"中国"为前提或归宿。这种思维定式以一种无意识的方式沉淀于他所有的南洋诗之中，形成具有"母题"倾向的叙事结构。从赴任欧洲途中的南洋随感到回乡隐居后的长篇大作，无不贯彻了这一思路。1890年，前往欧洲的黄遵宪沿路经过南洋各埠，睹地伤国、吊古怀今，一再发出"封地早失，盛国不再"的悲叹："可怜百万提封地，不敌弹丸一炮声。"[1] "九真象郡吾南土，秦汉以前既版图。一自三杨倡议后，珠崖永弃不还珠。"[2] "班超投笔气如山，万里封侯出玉关。今岂无人探虎穴，宝刀难染血痕殷。"[3] 每一首诗中，悲愤之情均溢于言表。回乡后补作的《锡兰岛卧佛》更是直

---

[1] 黄遵宪：《香港感怀十首》，《人境庐诗草》卷1，第343页。
[2] 黄遵宪：《香港感怀十首》，《人境庐诗草》卷1，第345页。
[3] 黄遵宪：《香港感怀十首》，《人境庐诗草》卷1，第345页。

第二章 游历与实录:重新发现的风景(1840—1911年前后)

接书写了兴亡之叹:"及明中叶后,朝贡渐失职……咸归西道主,尽拔汉赤帜,日夕兴亡泪,多于海水滴。"① 中国之叹的立意在《番客篇》中更是得到鲜明而集中的体现。这篇叙事诗从南洋华侨的婚礼现场到华侨华人移民创业历史的回顾,最后呈现清朝统治下华侨无国无家无乡的孤立处境。在展开叙述的过程中,诗人由饶有兴致的观宴者、倾听者变成了呼吁者、悲叹者,感情的浓度不断提升,最终发出了沉重的呐喊:"谁能招岛民,回来就城郭?群携妻子归,共唱太平乐。"② 而《新嘉坡杂诗》《养疴杂诗》虽然是数首短诗组合而成,也自有其组合逻辑。《新嘉坡杂诗》以南洋风土的描述为主,若从组诗的排序和情感脉络来看,组诗的前三首和后两首有共同的情绪氛围,都在感叹朝贡体系的丧失与国力的衰退,渴盼国家的崛起与强盛,"志南洋而叹中国"的用意也十分明显。试看第一首和最后一首:"南北天难限,东西帝并尊。万山排戟险,嗟尔故雄藩。""远拓东西极,论功红十全。如何伸足地,不到尽头无?宝盖缝花网,金函护叶笺。当时图职贡,重检帝尧篇。"③ 就是在以风景山水为主的《养疴杂诗》中,我们也能感受到那种逐渐强烈的家国之忧。第1—5首在呈现安静闲定的自然环境时愁意是淡而隐秘的,第6—15首在回溯传统南洋认知的基础上书写南洋风土,古今对照之中、忧愤情绪逐渐浓烈,最后两首诗则念家想国之情溢于言表,呈现激昂深沉的境界:"一声长啸海天空,声浪沈沈入海中。又挟余声上天去,天边嘹唳一归鸿。""荡荡青天一纸铺,团团红日半轮孤。波摇海绿云翻墨,谁写须臾万变图?"④ 可见,黄遵宪对南洋风土的传神

---

① 黄遵宪:《锡兰岛卧佛》,《人境庐诗草》卷6,第348—349页。
② 黄遵宪:《番客篇》,《人境庐诗草》卷7,第481页。
③ 黄遵宪:《新嘉坡杂诗》,《人境庐诗草》卷7,第446—454页。
④ 黄遵宪:《养疴杂诗》,《人境庐诗草》卷7,第489—490页。

描摹，也被其感伤悲愤的爱国情绪所牵引和覆盖。

"志南洋而叹中国"的视野是纵横交织的。如果说清初尤侗等人仍是从中国看南洋，强化的是天朝大国的中原意识，而黄遵宪等晚清文人则开始移步换位，在古今对接、中西对峙的整体视野中重新定位南洋，惶惑不安的主体情绪也替代了居高临下的优越意识，"叹"便成为解读其南洋叙事的情绪线索所在。

所叹者，首先是传统朝贡体系崩溃后南洋乐土的丧失。"无可奈何花落去，似曾相识燕归来"，回望往昔，放眼现实，晚清文人对南洋不再为藩属地的事实不得不做出确认，南洋成为需要重新定位的"陌生人"。越是呈现出南洋的山水自然之美和现实存在之重要，其痛惜和遗憾之情就越发强烈。不过，南洋作为失去的藩属地，在激荡起晚清文人强烈的民族情怀与国家意识，生发出慷慨激昂的悲剧体验的同时，传统典籍有关南洋的知识和文化魅影仍萦绕在心，他们不免沉浸于对往昔辉煌的缅怀和眷恋之中，有着醒悟后却不能面对的尴尬心境。因而这一面向过去的异域悲叹，就显得格外深沉。它虽与感伤诗学传统有承继关系，但由于抒发了国家、民族之大悲而非一己境遇的身世之悲，上升为极为宏阔的美学境界。

所叹者，更有面对西方殖民势力在南洋的侵袭行为，中国所处的被动挨打的局面。在黄遵宪的南洋诗中，西洋便作为强力与霸权的意象出现，它正在改变着南洋，也改写了南洋与中国的传统关系："咸归西道主，尽拔汉赤帜"[1]"南北天难限，东西帝并尊，万山排戟险，嗟尔故雄藩"[2]"本为南道主，翻拜小诸侯。巧夺盟牛耳，横行看马头"[3]"益地图王母，诸蛮尽向西"[4]"巢幕

---

[1] 黄遵宪：《锡兰岛卧佛》，《人境庐诗草》卷6，第349页。
[2] 黄遵宪：《新嘉坡杂诗》，《人境庐诗草》卷7，第447页。
[3] 黄遵宪：《新嘉坡杂诗》，《人境庐诗草》卷7，第447页。
[4] 黄遵宪：《新嘉坡杂诗》，《人境庐诗草》卷7，第448页。

第二章 游历与实录:重新发现的风景(1840—1911年前后)

红鹰集,街弹白鹭多"①。目睹西方人在南洋横行霸道、不可一世的种种现状,诗歌中无不充满"西雨已来风满楼"的忧虑和沉重,甚至可以得其诗"志南洋之所以志西洋也"的结论。的确,晚清以降,南洋的重要性是在中西对峙的大局中得以确定和强化的。正如魏源所论述的那样,南洋的失去正是中国走向衰败的象征,为了重立中国的大国地位,必须驱除西方殖民者在南洋的威胁与影响。在这种视野中,中央之国与周边蛮夷的对立,转换成中国与西欧的对立,南洋则成为中国与世界碰撞的前沿地带和战场,对重建中西关系乃至改变世界格局具有战略上的重要意义。实际上,南洋这一空间在晚清的重新划界与确立,遵循的正是殖民者风卷蚕食之路径,从鸦片战争到中法战争,被一点点剥夺侵袭的异域乐土,正好衍变成逐渐清晰的南洋疆域②。也正是在视野交错的南洋异域想象中,世界视域之中的现代中国图象也逐渐浮出了水面。

"志南洋而叹中国"的书写思路在康有为、丘逢甲等晚清文人的文学想象中也是常态。就康有为而言,维新运动失败后,流亡南洋时所写的众多诗歌中,其睹物伤国的情绪比黄遵宪更为直接和浓烈,异域山水只能让他愁思万里、心系君国:"天荒地老哀龙战,去国里家又岁终"③"星坡北望泪沄沄,杜鹃啼血断燕云"④"北京蛇豚乱纵横,南海风涛日夜惊。衣带小臣头万里,秋来绝岛听潮声⑤"。身在南洋心系母国,晚清南洋乡愁诗的出现,正是南洋作为异域在其文化地理想象中定型的表征,南洋叙事便衍变成晚清文人构建现代"中国"这一"想象共同体"的重要线索。在梁启超等人殖民南洋的历

---

① 黄遵宪:《新嘉坡杂诗》,《人境庐诗草》卷7,第449页。
② 从明代1511年开始的这一进程,时至晚清其疆域才全部凸显,相关阐释可见魏源的《海国图志》的"东南洋"部分。
③ 康有为:《康有为诗选》,舒芜、陈迩冬、王利器选注,人民文学出版社2004年版,第192页。
④ 康有为:《康有为诗选》,第196页。
⑤ 康有为:《康有为诗选》,第196页。

史回叙中，我们也能看到这种南洋叙事与民族伟力神话之间的联系。

第四节 "野蛮"的东方：旧词与"新知"

在黄遵宪笔下，晚清南洋从荒诞不经的神话空间转变成为生活的热土与乐土，从史地著述的知识对象成为倾注我思我情的想象空间，从曾经的藩属之国成为文人吊古怀今的伤心之地。这些都印证了晚清对于南洋定位的巨大变化。然而，颇令人尴尬的是，黄遵宪诗歌中有关南洋的总体符号依然是"南蛮、南溟、化外、蛮婢、蛮夷长、化外、蛮夷、蛮语"等旧词，同时，在"兴亡之叹"的抒情主线中，他几乎是以回眸的方式完成了对南洋的现实书写，因而比之西洋和东洋的叙事，其南洋叙事更倚重典故与史实。同样，在康有为、丘菽园和丘逢甲等人的南洋叙事中为了突出与往昔的对比，沿用旧词古语的表述方式也很常见。如何理解黄遵宪等晚清文人南洋叙事中旧词与新知并存的现象呢？

就黄遵宪而言，对此现象有三种观点。一种观点认为，这一现象说明了黄遵宪深陷旧学之中无法自拔，其思想立场就是传统的，其诗歌就算偶然出现了新事物也没有新理致。遵循这一逻辑钱钟书对其南洋诗名篇予以了全盘否定："譬如《番客篇》，不过胡稚威《海贾诗》；《以莲菊桃杂供一瓶作歌》，不过《淮南子淑真训》所谓：槐榆与橘柚，合而为兄弟；有庙与三危，通而为一家。"[①] 另一种观点则认为，黄遵宪对于旧词及相关的古典资源的沿用，是权宜之计。往往是因为他急于表达见解，尚没能找到合适的词语便大量借用古典资源。[②] 也就是说，黄遵宪借用这些旧

---

① 《钱仲书等人有关黄遵宪诗歌的相关评叙》，选自《人境庐诗草·附录》，第1003页。
② 郑子瑜：《关于黄遵宪诗的笺注及其佚诗》，《诗论与诗纪》，中华书局1978年版，第9—10页。

第二章 游历与实录:重新发现的风景(1840—1911年前后)

词不过是才气不足的表现,主要是技巧问题,未必与世界观有联系,当然也就不能说是中原意识的体现。而黄遵宪本人的观点又有所不同,在其《人境庐诗草·自序》中有言:"其取材也,自群经三史,逮于周秦诸子之书,许、郑诸家之注,凡事名、物名切于今者,皆采取而假借之。其述事也,举今日之官书会典方言俗谚,以及古人未有之物,未辟之境,耳目所历,皆笔而书之。"① 在他看来,运用旧词古语的基本原则是"古词今用",只有适用于当前语境与情景的才借用,此举并不是拟古,而是在创新。而当前的南洋本土主义者则将这些旧词古语当成是中原心态、文化偏见的表征,借此断论中华帝国与南洋各国的主次关系。

选择怎样的词语来命名言说异域,当然不是偶然与随意的,但它不仅仅是由个人才情和文化传统、知识背景的因素所决定的,而是由本土与异域的现实关系所制约的,因此,旧词的运用,尽管仍可与古籍中的知识与观念相互参照,却必须放入已经变动的世界格局中去看,必须深入分析晚清语境中这些旧词所指的变化,而不能停留在文学表述本身。

晚清中国对西方人的命名经历了一次转变,鸦片战争前后,英国殖民者强迫清朝政府清除公文报章中的"夷"等指代英国人的类似字样,某些著作也逐渐放弃使用这一称谓,如徐继畬1844—1848年在编撰修正《瀛寰志略》版本的过程中最终完全去除了"夷"字的存在②。到1858年的《天津条约》则明文规定清

---

① 黄遵宪:《人境庐诗草·自序》,第20页。
② 徐继畬在编撰《瀛寰志略》时,指称西方国家时用的是"夷"字,仅"英吉利国"一节2000多字,就有21个"夷"字,但到1848年将此书定稿为《瀛寰志略》时,则将"夷"字全部删除,或用其他字代之。但对此有两种说法,一种认为说明了他世界观念的改变,变传统的华夷观为平等的国家观(参见郑大华、喻春梅《〈瀛寰志略〉与〈海国图志〉之比较》,《晋阳学刊》2008年第6期),但刘禾认为出现这种修正是在英国人所施加的政治压力下的被动行为(参见刘禾《帝国的话语政治》,杨立华译,生活·读书·新知三联书店2009年版,第98页)。

政府必须废止用"夷"来指代英国。然而,在当时的清朝官员看来,"夷"未必是贬义的,不过是对外国人的一个概称。英国人则将"夷"理解为"野蛮"(barbarian),认定这词饱含轻视与侮辱,双方在词语理解上的歧义以清政府的屈服告终。刘禾在《帝国的话语政治》一书中认为,这一话语冲突的过程与结果意味着晚清中国对西方话语逻辑的屈从与认可。[①] 也就是说,我们对于"夷"的理解开始遵循西方拟定的思路,据此反观的传统中外关系史可能被简化为中原中心主义对化外蛮夷的歧视和偏见的历史。那么,时至19世纪八九十年代,对现实格外敏感的新派诗人笔下频繁出现的"南蛮"其所指又是什么呢?与文明与野蛮的现时话语逻辑之间有着怎样的联系呢?

晚清的"南蛮"首先指向的当然是一个真实存在的地理空间,但并不仅仅指由遥远神秘的原始森林所造成的空间感觉,而是指涉具有芜杂性的殖民地的文化与社会空间。这个由土著、华人、西方殖民者等构成的混杂空间里,谁可以作为"蛮"的所指呢?是当地土著还是西方殖民者呢?从黄遵宪的诗歌中,似乎可以看到他对上述两者的双重否定。如"裸国原狼种,初生赖豕嘘。吒吒通鸟语,袅袅学虫书。吉贝张官伞,千兰当佛庐。人奴甘十等,只愿饱朱儒。"[②] "化外成都会,迁流或百年。土音晓鸠舌,火色杂鸢肩。马粪犹余臭,牛医亦值钱。奴星翻上座,舐鼎半成仙。"[③] 上述诗中,他将西方的语言文字称为鸟语虫书,对番化的土生华人又不无揶揄嘲讽,充满着对华人文化失真的双重忧虑。不过,对于黄遵宪来说,于西方虽有因其殖民强盗行径而衍

---

① 刘禾:《帝国的话语政治》,杨立华译,生活·读书·新知三联书店2009年版,第98—104页。
② 黄遵宪:《新嘉坡杂诗》,《人境庐诗草》卷7,第449页。
③ 黄遵宪:《新嘉坡杂诗》,《人境庐诗草》卷7,第451页。

生的不满情绪,但其科技与制度文明却是值得学习仿效的对象。文化层面上的"蛮、荒"更多指向的是当地土著文化,《养疴杂诗》中便有显现这种文化优越感的诗:"波光淡白月黄昏,何物婆娑石上蹲?欲废平生《无鬼论》,回头却是黑昆仑。"① 《无鬼论》源自干宝的《搜神记》,黑昆仑典出《旧唐书·南蛮传》中对于南洋土人的描述,借用古典资源,黄遵宪含蓄地道出了自己对当地土著的定位——"黑鬼",隐含了文明与野蛮的思维逻辑。

然而,在西方文明的冲击下,对东方文明内部他者的批判中就隐含了重新确认自我位置的冲动。就算晚清文人将南洋土著视为野蛮,其内涵仍不可能是静止与单一的。在此,康有为与梁启超二人不同的南洋野蛮观可作为参照系来洞察其中的变动性与复杂性。在康有为的视野中,南洋、中国和西方在文明的程度上是,中国和西方为高端,南洋是低端。"盖刻像之美恶,足验国度之文野。吾常游爪哇博物馆,盖木石像凡千万,皆丑怪不可迫视焉。殆及西印度、南美及非洲,刻像亦然。宜其日以杀人夺货为事也。吾国数千年神像,即已妙丽。生与其心者,作于其事。吾国文明已久,故垂裳端冕,正与希腊同风,特精妙不如之耳。"② 康有为的南洋野蛮是与西方、中国对比而呈现的结果。1918 年之前,梁启超曾在太平洋视野中定位南洋,在他看来,与美国等西方文明社会相比,太平洋沿岸诸都会(包括中国)皆归属于幼稚社会:"从内地来者,至香港、上海,眼界辄一变,内地陋矣,不足道矣;至日本,眼界又一变,香港、上海陋矣,不足道矣;渡海至太平洋沿岸,眼界又一变,日本陋矣,不足道矣;更横大陆至美国东方,眼界又一变,太平洋沿岸诸都会陋也,不

---

① 丘逢甲:《岭云海日楼诗钞》,上海古籍出版社 1982 年版,第 164 页。
② 康有为:《欧洲十一国游记二种》,岳麓书社 1985 年版,第 136 页。

足道矣。此殆凡游历者所同知也。"① 梁启超眼中的中国与南洋在西方文明参照之下都处于劣势。黄遵宪对南洋的认知比康梁来得丰富和深刻，但作为放眼看世界的同一代人，其南洋野蛮观念的生成也有西方文明这一参照系。只不过他对传统文化的态度比较模糊，不如康梁那般坚决清晰。他既不像康有为那样固执地捍卫儒家文明，也没有同梁启超那样最终走向国民性批判的立场。正是这种含混性，使黄遵宪的南蛮意象中隐藏着的自我影像如此惶惑不安、难以定位，任何简单的判断与思维都有可能造成一种误读与误会。

晚清至民国，在中国与南洋、西方辗转互看的世界历史进程中，正如夷被洋替代一样，蛮也逐渐被洋替代，南洋作为逐渐定型的地理与文化空间最终实现名与实的统一②，但在依然强势的帝国文化之下，"野蛮的东方"这样的"世界话语"是否消失仍需具体情况具体分析。

本章小结

从久远的航海贸易到晚清的流寓移居，在距离的改变和世界格局的变化中，晚清文人作为新的结构成分进入了中国的南洋想象历史之中，催生了新的南洋叙事，呈现出新的异域风景以及正在形成的新的话语模式。首先，它远离了荒诞不经的传说与神话，成为一片真实存在的生活空间，凸显了其对晚清中国生活的意义，初步显现了南洋叙事的生活话语模式。其次，南洋从史地著述的知识对象成为驰骋我思我情的现实空间，形成了具有主体意识的个性话语方式。再次，它不再是中国的藩属地，而是作为

---

① 梁启超：《新大陆游记及其他》，岳麓书社1985年版，第459页。
② 民国南洋学兴起，南洋被作为一个独特的空间进行学术上的规训与整理。

第二章 游历与实录：重新发现的风景（1840—1911 年前后）

已经失去的封地，激发起强烈的民族意识和国家意识，成为建构现代中国想象的重要线索，初步凸显了南洋叙事中的国族话语模式。最后，它作为野蛮的东方影像，在西方文明主导的殖民时代，映照出了晚清中国尴尬的自我意识与定位，显现了有关南洋的东方话语的渊源。上述从生民、个体、国家、世界等不同层面出发而呈现的南洋形象与南洋话语，彼此既有相互关联之处，也有相互抵牾之嫌，对这种复杂性的还原并非研究者思路混乱的体现；相反，它体现了研究者对历史现场的尊重。在我们看来，晚清的南洋叙事，本来就难以在"自我／他者或殖民者／被殖民者二元对立"的阐释视野中透彻理解，只有在更为多元立体的视角——日常生活的、主体意识的、国族意识的及东方意识——之中加以梳理，才能呈现出其独特性。

更进一步的结论是，晚清文人南洋想象的这种多层次性与复杂性，或许正是近代中国重新融入世界时试图建构的独特立场及其摸索的独特经验的表征，值得研究者高度重视。当前的南洋研究者在总结中国有关东南亚地区的文化实践和想象时，必须摆脱所谓传统朝贡体系的思维局限，实事求是地呈现近代以来中国以"第三种立场"和东南亚交往的多元历史，而不是和南洋本土主义以及东方学学者一样，建构所谓近代中国殖民东南亚的"历史"。只有这样，我们的南洋研究才可以成为一种文化交流的有利媒介——减轻东南亚较小国家通常对中国这样一个较大邻国所固有的恐惧心理。①

当然，对于异域空间的书写从来就不是纯属客观的，其深层

---

① 王赓武、薛学了在《新加坡和中国关于东南亚研究的两种不同观点》（《南洋问题研究》2004 年第 2 期）一文中强烈呼吁这种研究立场。但近代以来，中国与南洋的关系历史本来就不同于殖民者／被殖民者二元对立的历史，南洋对于现代中国而言是一个非常独特的空间。

动机都是观照自我，晚清南洋叙事的复杂性也提醒研究者不应拘泥于中西二元视野，而应在更多元的参照体系中厘清有关"现代中国"的叙事线索与逻辑，从而对现代中国的历史有更丰富客观的认知。

第三章　观看与想象：类型化的意象
（1911—1931年前后）

晚清文人叙述的南洋凸显了现实性和真实性的层面。一方面，他们以自己的游历、观感和在地感受展现了南洋作为生活空间的丰富性；另一方面，又在中西之关系视野中定位南洋——作为失去的封地，这一在风景与文化、生活等层面都与中国相似的空间既是对中国辉煌往昔的嘲讽，也是中国当时国力日渐衰弱的现实写照。晚清文人在眷念、痛惜和伤感的同时，已清醒地把握了这样一个事实：南洋已经从朝贡体系中分裂崩溃，成为中国的异域空间。面对晚清所构造的这一有关南洋的地理与文化文本，后起的作家在重写的过程中，既有所顺承，也有所改变。

辛亥革命的胜利和中华民国的成立，进一步唤醒了南洋华人的民族觉悟，士人、百姓、商者你来我往，大大加强了中国与南洋的联系，有关南洋的专门研究与调查也开始出现。民国头二十年中，有关南洋的游记还在不断涌现，主要是观游印象和调查研究的混杂，基本延续了晚清有关南洋的"游历与实录"的话语方式，如夏思痛的《南洋》①、侯鸿鉴的《南洋旅行记》② 等都属于

---

① 夏思痛：《南洋》，泰东图书局1915年版。
② 侯鸿鉴：《南洋旅行记》，锡城公司1920年版。

这类带有研究性的游记。与此同时，一些以南洋为主体或背景的虚构性文学作品开始出现，如许地山的《命命鸟》、徐志摩的《浓得化不开·星加坡》等，它们展现了民国南洋叙事的新动向，也体现了中国对南洋的新态度。

新的动向首先体现在对自然南洋书写方式的变化之上。在这些文学作品中，晚清带有观游印象的写实方式转换为带有想象性的写实加写意形式，始作俑者可以说是苏曼殊。苏曼殊在南洋羁旅之中发出了"炎蒸困羁旅，南海何辽索？"[①]的诗性感叹，也写了几篇留下南洋印记的小说，在"椰风椰雨"的写意性笔调中呈现了虚实莫辨的南洋。在五四初期许地山的小说中，涉及自然南洋的笔墨虽有一定的写实性，但更突出的是与地理实景无关的想象性。

其次，对南洋风景的定位不再遵循"中原—化外"的传统思维，而是深受西方浪漫主义所热衷的文明——自然的现代思维所影响，与晚清文人的叙事一样，南洋在其笔下同样有自然、野蛮之类的表述，却是与现代文明形成对比的世外桃源。这在许地山的《命命鸟》、徐志摩的《浓得化不开·星加坡》等文本中都有所显现，他们的叙事赋予南洋浪漫主义的色彩，却又不等同于传统的"化外"意象，当然也未必完全等同于西方浪漫主义的自然观。

再次，由劳工、苦力、华商等记忆堆砌起来的以经济利益导向的南洋"财富"意象之中增添了很多新的元素；一些作家融合已有的南洋印象，在个人的感性经验的基础上形塑出了新的具有典型意义的南洋意象。特别是1927年之后，现代作家对南洋的叙述方式由旁敲侧击变成了正面展现，南洋形象朝更为人格化、定型化的方向演变。其中徐志摩等人的情人意象、洪灵菲等人的黑

---

① 苏曼殊：《耶婆提病中末公见示新作伏枕奉答兼呈旷处士》，见柳亚子编《苏曼殊全集·第一册》，北新书局1928—1929年原版，中国书店翻印1985年版，第39页。

第三章 观看与想象：类型化的意象（1911—1931年前后）

暗意象以及老舍的花园意象是最具有代表性的，这三类意象分别指向"欲望""革命""梦幻"。这些略显刻板的类型意象既是作家个人对南洋的想象性把握，也是国人集体意识的折射——1927年南北基本统一后，民国后兴起了南洋研究热，在国家意识之下，南洋逐渐作为被定性与定型的异域形象而出现。

最后，现代作家的南洋叙事之中，显现了中国对南洋新的情感态度。如果说晚清文人对南洋是感伤加感叹的话，那么进入民国后，这种柔和的感伤感叹转换成一种爱恨交织的态度。所恨者是南洋作为资本主义的物欲、丑陋的象征而引发憎恨与诅咒，所爱者是在东方共同体的想象中，南洋作为与中国一样受苦受难的形象而被同情与肯定。因此，在类似"他者话语"的叙述之中，我们仍能感觉到其中隐含的对话姿势和强烈的内省目光。

显然，这些类型意象的出现并不意味着这些作家对南洋有足够深刻的体验与理解，相反，我们能从这种带有梦幻性和想象性的改写之中感觉到作家、时代与南洋的隔阂。一方面，是现代作家的南洋体验仍停留在游客的心态，虽然不少游历过南洋的作家都对南洋产生了浓厚的兴趣甚至有调查研究的冲动，但因材料收集的困难、语言方面的隔阂、时间上的局限等种种主客观的原因，他们最终舍弃了宏大构思，转而选取观看与想象叠加的叙事形式。另一方面，民国初年到20世纪30年代，中国仍以浓郁的民族主义和国家主义意识去处理和认知南洋，身处其中的写作者难以逃脱整体的时代氛围，这使写作者与真实的南洋之间也存在隔阂与成见。正是这种有关南洋的整体性感觉结构与知识状况，决定了现代作家书写南洋时常常出现"心有余而力不足"的结果。曾在吉隆坡从事华文教学与副刊编辑工作的许杰计划中的宏大社会学著作《南洋概论》变成了似小说、似随笔，也似记事的《椰子与榴莲》；寓居新加坡一年多的老舍本想纠正国人对南洋华侨的种种偏见,重写南洋华人的移民历史,却只写出南洋艳丽无匹的色彩,华人开拓南洋的伟大史诗变成了半写实半虚构"四不像"的童话《小坡的生日》;革命作家洪灵菲《流亡》中的南洋场景也只是带着感受与感叹的惊鸿一瞥,而失去了这一代人原本经历过的生活厚度。对此,黄傲云总结道:"在整个二十年代,中国作家都未能写出南洋社会的真正特性,他们的作品所呈现的,只是文学上的感性,而非知性……因为作家对异域的了解虽然可以凭借文本,但习俗和思想,则要靠亲身体验,情调就更需要投入的感受了。……对一个地方缺乏真正的了解,就只能表面的描述与直观的记叙。"① 其实这种感性多于知性、缺乏自觉反思的南洋意识在叙事中从民国初年一直延续到20世纪30年代初,但是,出现这种情况的原因并非如黄傲云所理解的那样,仅仅是作家个人南洋经验局限性的反映,它更是中国与南洋存在的现实距离与整体认知关系的写照。进一步的改变和逆转是在日本侵华之后,这场战争使南洋与中国的关系进入了前所未有的深度和广度,改变着现代中国作家重写南洋的策略,一种新的知识视野也由此生成。

第一节　情感意象与宗教话语
——许地山的南洋叙事

五四初期,许地山以其作品中的南国色彩与异域风情而著称。当时以欧美、日本留学生为主阵的现代作家其异域书写多集中于"西洋和东洋"主题,而许地山的作品多以印度、缅甸、新加坡及东南沿海等地为背景,集中凸显了宽泛意义上的"南洋"空间。稍后张资平在《冲击期化石》(1922)中虽有涉及"南洋"之

---

① 黄傲云:《中国作家与南洋》,香港:科华图书出版公司1972年版,第14页。

第三章 观看与想象：类型化的意象(1911—1931年前后) ●◎●

处，但均是极为简略和次要的笔墨，难以展开详细分析。因此许地山的作品可作为五四初期南洋叙事的代表之作。但许地山的早期作品又是有着自觉的宗教思维和宗教氛围的①，那么，与晚清相比，许地山的南洋叙事有何特点？其宗教思维又怎样影响其南洋叙事的基调呢？

一 从写实到写意：作为情感意象的南洋风景

跟传统的神话话语相比，晚清异域叙事最大的特点就是如实记录所见所闻，呈现一个叙述者耳闻目睹的真实世界，有关南洋的叙事也大体如此。晚清游记中为数不多的南洋叙述都可称为观游印象，一般为游者、寓者对南洋印象的随录随记，一些以南洋为题材的文人诗词也具有"史"的性质，重在实景再现。因而其书写重心便集中在"自然风光、地理环境以及生活习俗"等所谓"风土"的层面，如力钧的《槟榔屿志略》、王芝的《海客日谭》以及李钟珏的《新嘉坡风土记》等都是典型的风土记，而许南英的《新嘉坡竹枝词》、黄遵宪的《新嘉坡杂诗》《番客篇》也都重在书写民俗风情。可以说，晚清文人的南洋叙事虽与传统有关异域的神话话语和集体话语形成对照，但南洋对于他们来说仍不过是被重新发现的"风景"，是观看的对象与疆域。

无疑，许地山的南洋叙事中也有"风景"，这正是五四以来

---

① 许地山有关南洋的小说文本中，宗教话语占据主流地位，而启蒙话语、人道主义关怀话语则属于相对隐匿的边缘话语，这一观点也得到其他研究者的论证与确认，如孙中田的《彼岸与此岸之间——走进许地山的小说世界》(《北方论丛》1999年第5期)、杨国良与钟术学的《从显现到隐藏：许地山的宗教性追求》(《中国比较文学》2006年第3期，总第64期)、安春华的《"耶稣就像落花生"——论许地山小说中的宗教情结与入世情怀》(《名作欣赏》2009年第8期)、牙运豪的《宗教话语的张显化叙述——许地山前期小说话语策略之一》(《作家》2011年第4期)。

人们对他早期作品的印象。但若仔细辨析，则会发现他对南洋风景的态度以及书写方式是独特的，不但与晚清文人形成了对比，也和通常意义上的"异域风情"书写拉开了距离。

许地山祖籍广东揭阳，出生在台湾，未满三岁就因甲午战争被迫离开台湾寄居广东，童年时代跟随父亲在广东、福建等地漂泊，青年时代又前往缅甸华侨学校谋职，为了谋生，父亲许南英更是几度前往南洋，最终客死苏门答腊。可以说，像许地山一样的南国家族，其命运已被镶嵌在南洋的历史缝隙之中，有着水乳相融的感觉。拥有这般丰富的南洋体验与知识的许地山，自然在其写作中会留下有关南洋的种种印记。我们可以看到他作品中常常不经意地出现一些琐碎的南洋地名，如缅甸仰光（《命命鸟》）、新加坡丹让巴葛（《商人妇》）、马来半岛西海岸（《缀网劳蛛》）、槟榔屿（《海角之孤星》）、婆罗洲（《玉官》）。但正像一些论者所注意的一样，许地山从来都不刻意表现南国风情和异域元素。①《缀网劳蛛》写马来半岛的西海岸，简单到只有一句话"地方虽然不大，风景倒还幽致"。而根据黄傲云的考证，"马来西亚西海岸的土华地区，决非养珠之处，故事中的风景与岩盐，也没有些微的南洋色彩，更不用说什么热带情调了"。②《命命鸟》写绿绮湖，虽留有他缅甸教书时的观游记忆，也是简略之极："湖边满是热带植物。那些树木的颜色、形态，都是很美丽，很奇异。"③而另一些有关南洋的作品如《商人妇》《枯杨生花》则根本不描绘当地的特有风物。应该说，他对于风景风俗本身并没有发生像晚清文人那样的浓厚兴致；他之所以屡屡选择以南洋作为其作品

---

① 沈庆利：《异国背景与许地山的小说创作》，载于《西南师范大学学报》（人文社会科学版）2003年第5期。
② 黄傲云：《中国作家与南洋》，第17页。
③ 许地山：《命命鸟》，选自许地山《无忧花》，江苏文艺出版社2008年版，第4页。

的背景，不过是他作为南国浪子的生活境遇的自然折射。事实上，在他的作品中，风景本身不是主题，而是作为思与情的媒介、背景和氛围出现，所谓一切景语皆情语也。如《缀网劳蛛》里所描绘的花园和花园里遭遇虫伤的玫瑰意象并非热带之实景，而是营造一种情境，引发尚洁对人生的独特思考。《命命鸟》里幽清美丽的绿绮湖在简略描摹中构成了有情人消愁忘忧的港湾，其中最为突出和描写冗长的异国艺术（涉及雀翎舞、巴打拉、恩斯民等东南亚的独特风情）表演场景，则是男女主人公互诉衷情、私订终身的隐晦过程与方式的写照。

正因景为情生，许地山的风景书写方式也不同于晚清的实录方式，他往往由观景印象提炼出一些自然意象，形成具有写意性和想象性的风景画面。《海角之孤星》较为突出的南洋风情由简略的热带意象组成："下了海船，改乘小舟进去。小河边满是椰子、棕枣和树胶林。轻舟载着一对新人在这神秘的绿荫下经过，赤道下底阳光又送了他们许多热情、热觉、热血汗。"椰子、棕枣、树胶林、绿荫、阳光等意象确是实际的南洋风景，但作者却赋予其象征意义："椰子是得子息的徽识树……棕枣是表明爱与和平。树胶要把我们的身体粘贴得非常牢固，至于分不开。"[1] 而阳光、绿荫则是这对年轻夫妇生命与浓郁爱情的象征。

"风景风俗"作为自然风光、地理环境以及生活习俗等的综合，似乎比流动的事件和人物更具有稳固性，常常成为我们书写"异域空间"的首要层面，虽然事实上没有恒久不变的风景风俗，但特定区域的"风景风俗"若被反复书写，经历符号化、象征化的过程后就会凝固成为人们有关异域的刻板意象。如今我们一提起"巴黎"，脑海里就有"地铁里的流浪歌手""黑暗中的巴黎妓

---

[1] 许地山：《海角之孤星》，选自许地山《空山灵雨》，天津教育出版社2007年版，第166页。

女"等浪漫与丑恶夹杂的固定意象；而一提到美国就是"摩天大楼""西部牛仔"等现代与粗犷并存的记忆，这自然与包括文学在内的各类传播媒介的强化叙述有关。许地山对于南洋风景的写意式书写，其实也在将南洋"符号化、象征化"，当概括、简练的笔调替代了对于南洋现实和朴实的记录之后，有关南洋的类型印象就逐渐形成并延续在文学想象之中。如许地山作品中以椰子、棕枣和橡胶林为标志的热带丛林印象，正是五四以来的中国作家对南洋风景的类型化想象结果之一，它逐渐替代对于南洋"蛮荒""化外"等传统的刻板印象，成为现代作家将南洋重新自然化的起点。这种对异域风景的情感化、象征化处理方式与19世纪西方浪漫主义文学有相似之处。浪漫主义文学对于异域风景的书写，也往往从情感的需要出发，加以简约化和象征化。如歌德、席勒、拜伦、雪莱笔下的东方，也绝对不是现实中的"东方"，而是根据自我需要加以象征化、情感化的东方。

然而，许地山作品如此处理南洋风景，最终呈现的南洋意象是否等同于西方浪漫主义视野中的"自然"呢？杨义先生就发现了许地山式的浪漫主义中自然书写的独特性。他指出："许地山的小说确确实实地写出了自然本身的光彩，但这种光彩又是与人物的深挚的感情交融在一起的。"……他的小说"使浪漫主义'皈依自然'的倾向在一定程度上带上了执着于人世的因素"。[①] 的确，许地山并不关注地方风物的民俗学价值，也就是我们前面所分析的他"对风土风俗本身并没有兴趣"，虽然他笔下的自然具有乡野气息和世外风味，但并非西方浪漫主义与都市的喧嚣忧郁相对立的清新古朴。西方浪漫主义是对工业化文明的反抗与反思，在都市的异己空间里，现代西方人需要到异域寻求一块"绿色的草地"，

---

① 杨义：《中国现代小说史》（1），中国社会科学出版社2007年版，第273—274页。

欧洲人在 19 世纪对美国和东方的梦想都是如此格调，他们常将异域风景想象成未被文明污染的"自然、原始"，或与现代文明抗衡的世外桃源。中国现代作家的乡土叙事中就有对这一逻辑的认同与再现，如沈从文、废名一派的小说家的乡土叙事便是代表。但许地山笔下的南洋，既不是一个与都市文明相对应的"自然、原始"，也不是沈从文笔下的"诗意边城"；相反，对于许地山而言，在"一切景语皆情语"的传统诗学观念之下，南洋不过是背景语境，是演绎人生悲欢离合的生活空间；南洋对于他来说，并不具有观赏意义和乌托邦意义，而是南国人奋斗、挣扎的现实空间，是苦难重重、漂泊离散的生存空间。因此，许地山笔下的南洋，并不能在文明与自然的二元对立视野中予以定位。同时，许地山并没有将南洋的边界固定封闭，而是视为边界模糊的南国地理的一部分，成为一种游移不定的地理共同体的某个区域，这样游移的含混空间显然也与西方二元对立思维之下具有"异己的、排斥性"的"他者空间"迥然不同。

尽管许地山对于南洋风景的书写方式带有浪漫主义的痕迹，但他对南洋风景的独特定位及态度可以说明，对于五四初期的中国作家而言，南洋尽管正在被情感化、符号化，但这一空间并非异己的他者世界，而是处在边界模糊的我乡和异乡之间。

二 从沉默者到"皈依者"：宗教话语中的南洋新人

空间的性质，并不纯是由自然和地理景观决定的，而是由生在其中的人和社会关系来决定的。许地山之所以对南洋风景采取写意性处理，在于其关注重心本就在人，而不在风景。因而"人在南洋"这样的观察视角能够让我们对其南洋叙事的独特话语方式有更深入的理解。

在晚清的南洋叙述中，一些文本已呈现了复杂多样的南洋社会。如黄遵宪的《番客篇》通过婚礼现场的描述呈现了不同种族文化的人欢聚南洋的宏大画面，也反映了南洋华人无国无家的痛苦境遇。著名的谴责小说家吴沃尧在《二十年目睹之怪现状》《劫余灰》《发财秘诀》①等数部小说中都写到南洋，将南洋写成偷窃暴力、欺瞒拐骗、攀慕虚荣、横财暴富等丑恶现象的汪洋大海，当然也是不幸者葬身其中的活地狱。但在上述记录式的苦难叙事中，活跃于南洋的人，都是不自觉的人，他们不是时代的渣滓浮尘，就是受欺压的弱势群体，套句马克思的话：他们都是无法表述自己的人②。但在许地山笔下，出现在南洋这一空间的"穷苦人"，却出乎意料地变成了启蒙者，他们不但救助自己于苦难之中，而且开始拯救他人。更有意思的是，这样的启蒙者，还是女性的形象。落难女性在南洋接受知识与宗教的开化成为启蒙先锋的叙事结构，使许地山的南洋叙事充溢着浓郁的五四气息。

《缀网劳蛛》里的尚洁，本是穷苦人家的女儿，作为童养媳受尽了夫家的虐待，在长孙可望的帮助下逃离家乡来到南洋，若按照吴沃尧小说里"南洋苦难"的叙事模式，她到南洋后的结局多半是沉沦。但在许地山笔下，尚洁在南洋走的是另一条路，她获得了受教育的权利，还皈依了基督教③，成为一个有知识、有

---

① 如《二十年目睹之怪现状》中，记载了拐卖良家妇女去南洋、卖猪崽去南洋以及罪犯逃亡南洋暴富等数件怪事，而《发财秘诀》中的广东无赖花雪畦在破产后专门骗诱赌徒去南洋当猪崽，一次竟然把新安县长的少爷给卖掉了。

② 当时有关美国华工的文学作品也不少，最有影响的是黄遵宪的《逐客篇》，吴沃尧的《人镜学社鬼哭篇》、"杞忧子"的《苦社会》、碧荷馆主人《黄金世界》《拒约奇谈》等，但这些作品中的异域华人也属于等待别人拯救的沉默者。

③ 从长孙可望的话，可以看到她在南洋获取知识和被启蒙的过程："你要入学堂，我便马上送你去；要到礼拜堂听道，我便特地为你预备车马。现在你有学问了，也入教了，我且问你，学堂教你这样做，教堂教你这样做么？"（许地山：《缀网劳蛛》，见《无忧花》，江苏文艺出版社2008年版，第55页）

信仰的现代知识女性。然而好事多磨,她发现丈夫人品不正且猜忌成性,对她屡加伤害,逼迫她不得不离家出走。尚洁的这一段故事,正是南洋版的"娜拉故事"。不同的是,许地山让南洋的"娜拉"找到了出路。尚洁来到远离家庭的土华地区,开始做传道兼扫盲的工作:"她一连三年,除干她的正事之外,就是教她那班朋友说几句英吉利语,念些少经文,知道些少常识。在她的团体里,使令、供养、无不如意。若说过快活日子,能像她这样也就不劣了。"① 就是那群粗鲁的对她有邪念的采珠工人,也被她的威仪降服了,彼此成了朋友。这样,尚洁在启蒙的事业中,在与民众的交往中发现了自己的意义,即便丈夫误解她、抛弃她,她的生命之花仍在璀璨地开放。《商人妇》里的惜官与尚洁有着相似的人生经历。她是在家乡苦等丈夫十年的小媳妇,克服重重困难前往南洋寻夫,可一到新加坡却被丈夫卖给印度富商做妾,从此坠入无底的深渊。在如此恐怖的人生际遇中,宗教和知识给她带来了战胜苦难的力量。在印度富商家,同为小妾的回教徒阿葛利马教她认识异邦文字,引导她理解伊斯兰教的教义,对安拉的信仰让她度过了最艰难的岁月。在富商死后,她陷入孤身逃亡、无依无靠的险况中,又由邻居指引皈依了基督教,进了学校读书,最终成为能够教育指导别人的启蒙者——"教习"。文本中她戏言自己是现代的"鲁滨孙",在异域漂泊数十年终得以解放。但从她由被启蒙者到启蒙者角色的戏剧性转变来看,更准确的说法是她实现了从"星期五"到"鲁滨孙"的大蜕变。颇有意思的是,《命命鸟》里让本是俳优的敏明,也拥有女学生的身份。她正是在男女同校的现代语境中,演绎出了与加陵的同窗之恋,使传统文学中"台上台下"的优伶才子故事演变成了一个志同道

---

① 许地山:《缀网劳蛛》,见《无忧花》,第59页。

合的现代爱情故事。作为知识女性和宗教信仰者的敏明成为爱与人生的启蒙者,她的悟性比加陵还要高,最终指引着他去除现世幻象走向了彼岸世界。

　　这些小说中诸如"知识、教育、女性解放、启蒙"的线索或主题,充满了五四初期的时代气息,由此,许地山将晚清文人从一己境遇出发的南洋悲吟转换成对平民大众的深切关怀,并在"知识改变命运"的信念中赋予了南洋新的希望,在新时代的曙光中,晚清南洋"苦难叙事"中的悲剧人物终于迎来了光明的前景。①

　　不过,我们注意到,许地山笔下的南洋华人,是一群依然生活在乡土中国记忆中的人,他们仍称自己是唐人,称自己的祖国是唐山,其痛苦的根源中并不掺杂"祖国"意识。因此,我们也必须充分关注许地山笔下南洋启蒙者的独特性。我们都清楚,从晚清到五四,在救亡的时代主题中,异域叙事常常是一种"民族国家叙事",不少作品都有着强烈的自我与他者的对抗意识。如晚清黄遵宪等人的南洋叙事总是和"种族之痛、兴亡之感"水乳交融,写南洋乃意在西洋与中国。五四初期的异域题材写作中也处处显现出"国家民族之痛",如与《命命鸟》同年(1921)发表的郁达夫的《沉沦》中,主人公无时无刻不感受到弱国子民的耻辱与痛苦。而许地山在呈现作为殖民地空间的南洋时,几乎不涉及种族、文化的对立与冲突。唯一涉及中西冲突的是小说《命命鸟》,但文本中由加陵与父亲在教育选择上的分歧而隐约呈现的东西冲突终以妥协和平的方式化解,且并非叙事的中心线索。我们认为,许地山对南洋内部存在的东西关系的忽视,说明对这一代人

---

① 新加坡当代电视剧《小娘惹》在重塑南洋华人历史神话时,其基本思路也是在知识启蒙引导自由发展的线索中进行的。小娘惹月娘本是目不识丁的劳动妇女,她通过刻苦学习、掌握了英文和经商的本领,从此走上了自我解放和救助他人的自由之路、发展之路。

而言，南洋作为失去之封地的切肤之痛已经消失，这正好划出了他与晚清一代的界限①。

当然，许地山对南洋殖民地的混杂性不是没有把握，文本中既有马来人、印度人、华人也有英国人，华人还有新客和土华之别，但这些区分都是表面的，真正的区别在于这些人内心有没有爱的信仰。《缀网劳蛛》里的"我奉真"牧师是英国人，但他是坚持正义、扶助弱者的好人；《命命鸟》里的缅甸青年因内心的信仰被描绘得如天神般美丽。《商人妇》中人物的种族结构最复杂，但人物描写却以善恶而论。马来妇人和印度商人是丑陋和邪恶的化身，印度人阿葛利马和基督徒以利沙伯，却是善良仁慈的化身。当一些论者依据《商人妇》中的部分异族描写指责许地山存有大中国优越意识时，他可能不仅是以偏概全，更有可能是不加反思地挪用中西对抗性逻辑来思考许地山小说中的"中国与南洋"的关系。② 其实，许地山笔下异族的丑陋不过是其肮脏心灵的写意——正因为马来妇人是心狠手辣、虚伪做作的"人贩子"，印度商人是粗暴冷酷、自私贪婪的恶棍，他们才成为许地山笔下的异族另类。概之，在许地山的笔下，人因善恶而定论，与种族、皮肤、文化无直接关联，他们不过是抽象程度较高的伦理符号。

可以推测，许地山所要呈现这群"启蒙英雄"③，不是国家民族的宏大叙事者，也没有试图实现个人与国家之间的融合，更没有引导群众走向革命与暴力，而是作为现代社会的"心理医生"

---

① 他在直面英美等西方国家文化时，保持了一种相对平和、相对自信的文化心态。
② 参见沈庆利《现代中国异域小说研究》，北京大学出版社2009年版，第155—163页。
③ 2010年有关南洋的电视大剧《下南洋》也有启蒙主题，但不同的是，剧中的中心人物知识青年肇庆和革命者朱槿作为启蒙者，引导南洋民众走向了革命与反抗，最终汇入国内的革命洪流之中。这显现出了许地山当时考虑的独特性所在。

出现，他们所要解救的是个人——个人如何在生之痛苦中解脱出来①。因此，与其说他们是启蒙者，不如说他们是借助信仰以摆脱尘世烦恼的皈依者。他们的所作所为，的确可以说是一种宗教行为与宗教境界，不过在许地山笔下，他们所依赖的又不是某种特定的宗教，在为实现个人自由与幸福所进行的精神探索中，所有的宗教都是可能的媒介，无论是回教、佛教还是基督教都是平等的精神救赎途径。最终，许地山将个人解放的根基认定为儒家式的乐天安命和坚韧意志，其他宗教则以拿来主义的态度熔铸到东方的生活态度和生活方式之中。在这样的思路之下，许地山笔下的南洋便成了不同文化融合生长的天然牧场，华人移民南洋的历史也就成了个人精神求索的历史——普通人从无家、觅家到有家的追寻历史。

三 从"我"到"你"——宗教思维下的对话意识

晚清语境中，南洋与中国曾有的朝贡关系，常使人们对南洋产生一种"我的封地"的幻觉；为了鼓吹民族精神，梁启超在清末甚至大提"殖民南洋"的口号。然而，随着西方殖民势力对南洋的控制与改造，这种"我的南洋"的逻辑与态度不得不发生改变，南洋与中国的关系需要重新定位与理解。但南洋叙事中"我的"（清帝国）逻辑是否完全转向"他的"（西方殖民者）的逻辑呢？所谓"他的"逻辑是一种带有冲突性和排斥性的话语逻辑与姿势，从晚清到五四，多数的西洋和东洋想象都贯彻了这一逻

---

① 突出了个体的苦难以及承受苦难的方式，是许地山痛失爱妻后寻求解脱的文学探索与升华，也是其家族在南地漂泊不定的现实写真。夏志清在《中国现代小说史》中曾以20世纪30年代的《玉官》作为许地山作品特质的典型作品加以总结，认为许地山的特质包括以慈悲精神去检讨个人命运、对人道主义和义愤填膺情绪的超越等，但我们认为，许地山早期作品已有同样的追求，作家的精神谱系是一脉相承的。

辑。不过，从许地山的作品中，我们可以看到，五四初期的南洋叙事并没有复制对抗性的逻辑，而是出现了新的立场与态度，这一转向说明，五四初期的南洋意识与东洋、西洋意识有着明显的距离。

五四初期的作家以"西洋"和"东洋"这样的"强者空间"作为他们反复表述的"异域空间"，相对而言，"东方"的地域空间则很少为他们所关注。尽管在20世纪20年代，郭沫若等人也关注过"朝鲜"等弱国的故事①，但其潜在话语依然是"抗诉殖民者"。② 许地山则在边界模糊的南国地理背景中，以一种温和宽容的姿态寻找不同文化与宗教的交融之道，呈现"东方人"独特的精神追求。我们认为，从他的文本中可以寻找到一种对话的姿势，一种透视性的眼光，在这样的姿势与眼光中，异域不是被排斥和否定的他者，而是一个和"我"面对面的"你者"，彼此之间形成了平等互动关系。

许地山早期作品常具有对话结构，主要受到禅宗说理形式的影响。他的作品常通过"我和你"对话交流的基本叙述模式，展现人物经历和探讨人生哲理。有关南洋的叙述中也随处可见这样的对话结构。《缀网劳蛛》中尚洁的乐天安命、顺其自然的人生观，是通过她与好友史夫人的闲聊呈现的。《命命鸟》中相爱的两人是在言语交流中形成了"我就是你，你就是我"的心灵默契的。《商人妇》中惜官和"我"的对话正是探寻生之不乐与生之可乐的转化的可能性。《海世间》设计了"我"和文鳐的对话来思索美丽与荒凉、现实与梦幻的辩证关系。《头发》中通过"我"和少女的对话完成了对奇风异俗的评判。《海底的孤星》《醍醐天

---

① 即小说《牧羊哀话》。
② 鲁迅对南洋的关注极少，但他1925年在《杂忆》中对菲律宾民族英雄黎刹和他的绝命诗极为赞赏，可见鲁迅南洋视角中存在民族主义情结。

女》等也同样以对话形式叙述人世间真爱的价值。按照主体间性的哲学，这种"我和你"的对话结构隐含了对他人存在和异域文化的尊重与理解，也体现了平和自信的文化心态。事实上，许地山的早期作品中处处可见佛家"众生平等"思想和道家"齐物"思想①，这种对话互动的叙述结构不过是其显在的表现特征。正是在这种宗教思维的影响下，许地山借助谈话结构来探寻人生真谛的思维模式也无意中凸显了他对异域文化的理解与尊重，双方形成了一种建立在共在平等基础上的对话姿势。

这种对话姿势中的对等主体——"我和你"，既不是附属关系，也不是同一关系，因此，彼此之间是有距离和差异的，换句话说，我和你在交流商榷的过程中，在理解认同对方的同时，也保持了批判意识和反思意识。② 这一点在民俗描写中显现得比较清晰。通常人们对奇风异俗有两种处理态度，一是将之作为纯粹的景观，把玩之，满足人们的偷窥欲望，同期不少南洋游记如侯鸿鉴的《南洋旅行记》、梁绍文《南洋旅行漫记》里以奇观话语描述过南洋民俗，③ 一是将之作为野蛮和落后的象征，批判之，审视之。如苏曼殊在《燕子龛随笔》中对南洋民俗的描述和定位就是如此。但许地山作品中的叙述者往往具有双重身份，既是风景的观赏者，又是介入反思的启蒙者；既试图理解对方又不无批判的距离。《头发》这篇描写异国风情的作品正好体现了这一点。当作为游客的"我"看到当地妇女纷纷把自己的头发披散在地，铺成一条路，迎接因提倡自治而即将入狱的孟法师时，叙述者的

---

① 《空山灵雨》中的很多作品，都以和万物生灵的对话同思的形式来探讨人生哲学。
② 正如他在《蛇》里通过和妻子的对话所感悟的一样："要两方相互惧怕，才有和平。若有一方大胆一点，不是他伤了我，便是我伤了他。"见《空山灵雨》，第6页。
③ 《南洋旅行漫记》是一本独具特色的旅行记。调查华工生活的苦情，具有颇为宝贵的史料价值；这本书虽然是事件的忠实记录，但有些地方又富有激情。行文以叙述为基调，在叙述中描写，时时附以概括性的议论，所以读起来给人以具体的印象与明晰的感受，虽然文艺性颇嫌不足，但不失为一部难得的游记作品。

心情是复杂的。一方面，从现代人理性的目光来看，这一幕显得荒唐、可笑，如此野蛮的仪式怎能比得上内心的恭敬呢？但另一方面，出于对殖民地人民的同情以及对异域文化的尊重态度，叙述者更想去理解这样的风俗，因此，文本中设计了虔诚少女对"我"的辩驳——"静藏在心里的恭敬是不够的"①。这样的回答让"我"转而设身处地帮助少女设计了实现愿望的途径——"等他出狱的时候，你的头发就够长了，也就可以让大师的脚踏过了"②。带着反思意识的"我"在同异域遭遇时，能够倾听对方的声音，理解对方的立场，就不同于把群众定位为群氓的"孤独者"了。

当然，由于叙述者在"我和你"的立场之间游移转换，最终呈现的立场是不那么鲜明典型的，往往造成缺乏批判力度的感觉。《命命鸟》所引发的批评之声便说明了这一点。成仿吾对《命命鸟》的批评最有代表性，他说这一小说中的异国情调有碍于对人性的细致描绘和对旧的文化的批判，许地山笔下的人物是旧式的、过时的，是以地方性遮蔽了近代性。③ 抛开当时创造社和文学研究会的恩怨不论，成仿吾的说法自有其立足点。《命命鸟》的人物刻画和情节构造确实有些简单，经不起推敲；更重要的是，按照五四初期传统与现代的对抗逻辑，这篇小说中的爱情悲剧既然与父子冲突有关系，就应该表现出鲜明的反封建主题，对父辈予以否定和批判。但许地山对此有着独特的处理策略。首先，文本中的父子冲突是有限和温和的。两个年轻人对父辈都是理解和尊重的。加陵很尊重父亲的意见，所以跟父亲商量自己的

---

① 许地山：《头发》，选自《空山灵雨》，第67页。
② 许地山：《头发》，选自《空山灵雨》，第67页。
③ 成仿吾：《有关〈命命鸟〉的批评》，《许地山选集》，海峡文艺出版社1985年版，第731页，原刊于1923年5月1日《创造》季刊第2卷第1期。

教育、职业和婚姻；而敏明也愿意耽搁几年时间再考虑婚姻以便为父亲分忧。两位父辈对待子女的态度也并不激烈，加陵父亲虽然不赞同儿子学习西洋学问，但最终还是同意了他的选择；敏明的父亲在女儿发怒生气时竟然一声不吭，哪有封建家长的势头？父子冲突也不是这对恋人选择死亡的主要原因。虽然加陵和敏明两人的父亲都不赞同他们的结合，但按照缅甸的风俗，子女的婚嫁本没有要求父母同意的必要。他们奔赴死亡的旅程，乃是源于对情爱的了悟，因而也被描绘成欢欣的诗意之旅。佛教的空无思想最终将原本就有限的父子冲突完全消解。许地山这种温和含混的宗教性态度与立场与当时激进的反封建潮流并不吻合，这正是成仿吾对之大加贬斥的时代语境。不过，若如成仿吾所言，许地山是以异国情调或地方性来遮蔽近代性，那就没有道理了。实际上，许地山在其南国故事中孜孜不倦地探索的正是一个觉醒的现代人如何摆脱生之苦痛的方式，只不过，在开放性视野与平和的文化心态中，他最终呈现的是带有杂糅性的东方精神的力量①。从这个意义上讲，许地山的南洋意识是隐含在东方意识之中的。

　　东方共同体的视野，使得许地山的南洋叙事中，叙述者的位置具有透视性。叙述者既在风景之外，又在风景之内；既不全是外在性的游客眼光，也不全是与对象平行的内在视线。如《命命鸟》中以导游身份出现的叙述者，正是这一位置的最佳体现。叙述者不断以介绍性语言向读者描述异域风景，解释当地特有的风物，表现出外在于风景的姿势；同时他又不断深入人物的内心世界，理解其思想情感的起伏过程，处在风景之内的位置。此外，

----

① 余英时有一个观点，通常情况下，文化认同是在实际生活中逐渐发展和形成的，其间本土的和外来的成分互为作用，保守和创新也相辅相成，折中是不可避免的结果。许地山折中主义的文化观念，也看作其生活经验的结果，但折中主义是否一定意味着主体性的丧失呢？答案是否定的，许地山创作虽深受中外各种文化养分的滋养，但表现出清晰的主体性。

第三章 观看与想象:类型化的意象(1911—1931年前后)

由于"南洋华人"这样复杂的角色的出现,也使南洋对于叙述者来说内外难以简单而论。华人移民在南洋属于游移族群,他们的身份处在不断变更的过程中,对于南洋来说,他们既可能是外在的,也可能是内在的。当他们漂洋过海、寄居异域时是外在于南洋的"游子",当他们落地生根乃至枝繁叶茂时,就成为南洋本土历史的一部分。而许地山所叙述的故事正处在南洋移民从花果飘零到落地生根的过渡时期,《商人妇》里的惜官、《缀网劳蛛》里的尚洁为了追求更好的生活,历经磨难来到南洋,最终在异域找到了安身立命之处,乡土中国对于他们而言,已经是永远回不去的故乡了。对惜官、尚洁等落地生根的南洋华人的描述,使许地山的南洋叙事具有了内置和同情的眼光。

这种带有对话性和透视性的眼光,跟有意无意间成为帝国主义文化代言人的西方小说家对南洋的"陌生的眼光"有所不同。毛姆、康拉德、福斯特等作家都有过以南洋为背景的小说,但在他们笔下,南洋总是处在浪漫或黑暗两个极端的东方之化身,成为东西二元对抗逻辑之下的他者。黄傲云评价《命命鸟》时,就认为"因为许多缅甸华侨,是在南洋生根了[1],而许多缅甸本土人,由于与华侨和谐相处之故,更不自觉地吸取中国古老风俗,这是华人与非华人之间,一种生活习惯,甚至人生信仰上的和谐,这种和谐,是毛姆小说中所缺乏的,亦是白种人所无法了解到的"。[2] 这就是与他者意识完全不同的对话意识的体现。

然而,许地山是否自觉意识到南洋空间的独特性呢?也就是说,有自觉的南洋意识呢?那倒未必。许地山所讲述的故事与地点的联系是松散的,大多是其生活经验的直接体现。如《枯杨生

---

[1] 根据黄傲云的理解那个多情向佛的少女敏明的身份就是华裔,而且是已经入乡随俗的华裔。

[2] 黄傲云:《中国作家与南洋》,第38页。

花》讲述老婆婆云姑出海寻子却奇遇早年恋人日辉的故事,按照文本中模糊的提示,日辉似乎是去南洋谋生了,但许地山却没有写明云姑寻子的地点,读者只能在"海、海难、上船下船"等词语中推测故事的"南洋"背景,也就是说,他并没有对于这些地点作出足够的自省与关注。但毫无疑问,他对东方精神的着力发掘与建构,对南国人民漂泊生活的深刻同情①,都说明他的作品中有着清晰的东方意识。正是在东方共同体的想象中,同情和内置的目光得以出现,内部的冲突和对立相对被弱化,从而使第三种观察视角——"你"的视角得以出现②。因此,对于许地山而言,尽管并非有意识地把握到南洋的独特位置,但由于受到宗教思维的影响,从其文本叙述来看,涵盖在东方视野之下的南洋归根结底不是"他者"和"异在之物"。

第二节　情人意象与欲望话语
——徐志摩与丁玲的南洋叙事

五四初期,许地山奠定了情感化、意象化的南洋叙事基调,但他笔下的南洋毕竟只是含糊不清的地点、氛围和视角;随着时间的推移,现代作家对南洋的叙述方式由旁敲侧击变成了正面展现,南洋形象朝人格化、定型化的方向演变。1927—1928年是一个具有转折性和标记性的时间点。从1927年开始,民国的"南洋"研究进入系统化、整体化的自觉阶段。随着国家的初步统一

---

① 如在《枯杨生花》里许地山这样描述和感慨:在这渔村里,人人都是惯于海上生活的。……但住在村里,还有许多愿意和她们的男子过这样危险生活也不能的女子们。因为她们的男子都是去国的旅客,许久许久才随着海盐一度归来,不到几个月又转回去了。可羡燕子的归来都是成双的,而背离乡井的旅人,除了他们的行李以外,往往还还,终是非常孤零。(许地山:《枯杨生花》,选自《无忧花》,江苏文艺出版社2008年版,第82页)

② "你"的视角的出现,也必然使"我"的存在相应发生变化,不过这种转变在许地山笔下还不够清晰。

第三章 观看与想象：类型化的意象（1911—1931年前后）

和稳定，以暨南大学为中心的南洋研究和调查工作逐步深入，"南洋"也逐渐成为一个稳定的学术和地理名词。也正是这一时期的文学作品中，出现了有关南洋的一些新的类型意象，如情人意象、黑暗意象、花园意象等，一方面是南洋现实功用的不断增强；另一方面是文学中类型意象的不断丰富与深入，文学与学术、现实的同步性，说明了文学以独特方式自觉介入了对社会意识的塑造和探究之中，因此，本节通过对徐志摩和丁玲笔下人格化的整体符号——南洋情人形象的深入阐释，来说明在欲望话语中南洋意识的所指、叙事特质及其知识谱系的构成。

一 刻板印象的化合：南洋情人的出现与定型

1927年，郁达夫在其名篇《过去》中随意提到的南洋商人，虽然只是一晃而过的影子，却可能是现代文学中最常见的有关南洋的整体人格隐喻。小说描绘了一位南洋商人的负面形象：这位住在上海民德里楼上的胖子，无姓无名、外表丑陋、心术不正且早死，唯一突出而清晰的特征就是富有。主人公老三便成为金钱交易中的牺牲品，被她大姐和大姐夫当成礼物送给了这位富有的南洋商人。小说以"财富"意象替代了有关南洋的"黑暗"意象与"苦难"意象，代表着当时逐渐流行的一种南洋认知。但我们认为，郁达夫笔下作为背景存在的南洋商人形象还不足以展现时代南洋意识的复杂性，徐志摩和丁玲的"南洋情人"的形象由于在叙事中突出了情感和心理的厚度，更能彰显中国与南洋更为复杂的心理和情感联系。

早在1925年，徐志摩在《巴黎的鳞爪·九小时的萍水缘》中就呈现了一个具有梦幻色彩的南洋情人形象。文本中写意式地展现了富有的土著、炎热的天气、特有的热病等有关南洋热带的一般印象,更重要的是,小说通过一位巴黎女子的眼睛突出了作为东方情调象征的菲律宾男人的迷人之处:"他是菲利滨人,也不知怎的我初次见面就迷上了他。他的肤色是深黄的,但他的性情是不可信的温柔,他身材是短的,但他的私语有多叫人销魂的魔力?啊,我到如今还不能怨他;我爱他太深,我爱他太真,我如何能一刻忘他,虽然他到后来也是一样的薄情,一样的冷酷。"① 显然,由黄皮肤、温柔、私语、短的身材、薄情冷酷、魔力等刻板而对立的多重特性所拼凑成的菲律宾男人不但是厌倦西方文明的巴黎女子制造的"东方幻象",同时也是对南洋缺乏真实体验和感受的作者所创造自我审视的文化符号。通过对保守黑暗的菲律宾社会之审视和批判,徐志摩对包括中国在内的东方世界进行了审视与反思。这一南洋情人的形象虽然增加了情感和心理的分量,但仍不是对南洋的直接写作与有意隐喻。1928 年,徐志摩在从欧洲经印度返回中国的长途旅行中,在新加坡小有停留,这一次旅行经验让他对南洋有了直接的感性经验,苦闷迷乱的心境与诗人的敏锐感知催生了一篇有关新加坡的奇文,那就是《浓得化不开·星加坡》。在这篇介于小说和散文之间的作品中,徐志摩以充满激情的感官化书写,呈现了浓郁的热带风情。② 在徐志摩笔下,雨季的热带色调浓郁,随处可见旺盛的生命力:"红得浓得好的红心蕉;万千雨点奔腾的骤雨、绿得发亮,绿得生油,绿得放光的小草儿;活跃着蚊虫,甲虫,长脚虫,青跳虫,慕光明的小生灵的泥草……"③ 寂寞的旅途、走马观花的俯瞰、

---

① 徐志摩:《九小时的萍水缘》,选自《巴黎的鳞爪》,广州出版社 1995 年版,第 7 页。原版为上海新月书店 1927 年版。

② 这种浓艳而细腻的感官书写,与当代马来西亚的华文作家黎紫书可谓遥相呼应。若徐志摩对南洋的感性定位就一定是俯瞰姿势和优越心理的体现,我们又该如何理解当代马华文学中泛滥的感官书写呢?两者之间的区别与联系值得深究。

③ 徐志摩:《浓得化不开·星加坡》,原载于 1928 年 12 月 10 日的《新月》周刊第 1 卷第 10 期。见《徐志摩小说全集》,学林出版社 2005 年版,第 47 页。

第三章 观看与想象:类型化的意象(1911—1931年前后)

感情和感性的激荡、文化的成见,使徐志摩眼中的南洋人与南洋景互为隐喻,杂糅成一种原始和性的魅力:焦桃片似的店房、黑芝麻长条饼似的街、野兽似的汽车、磕头虫似的人力车、长人似的树、矮树似的人、芭蕉的巨灵掌、椰子树的旗头、橡皮树的白鼓眼、棕榈树的毛大腿、合欢树的红花痫、无花果树的要饭腔、蹲着脖子、弯着臂膊……①上述有关南洋的种种心理感知还只是情绪与氛围的铺垫,热带女郎的出场才是真正的主题。她的妖艳,造成了令人惊艳的效果:"像一股彩流的袭击从右首窗边的桌座上飞飘了过来。一种巧妙的敏锐的刺激,一种浓艳的警告,一种不是没有美感的迷惑。"② 在诗人的眼中她先是一幅色彩斑斓、富有视觉刺激的印象派画,最终沦为可口甜心的巧克力形象:首先"是一球大红,像是火焰,其次是一片乌黑,墨晶似的浓,可又花须似的轻柔;再次是一流蜜,金漾漾的一泻,再次是朱古律(Chocolate),饱和着奶油最可口的朱古律。这些色惑因为浓初来显得凌乱,但瞬息间线条和轮廓的辨认笼住了色彩的蓬勃的波流"。③ 食色,性也,这位被命名为朱古律的风尘女郎正是诗人未能满足欲望的投射。与南洋富商的简单意象相比,朱古律姑娘有更为复杂与多元的象征意义——原始、自然、野蛮、热情、浪漫,体现了中国人之于南洋更为细腻和复杂的心理投射。

事实上,徐志摩的南洋书写代表的是游客的视点,无论是菲律宾情人还是朱古律姑娘都可以看作南洋风景偶尔投影在游客心湖形成的一种感官意象,他们作为性或梦的影像,无名无姓,模糊不清。而另一部分作家,虽未远渡重洋,却也在时代的变幻中

---

① 徐志摩:《浓得化不开·星加坡》,《徐志摩全集》,第48页。
② 徐志摩:《浓得化不开·星加坡》,《徐志摩全集》,第49页。
③ 徐志摩:《浓得化不开·星加坡》,《徐志摩全集》,第49页。

感受到了镶嵌进中国内地的南洋①。这两类作家的政治立场和写作风格虽然相距甚远，但其南洋叙事却有一致性。如五四文坛的晚起之秀，女作家丁玲在其成名作《莎菲女士的日记》里的南洋情人叙述就与徐志摩的菲律宾情人、朱古律姑娘处在同一话语谱系中。

《莎菲女士的日记》在私密化的日记话语中展开叙述，造就了更为暧昧的观看距离，因此，相对于徐志摩笔下的南洋幻影，丁玲笔下的南洋情人形象多了一些生活气息和个性特征。这位叫凌吉士的新加坡侨生，是京都大学的学生，他一出场就以高贵的气质、漂亮的外形、大方的举止征服了高傲的莎菲，激起了她的欲望和热情。他又是一个内向羞怯的男子，会脸红、会难为情，当莎菲找借口同他接近，请他补习英语时"他却受窘了，不好意思的含含糊糊的问答"。② 在富有生活气息的细节叙述中，凌吉士是一个活生生的人，为"我"所认可与喜爱。但随着情节的发展，凌吉士的个性逐渐消失，取而代之的是有关南洋的各种类型意象和偏见的组合，突出了金钱、堕落、世俗等负面的因素，于是，羞涩高贵的凌吉士最终蜕变成典型的纨绔子弟、浪荡公子的形象，试看文本后来的一段概要式的评价叙述："他需要的是什么？是金钱，是在客厅中能应酬买卖中朋友们的年轻太太，是几个穿得很标致的白胖儿子。他的爱情是什么？是拿金钱在妓院中，去挥霍而得来的一时肉感的享受，和坐在软软的沙发上，拥着香喷喷的肉体，抽着烟卷，同朋友们任意谈笑，还把左腿叠压在右膝上；不高兴时，便拉倒，回到家里老婆那里去。热心于演

---

① 自1906年清朝决定建立暨南学堂之后，回国就读的南洋侨生逐渐增多，1918年，暨南学校在上海重办，规模逐渐拓展，到1927年成为一所综合性的大学，南洋学生以其独特的群体姿势出现在中国的日常生活之中。

② 丁玲：《莎菲女士的日记》，《在黑暗中》，人民文学出版社2000年版，第51页。

第三章 观看与想象：类型化的意象(1911—1931年前后)

讲辩论会，网球比赛，留学哈佛，做外交官，公使大臣，或继承父亲的职业，做橡树生意，成资本家……这便是他的志趣！他除了不满于他父亲未曾给他过多的钱以外，便什么都可使他在一夜不会做梦的睡觉；如有，便只是嫌北京好看的女人太少，有时也会厌腻起游戏园，戏场，电影院，公园来……"① 前后笔墨的转换和不协调，使凌吉士变成了既好又坏的复杂形象，从骑士变成了市侩。其实，无论是作为骑士还是市侩，凌吉士都是复杂多变的女性心理的投射，是一个承载了丰富的自我信息的心理意象。从这个意义来看，丁玲笔下的南洋浪子凌吉士在心理含量方面超过了仅仅作为感官意象的朱古律姑娘②。凌吉士身上金钱的充裕和思想的缺乏、高贵的气质与卑劣的灵魂、漂亮的外表和鄙俗的行为、肉欲的强烈和精神的单薄……这一不平衡的漫画形象可谓国人各种零碎的南洋认知任意叠加的结果，可谓时代南洋认知的大杂烩。

20世纪20年代中后期在徐志摩和丁玲笔下定型的"南洋情人"意象③，它寓意了中国与南洋的复杂情感关系，具有母题的意味，在后来的文学作品中我们还能找到其踪影。如1942年张爱玲在轰动一时的《倾城之恋》中所塑造的范柳原，无疑就是凌吉士的创造性发展④。九丹2001年出版的《乌鸦》中老花花公子柳

---

① 丁玲：《莎菲女士的日记》，《在黑暗中》，第63—64页。
② 马来西亚华裔学者将欲望化南洋作为现代作家南洋想象的普遍性所在，但在我看来，这不过是现代中国南洋想象的一个阶段而已。过程性理论，迂回而曲折。
③ 刘呐鸥的《赤道下》（1932年11月上海《现代》第2卷第1期）也塑造了接近徐、丁两人的南洋情人形象，两个土著男女成为两位中国游客的情人，他们带有文明前的性贲，实质是游客情欲与梦幻的化身。
④ 1941年，林语堂在《京华烟云》里也有写过一个南洋浪子的形象。此书中有一个叫素昙（sutan）的现代女性，接受新式教育，聪明开朗，嫁给一个南洋富商的儿子王佐（WangTso），但这个南洋的纨绔子弟是一个傲慢、冷漠、不学无术的人，他看中的是素昙的外表，结果婚姻失败，素昙跟他离婚后拿到一大笔钱，这个故事的轮廓和郁达夫在1921《过去》中的故事如出一辙。但王佐的形象与丁玲对凌吉士的叙述更相似，他来自新加坡，高大、穿着西服，手里拿着文明棍，手上戴着一个金戒指，住在北京一个豪华的酒店里。他以寻找乐趣和新娘为业。因为既富裕又骄傲，他夸口说他要和北京最美丽的女孩子结婚。

道也与他有着惊人的相似之处,南洋情人的文学谱系延续到当代中国文学之中,依然有其特殊的存在意义。

二 爱恨交织的态度:作为"欲望"符号的南洋情人

作为20世纪20年代中后期中国南洋想象的典型符号之一,"南洋情人"意象承载了丰富而矛盾的有关南洋的认知与情感,在很多文本中,它都被同时赋予了很多相互对立的特性,体现的其实是叙述者爱恨交织的双重态度。

首先,在梦幻与现实之间摇摆,在美丑之间转换,是徐志摩和丁玲笔下的南洋情人的共性。他们所建构的"南洋情人"都被视为来自"梦幻世界"的回音,是绝望沉沦的主人公幻想"重新飞翔"的重要推动力。《九小时萍水缘》中,那个对西方文明彻底绝望的巴黎女子狂热地爱上了来历不明的菲律宾男人,企图在东方温柔中寻找真正的爱情。《浓得化不开·星加坡》中灵感枯竭的诗人廉枫希望仿效高更的艺术实践,"到半开化、全野蛮的国土间去发现文化的本真,开辟文艺的新感觉"[①],将风尘女郎朱古律姑娘想象成为点燃艺术灵感、塑造艺术辉煌的媒介。在《莎菲女士的日记》中,处在极度苦闷和空虚中的莎菲也将偶然相逢的新加坡人凌吉士看成是黑暗世界的一线光明,幻想在一场轰轰烈烈的爱情中得到救赎。但随即,两人笔下有关南洋的空灵和梦幻想象转换成为黑暗丑陋的现实。菲律宾男人原来是个虚伪、软弱、平庸的人,根本承载不了巴黎女子百分之百的爱情;朱古律姑娘只能召唤起廉枫肉体的热情而难以赋予其创造的力量;凌吉士最终不过是浪荡公子,其庸俗、自私之处比莎菲身边的人有过之而无

---

① 徐志摩:《浓得化不开·星加坡》,《徐志摩全集》,第50页。

第三章　观看与想象：类型化的意象（1911—1931 年前后）

不及。美丑掺杂的南洋情人形象，正是同时期人们对于南洋的双重态度的写照，这种双重性在同时期其他现代作家笔下也有所显现。如张资平在小说《苔莉》中将南洋写成与现实截然对立的乌托邦，男女主人公在遭遇情感和伦理困境时就会远走南洋，但在《最后的幸福》中，南洋又摇身一变成为罪恶黑暗的地狱，沉沦、死亡、走私、凶杀等种种人性的丑陋在此上演。郭沫若的《落叶》（1926）中书写南洋的一笔，也具有这种摇摆不定的性质。叶子姑娘逃往南洋以遗忘难以延续的爱情，洪武师前往南洋以重建爱的可能，南洋作为与现实对立的乌托邦世界，既是希望之地又是绝望之所。

　　但上述文本中普遍存在的从梦幻向欲望沉沦，由美向丑转换的叙述策略中我们可以看到，其南洋形象"负面性"因素更为突出，叙述者抗拒和排斥的态度更为明显。徐志摩在感官书写中构建的南洋是一个代表着本能、欲望、原始、自然等因素的模糊体系，隐约呈现了叙述者所处的"文明"的优越位置。丁玲则明确表示对南洋的鄙夷和排斥："虽说他那颀长的身躯，嫩玫瑰般的脸庞，柔软的嘴唇，惹人的眼角，可以诱惑许多爱美的女子，并以他那娇贵的态度倾倒那些还有情爱的。但我岂肯为了这些无意识的引诱而迷恋一个十足的南洋人！"[1] "一个十足的南洋人"对于莎菲来说是需要摆脱的"欲望和无意识冲动"，与"我"所要追求的理想世界势不两立。如果说徐志摩更多是从个人感知出发来对欲望化的南洋加以抗拒的话，那么，丁玲对于南洋的抗拒态度还有阶级意识和国家意识的介入。无论是作为西方殖民地的南洋，还是作为有产者的南洋富商，都在自 1925 年以来的反帝运动和红色风暴中成了被排斥的对象。丁玲的爱人，左翼作家胡也频写于 1930 年的《光明在我们的前面》中有一段描述展现了与革

---

[1] 徐志摩：《浓得化不开·星加坡》，《徐志摩全集》，第 63 页。

命者格格不入的南洋华侨，一个无政府主义者虚伪而无耻的行为："在桌的那边，一个矮矮的穿西装的少年站起来了，是一个爱好修饰的漂亮南洋人。同时，他常常是一个十分被人欢迎的同志，因为他的行为常常故意做出很使人惊诧的浪漫的事情。……并且他家里很有钱，他父亲是新加坡的一个小资本家，他全然为了他的思想不承认是他父亲的儿子，却常常向他父亲要来许多钱，毫不见悭吝的花在他自己和同志们的身上——他常常邀许多同志跑到五芳斋楼上，吃喝得又饱又醉，有时到真光电影院买了好几本票子，每个同志都分配一张。这种种，都充分地表现了他的特色，同时，就成为许多同志都喜欢跟他亲近的原因。因此他得到了同志们的敬重与美誉。"① 此时，在左翼作家视野中，无论是"浪漫"的南洋还是财富的南洋都是需要批判和否定的对象。

然而，"欲望"之于"自我"的意义就相当于无意识或本我，它将内化在"自我"的人格重建过程中。因此，作为欲望符号的南洋情人，对于主体的意义始终是清晰而重要的，《浓得化不开·星加坡》中廉枫对朱古律姑娘的诱惑是一面抗拒一面享受，《莎菲女士的日记》中莎菲一面不断地自我否定和批判，一面不断渴望着凌吉士的亲吻和拥抱。我认为，这些文本都不重在客观再现，而是以隐喻的方式呈现出了对于南洋的复杂态度：表面上不断排斥和抗拒，无意识中极度渴求向往。无论是财富还是性的诱惑，都是不可抵挡的欲望，曾在暨南学校长期任教的曹聚仁在《上海春秋》中提供了一段20年代末到30年代初的史实，指出人们对于南洋人既排斥又羡慕的矛盾心理。上海真如时期暨南学校的侨生大多是南洋人，他们的外形和装束在时尚的上海人看来是另类的："一到了真如，仿佛进了南洋博览会，那乌黑的皮肤，那饱满

---

① 胡也频：《光明在我们的前面》，见《胡也频选集》，福建人民出版社1981年版，第839页。

第三章 观看与想象:类型化的意象(1911—1931年前后)

的青春,那畅快的笑声,那花花绿绿的衣衫,那奇形怪状的帽子,就把真如乡民看得眼花缭乱了①。但他们同时又被'看作是从海外回来的王子',王子们都是'腰缠十万贯,骑鹤来上海'的。"② 人们对这些南洋侨生的态度在羡慕之余还有排斥,校舍周围的村民对他们很不友好,连他们的老师也受牵累。曹回忆道,在那些乡民看来"我们这些太子太傅,当然是油水有着大把钱的。因此,他们的鸡也特别值钱,鸡蛋也比上海的贵得多。我们的生活费用,让他们替我们抬高了"。③ "一有风吹草动,村民甚至趁火打劫了。"④

这种爱恨交织的态度,往往被认为是对于他者的典型情感之一,反映了自我与他者的区别意识与复杂关系。与许地山作品中的南洋意识相比,徐和丁的南洋意识更为清晰,但同时也缺失了许地山文本中那种带有同情和理解的对话意识。这正是一些南洋本土主义者批判徐志摩等对于南洋持有俯视心态的依据所在⑤。然而,我们想说的是,徐志摩和丁玲的南洋情人看似具有典型的"他者"性,但这一"他者"所指却未必是南洋自身。一方面,对这些作家而言,他们所描述的新加坡等地,是作为西方世界的幻象和象征而出现的;特别是对财富南洋的向往或排斥,所投射的真正对象其实是西方。另一方面,他们的南洋叙事都是在内审的心理层面将自身意欲投射在南洋之上,赋予其爱恨交织的情感态度,在这种内审视角中,对南洋的鄙夷和俯视之中就带有强烈的自我批判的意味,南洋又成为反观自我的重要视角。

---

① 曹聚仁:《上海春秋》,生活·读书·新知三联书店2007年版,第23页。
② 曹聚仁:《我与我的世界》,龙文出版社股份有限公司1991年版,第380页。
③ 曹聚仁:《我与我的世界》,第380页。
④ 曹聚仁:《我与我的世界》,第381页。
⑤ [马来西亚]林春美:《欲望朱古律:解读徐志摩与张资平的南洋》,《柳州师专学报》2004年第19卷第4期;[新加坡]南治国:《"凝视"下的图像——中国现代作家笔下的南洋》,《暨南学报》(哲学社会科学版)2005年第27卷第3期。

三 古语洋腔之间：南洋情人的想象资源

晚清的南洋想象虽然出现了大的转变，其对于多数作家而言，中国古籍中的南洋话语仍是其重要的想象资源。在一些具有新的世界观念的作家如黄遵宪、丘逢甲笔下，也存在明显的旧词新知之间的裂缝。五四初期，许地山的南洋叙述具有转折性，其所受影响主要是来自宗教的，留下了东方宗教的深刻痕迹。延至徐志摩和丁玲，我们可以看到其南洋叙事中，中西两类文化资源较为直接的双重影响。通过分析其叙事中中西文化资源的位置及其展开方式，追溯其知识谱系的构成，可以更为深入地剖析作家的南洋意识，从中发掘出这批现代作家想象南洋的困境及其独特性所在。

徐志摩在《九小时的萍水缘》中呈现了其叙述南洋的双重视野。小说一方面借西方女性的眼睛来展现南洋；另一方面也带着自我审视的目光来观看南洋，混杂了富有、野蛮和黑暗等意象的南洋形象中既掺杂了西方的东方想象，又凸显了东方的西方想象。在《浓得化不开·星加坡》（以下简称《浓》）这一文本中，这一双重性的视野更为复杂和深入地镶嵌进叙述过程之中，有关南洋的感知结构与转换过程均建立在一种"中西互文"的叙述方式之上。

从语言特色和整体表叙来看，《浓》体现了王尔德式唯美主义的深刻影响，重在表现色彩的华美、官能性印象以及带有颓唐气息的肉欲感受。但《浓》中有关新加坡的感知和联想其实是在中西文化资源的映照和转换中游移变化的。文本的主角是林廉枫，一个孤独的游客，也是一位渴望成功与救赎的诗人。他在观赏热带骤雨前期盼创作灵感的出现，但沉吟良久，冒出来的只是

第三章 观看与想象:类型化的意象(1911—1931年前后)

两句毫无新意的打油诗:"蕉心红得浓,绿草绿成油。"① 照他自己的话来说是一首淫诗。我认为这一情境构成了有关现代作家南洋书写困境的一个隐喻——用怎样的方式来书写南洋,他们最初是无意识的,不自觉的,也是尴尬的。中国传统典籍中的化外意象和基于西方浪漫主义的原始和野蛮意象往往成为他们不由自主的选择。在《浓》中廉枫便无意识中哼出了京剧腔"有孤王……""坐至在梅……"② 此段戏白来源于京剧《游龙戏凤》,该剧写的是明代正德皇帝微服游历江南时和酒家少女李凤姐发生的一段风流韵事,"正德皇帝在梅龙镇上,林廉枫在星加坡",在此预示着廉枫对新加坡的空间定位:新加坡好比偏僻的江南小镇,是释放欲望的最佳场所。然而在对艳遇和奇迹的渴望中未尝没有孤独和凄清的异乡体验。"……我负了卿,负了卿……转自忆荒茔",③这一段同样由廉枫哼出的京剧腔,原是洪升《长生殿》里最惨烈妻苦的乱离之音,可见南洋对于廉枫而言也是苦难的象征。事实上,无论是欲望的释放还是乱离的苦闷,都是传统"化外"意象的自然延伸。

有意思的是,中国传统的京剧唱段主要表征了诗人在南洋的情感状态,西方现代派艺术的感觉、氛围和语言却是其图绘南洋的真实语言。毕竟,廉枫目睹的新加坡并非古典中国的化影,而是现代文明的镜像。远看如故的平湖秋月其实是放置水表等现代仪器的亭子,热情奔放的风尘女郎也并非含羞闭月的古典淑女。我们看到,当朱古律姑娘出场时,廉枫联想到的全是巴黎晦盲的市街上新派画店里的现代派艺术:"一张佛拉明果④的野景,一幅

---

① 徐志摩:《浓得化不开·星加坡》,《徐志摩全集》,第47页。
② 徐志摩:《浓得化不开·星加坡》,《徐志摩全集》,第48页。
③ 徐志摩:《浓得化不开·星加坡》,《徐志摩全集》,第48页。
④ 佛拉明果,现译弗朗芒克(1876—1958),法国画家,野兽派代表人物。

玛提斯①的窗景，或是佛朗次马克②的一方人头马面。或是马克夏高尔的一个买菜老头、孟内③的《奥林比亚》，还有叫 CHOCO-LATE 的西方点心。"④ 徐志摩所受的欧式教育，使他不免也带着西方文明的心态来观察南洋，很自然地陷入了文明与野蛮的逻辑，如同高更将南太平洋塔希提岛的土著女人作为艺术再生的源泉一样，朱古律姑娘也被当作远离文明的原始与自然和诗人艺术灵感的召唤者。然而，在《浓》中，南洋炫艳的感官印象并未升华成美妙的诗篇，伴随断断续续的京剧腔，最终廉枫同好色的正德皇帝一样沉沦于欲望之中，感性并未得以升华。如此，从文本叙述过程的分析来看，徐志摩的南洋叙事，既具有西方的浪漫主义、唯美主义和现代主义的感觉与意识，又难以摆脱中国古典资源的潜在影响，具有东方—西方，古典—现代的双重视角⑤。

丁玲的南洋叙事虽然没有建立在徐志摩式的中西互文语境之中，但若仔细辨别，也能发现其中隐含着东方—西方、古典—现代的双重视角，中西文化资源的影响以更为隐秘的无意识方式展现出来。南洋人凌吉士的外形便是"欧洲骑士的风度和东方特长的温柔"⑥的统一，试看有关他的一段描述："他，这生人，我将怎样去形容他的美呢？固然，他的颀长的身躯，白嫩的脸庞，薄薄的小嘴唇，柔软的头发，都足以闪耀人的眼睛，但他却还另外有一种说不出、捉不到的丰仪来煽动你的心。如同，当我问他的名

---

① 玛提斯，现译马蒂斯（1869—1954），法国画家，野兽派代表人物。
② 佛朗次马克，现译弗朗茨·马尔克（1880—1916），德国画家，表现主义画派代表人物。
③ 孟内，现译马奈（1832—1883），法国画家，印象派创始人之一，文中提到的《奥林匹亚》是其代表作。
④ 徐志摩：《浓得化不开·星加坡》，《徐志摩全集》，第49页。
⑤ 另刘呐鸥的《赤道下》也直接拷贝好莱坞电影《蛮荒双艳》。《蛮荒双艳》讲述了文明人与野蛮人之间奇风异俗的故事，是一种西方式的南洋叙事，刘呐鸥则试图借助南洋人无所忌讳的真实情感来审视现代人的情感危机，自我批判的意识更加强烈。
⑥ 丁玲：《莎菲女士的日记》，《在黑暗中》，第70页。

第三章 观看与想象：类型化的意象(1911—1931年前后)

字时，他是会用那种我想不到不急遽的态度递过那只擎有名片的手来。我抬起头去，呀，我看见那两个鲜红的、嫩腻的、深深凹进的嘴角了。"① 高大颀长的身材、高贵的仪表是所谓骑士风范的象征，还有带有西化意味的名字等都归属于西方的文化想象。丁玲关于凌吉士的这一性别想象，应该受到了当时流行的西方情爱电影的影响。根据沈从文在《记丁玲》中的回忆，丁玲在上海北京等地时，经常去看电影，比较喜欢看格雷泰·嘉宝《肉体与情魔》等西方电影，并且认为她的择偶标准受到这些电影的影响，向往英隽挺拔骑士风度的青年。② 但有意思的是，凌吉士的白脸庞、小嘴唇、柔嫩的声音明显是东方古典美人的特质，与南洋热带特有的深色皮肤毫无关联。由此我们不得不反思丁玲南洋视点的双重性。在她笔下，南洋既是东方视野中的西方阳刚，又是西方视野中的东方温柔。或者反之，南洋既是西方的化身，又是东方的象征。西方阳刚和东方温柔这些基于西方中心主义立场而衍生的刻板印象，已经内化在丁玲的叙述之中，并无过于明显的建构意识，然而，丁玲却创造性地将之叠加化合成为形象化的"南洋"类型印象，生成了一个独特的南洋形象。当对立的两种性别特征叠加在南洋人凌吉士身上时，并未产生不协调的感觉，相比徐志摩笔下松散游离的中西互文式南洋叙述基调，要更加紧凑自然。

这种徘徊在中西之间而与现实南洋没有直接关联的南洋想象，非常接近萨义德所言的"文本性的态度"。在萨义德看来，所谓文本性的态度是指"东方学家的东方观是建立在古代文献的

---

① 丁玲：《莎菲女士的日记》，《在黑暗中》，第48页。
② 原文为：她的年纪已经有了二十四岁或二十五岁，对于格雷泰·嘉宝《肉体与情魔》的电影印象则时常向友朋提到。来到面前的不是一个英隽挺拔骑士风度的青年，却只是一个像貌平常，性格沉静，有苦学生模样的人物……（见沈从文《记丁玲》，良友复兴图书印刷公司1934年版，第124页。）

基础之上,这看法似乎可以有效地取代与真实东方的任何实际接触"。① 但我们认为,与其说这些中国作家在对中西资源的倚重中凝练加厚了已有的南洋神话,不如说他们正处在探寻新南洋话语方式的过程之中,他们尝试将自身的南洋经验融入已有的知识谱系之内,有意无意间呈现了新的意象或形象。换言之,这些作家的南洋经验虽然是有限的、印象式的,但他们将有限的经验与已有文化资源进行杂糅,叙述中形成的"欲望话语"与他者化的东方主义话语是有所区别的。因为在这一杂糅过程之中,自我的南洋经验占据着更为重要的位置,已有文本资源的重要性和比率正发生着变化,若进一步权衡这两位作家南洋叙事中中西资源的主次比重,就能发现这一点。徐志摩笔下西方式的叙述语言与古典性的情感情怀并无主次之分,它们统一在叙事者"浓得化不开"的自我感官印象之中;丁玲笔下,具有西方骑士和东方美人特征的南洋情人,正是女主人公情感过滤和化合的自然结果,孰轻孰重,并不明显。在创作者以自我情感情绪的牵引下,它们最终以一种无意识的方式呈现出来,凸显了个体情感的主体性位置。因此,通过对两位作家运用中西文化资源情况的具体分析,我们在分析现代作家有关南洋的欲望话语时,不可像某些偏执于本土主义视角的研究者那样,强调它们凸显了典型的东方主义式的视角和心态,从而得出简单的归类与结论,相反,我们应该重视其叙事的复杂性。在其视角重叠、位置游弋的南洋叙事情境中,所显示的是,恰恰是他们寻找新的南洋话语模式的努力与困境。困境一方面反映了已有资源对其现实体验的深刻影响,另一方面也确证了现代作家挖掘不同于传统的新想象路径的可能性。对于研究者而言,需要更重视现代中国作家南洋叙事的具体过程与个性策略,梳理出现代中国作家在中西之间衍生南洋想

---

① [美]爱德华·W. 萨义德:《东方学》,王宇根译,生活·读书·新知三联书店2007年版,第104页。

象的独特叙事经验,从而使南洋经验可以延伸成一种具有当代和世界意义的方法,而不仅仅是一段对过往空间影像的记录。

第三节 黑暗意象与革命话语
——洪灵菲、许杰等革命作家的南洋叙事

1927年中国国内政治形势的巨变,迫使一些进步的左翼青年远走南洋,积极投身当地的文化与社会活动,与南洋建立了更为密切的联系。其中有一些人如洪灵菲、许杰、马宁等在国内已是小有名气的作家,有着革命者和作家的双重身份,我们不妨称之为革命作家。20年代中后期抵达南洋的这些革命作家,与同时期只关注风景风土的匆匆过客(如徐志摩等人)相比,其南洋观感自然有所不同,更重要的是,作为革命者,他们观看与书写南洋的视角有意无意间受其革命立场的影响,其叙述便形成了相对一致的革命话语方式。本节试图分析在这一革命话语谱系之中,南洋被如何想象与定位,这种革命话语与许地山温和的宗教话语方式以及徐志摩、丁玲等人的欲望话语方式之间又存在怎样的张力关系?

一 黑暗之都——帝国主义与资本主义的南洋

在20世纪20年代末,由于受到世界性的经济危机的影响,南洋也出现了经济大萧条,失业人口剧增①,整个社会动荡不安。当洪灵菲、许杰、马宁等革命作家来到南洋时,耳闻目睹的一切,在破碎了他们原有的南洋美梦的同时,也强化了本已有之的对帝国主义和资本主义的敌视情绪。在这种心境与语境之下,其

---

① 1925—1927年,漂泊南洋的杨骚看到的景象是"新加坡一埠就有四五六万人的失业者",参见杨骚《十日糊记·杨骚选集》,厦门大学出版社1989年版。

南洋叙事往往忽略了殖民地繁盛文明的一面，而刻意捕捉甚至放大其黑暗的一面。南洋被形容成"窒闷的、幽暗的、霉臭的、不通气的坟墓"（洪灵菲语）、"人间地狱、黑暗世界"（许杰语）、"人间地狱、被蹂躏的处女地、血影"（马宁语）。这种总体性的南洋观感可概括为"黑暗意象"，显然，它们的所指与南洋的风景风情无关，只是针对作为帝国主义和资本主义象征的南洋社会而言。不可否认，他们的作品中也有椰树胶林等自然风景作为点缀，但这些自然风光往往成为黑暗社会的反衬而被描述，并非主题。有意思的是，很多现代作家来到南洋时，受到当地情境的刺激和感染，都曾有过考察、研究和书写南洋的冲动，最后只有少数作家写出了有关南洋的意象和印象，其中较为深入地考察研究南洋的主要是这些革命作家。他们一方面积极投身当地的社会活动，关注当地的革命情势；另一方面，则以手中的笔为手术刀，将南洋社会的病症一一解剖展现，在应和自己内心的革命激情的同时，更试图召唤起民众的革命热情。正是在这种强烈的目的性之下，他们所呈现的南洋，才相对远离了游客视点，从感官化、欲望化的南洋风景走向更有广度和深度的社会生活层面，一定程度上以"黑暗"意象颠覆了国人久已有之的有关南洋的黄金梦、乐土梦。

从洪灵菲、许杰到马宁，这些20世纪20年代中后期来到南洋的革命作家都是20多岁的年轻人（洪灵菲1927年到南洋时是26岁，许杰1928年到南洋为27岁，马宁1931年到达南洋时是22岁），他们出身于贫寒家庭，又在国内有过一定的革命与文学实践，怀着年轻人的激情，带着革命者的眼光，他们对南洋社会作出了基调相似却又各具特色的叙述和判断。

在南洋现场和侨乡背景的双重视野中，在带有个人体验性的叙述中，洪灵菲的南洋叙事呈现了南洋底层生活的黑暗与腐烂。1927年5—8月，洪灵菲为了逃避国民党的追捕，在南洋过了一

第三章 观看与想象：类型化的意象(1911—1931年前后)

段颠沛流离的流亡生活，其自传体小说《流亡》中便展现了南洋世界的种种黑幕。他前往南洋的船上只见"男的，女的，杂然横陈！有的正在赌钱，有的正在吸鸦片烟，有的正在谈心，有的正在互相诅咒，有的正晕船在吐，有的正吐得太可怜在哭。满舱里污秽，臭湿，杂乱，喧哗，异声频闻，怪态百出"。① 下船时又发觉水手与核查官员合伙赚钱的伎俩："原来这亦是他们赚钱的一个方法！譬如他们卖五百张半单的小童船票便申报一千张，其余五百张的所谓半票统统卖给全价的成人。这样一来他们便可以弄到一笔巨款。但当查票时，点小童的人数不到，他们便不得不到各舱乱拉年轻人去补数！"② 投亲访友之时，也目睹了当地华人社会的种种丑态：趾高气扬的洋行买办、冷漠无情的金店老板、嗜好嫖赌的下层劳工等。《流亡》只是保留了黑暗南洋的一幅幅速写镜头，而他的《在木筏上》(1929)、《归家》(1929)、《金章老姆》(1930)等侨乡生活的小说则以更为细腻动人的笔墨写出了噩梦般的南洋幻象。那些怀揣着发财美梦来到南洋的番客们，到南洋后才发现等待他们的是更加悲惨的生活，而留守在乡的亲人非但不能得到荣耀实惠，反而陷入了情感和经济上的双重危机。如《在木筏上》里写了一群出卖劳力、受尽欺凌，却连衣食都没有着落的番客们在对亲人的思念中毫无希望地活着；《归家》中漂泊南洋多年依旧身无分文的百禄叔羞愧地回到了村头；《金章老姆》中金章老姆因想念过番多年的儿子而变得疯疯癫癫。在他的笔下，南洋哪里是遍地黄金的财富之乡，简直就是令人走投无路的人间地狱。

　　许杰前往南洋之前所写的乡土小说和都市小说，本就充满着批判和沉重的色彩。到达南洋之后，这种批判的立场依然延续并

---

① 洪灵菲：《流亡》，选自《洪灵菲选集》，人民文学出版社1982年版，第28页。
② 洪灵菲：《流亡》，选自《洪灵菲选集》，第89页。

得以强化。《椰子与榴莲》是其南洋叙事的代表之作①。从题目来看，这本书似以南洋风情为主要表现对象，但实际关注的却是南洋社会的种种弊端。如果说洪灵菲是以感性直观的笔法对南洋下层社会做出描述的话，那么，许杰则以更为理性自觉的方式对南洋社会作出全面诊断。在这部近乎调查报告的作品集中②，他以一些具体鲜活的例证呈现并分析了南洋经济、教育、政治、阶级、宗教、婚姻等各方面的症结与问题。洪灵菲毕竟在南洋只待了三个月，但许杰却在此生活了两年多，他的视野自然要开阔得多。如同为南洋财富梦的批判，许杰看到的不只是下层劳工的悲惨境地，还看到了中、大资产阶级也处在破产和崩溃的边缘。在《我的房东》中，他总结道："从前的时候，我们中国人，大家都以为南洋是一所发财的地方，只要你能够到了那里，没有一个不发财的。但是，现在却不然了。……近日的南洋，失业的工人，是渐渐的充斥起来，中资产阶级的人，是渐渐的走近破产之路，至于少数的几个大资本家，却也在崩溃或者动摇当中，时时有被帝国主义的经济势力压倒的危险。"③

---

① 除此之外，还有长篇小说《锡矿场》和戏剧《马戏班》也是南洋题材的小说，但艺术上过于粗糙，逐渐淡出文学史的视野，只有《椰子与榴莲》被多次重版，流传至今，在文学史上有一席之地，也被看成是许杰的南洋题材的代表作。

② 这本书的体裁，是介于纪实与虚构文体之间的。如当事人梁育连认为《椰子与榴莲》是短篇小说，认为跟他有关的《两个青年》这篇小说的情节虽为虚构，但其所反映的社会背景，人物和生活却有其真实性（许杰口述，柯平凭撰写：《坎坷道路上的足迹》，华东师范大学出版社1997年版，第175页）许杰自己也认为，该书很多故事都有生活摹本，但人名和情节等仍有一些艺术加工的地方，是"类于记事、类于随笔、类于小说的东西"。他又说："我觉得，殖民地的普罗列打利亚革命，也是一件迫不及待的事。我开始的心思，很想写一本南洋概观之类的书，用统计的、比较的、分析的方法，来对南洋的整个社会，如政治、经济、人口、教育、宗教以及劳动、妇女等等，作一次具体的诊断，而指示出它的唯一的出路。"但因为语言的隔阂和社会科学知识的缺乏，他才决定以"类似文学的体裁来书写我对于南洋社会的结果"。（《椰子与榴莲·序言》，河北教育出版社1994年版，第2页）可见，许杰实际尝试以文学的形式完成对南洋社会的调查研究。

③ 许杰：《我的房东》，选自《椰子与榴莲》（南洋漫记），河北教育出版社1994年版（上海现代书局1930年初版），第97页。

第三章 观看与想象:类型化的意象(1911—1931年前后)

1931年到达马来亚的马宁,也目睹了南洋社会经济萧条、动乱不堪的状况。他就地取材,以马来亚的经济危机为背景,以当地新闻故事为母本,创作了一系列反映南洋社会黑暗面的戏剧与小说。从1931年到1932年,马宁前后写了小说《三个暹罗警察之死》和戏剧《一个咖啡女之死》、《夫归》、《女招待的悲哀》、《凄凄惨惨》(又叫《绿林中》)(以上均发表在《光华日报》的《戏剧》专刊,1931年7月)、《兄妹之爱》、《大学生与姨太太》、《都市的早晨》、《明天》(以上均发表在1932年新加坡《国民日报》的文艺副刊上)等作品。马宁的作品,对南洋下层人民走投无路、家破人亡的生活作了展现,如《凄凄惨惨》写在马来亚经济不景气的大背景下,失业工人阿三铤而走险沦为强盗,在椰林中目睹了一幕幕人间惨剧,最后阴错阳差,他刺死了因在中国乡下无法生存前来南洋寻夫的妻子。他也对封建保守的南洋华侨社会作了揭露和批判,《兄妹之爱》写一对没有血缘关系的兄妹的爱情遭到顽固保守的长辈的阻挠,当哥哥因写文章讥讽当局而遭到警察追捕时,父母竟因痛恨儿子的叛逆行为,主动要求当局将他驱逐出南洋。

条条道路通"罗马",无论是洪灵菲、许杰还是马宁,他们都将南洋的黑暗腐败,归结为资本主义和帝国主义的罪孽,而要想改变这一切,就必须来一场轰轰烈烈的革命。洪灵菲写道:"这一次流亡的结果,令我益加了解人生的意义和对于革命的决心。我明白现时人与人间的虚伪、倾陷、欺诈、压迫、玩弄、凌辱的种种现象,完全是资本社会的罪恶的显证。欲消灭这种现象,断非宗教、道德、法律、朝廷所能为力!因为这些,都站在富人方面说话!贫困的人处处都是吃亏,饥寒交迫的奴隶,而欲和养尊处优的资本家谈公道,论平等,在光天化日之下同享一种人的生活,这简直等于痴人说梦!所以欲消灭这种现象,非经过一度流血的大革命不为功！"① 许杰也认为："南洋商业因受到国际资本主义经济危机的影响，已经渐渐地露出矛盾和破裂的症状了，树胶跌价，失业率剧增，抢劫暗杀绑架屡见不鲜，南洋社会也由往日的南洋乐土世外桃源变成了人间地狱、黑暗世界，染上了都会病，从内部开始腐败溃烂。必须通过一场革命来加以彻底的改变了。我相信，殖民地革命必将成功。"② 而马宁的创作本身就是为配合革命运动而进行的宣传活动，他带着具体的革命任务来到南洋，围绕唤醒和发动劳工创作了以戏剧为主的诸多文学作品。

值得注意的是，作家们有关南洋的"黑暗意象"中渗透了对现实中国的认知与批判。《流亡》中洪灵菲从南洋回来，刚踏上中国的土地就被一群客栈掮客欺骗恐吓勒索，感觉这里比南洋所演出的滑稽剧还要来得凶，不由得发出全世界都充满了黑幕的感叹。许杰始终在和国内情境的对比联想中叙述南洋，最终借此实现对国内现实政治的讽喻与批判。马宁的戏剧与小说也在中国和南洋两个场景之间转换，两者都被描述成为无路可走的黑暗世界。可见，他们写南洋的同时也在写中国，其南洋意识中也渗透着中国意识，在能够涵盖两者的更整体的意识之中（东方意识或者阶级意识），他们的文学创作成为抵抗帝国主义和资本主义的号角，召唤着一场以全人类解放自由为目标的无产阶级革命。

二 内置的目光——对异族的认同与南洋本土意识的萌动

南洋被称为人类文化与人种的十字路口，不同人种、不同文化混杂相处、迁徙流变。在殖民统治下，华人、印度人、阿拉伯

---

① 洪灵菲：《流亡》，选自《洪灵菲选集》，第130页。
② 许杰：《椰林中的别墅》，选自《椰子与榴莲》（南洋漫记），第31—32页。

第三章 观看与想象:类型化的意象(1911—1931年前后)

人、马来人本都属于被奴役的弱等民族,彼此之间应是同仇敌忾的,但由于殖民者长期以来"分而治之"的政策,这些种族之间存在根深蒂固的隔阂和偏见。在20世纪初期至中期,南洋华人的优越感和对其他种族的排斥感是一个敏感但不可回避的事实,他们的集体无意识中已经形成了有关异族的某些刻板印象。如马来人是懒惰的、愚昧的、不可理喻的;而吉龄人①是丑陋的、野蛮的、异国情调的。若再深入考察,则土生华人和新客之间,粤、闽、琼籍华人之间也有难以消除的隔阂与冲突。在徐志摩等匆匆过客的南洋叙事中,自然难以对族群及其内部关系作出关注,更不用说有所反思了。相反,其南洋叙事中所隐含的中原视点和猎奇心理,正是这种华人优越意识的显现。在描述马来人等南洋土著民族时,他们往往将之看作原始的浪漫与奇观。但革命作家对于族群问题有更积极和宽容的立场,在强烈的反帝意识之中,他们有意识地去观察和了解其他族群,在文本中树立了"我们"的内置视点。

洪灵菲笔下的印度人和马来人是美的、值得同情的。在《流亡》中,他看到司号的印度人有着"黑而美的眼睛",有对"自由和革命的羡慕与向往";而马来人则是智慧与光明的化身,他在一首歌颂新加坡土人的诗中写道:"人类中智慧的先觉啊,你袒胸跣足的土人!宇宙间神秘的结晶啊,你闪着星光的黑夜!"②洪灵菲还意识到原住民(新加坡土人)才是南洋的真正主人,是帝国主义让他们丧失了家园与国家。怀着深切同情,他写道:"狠心的帝国主义者,用强力占据这片乐土,用海陆军的力量,极力镇压着他们背叛的心理。把他们的草原,建筑洋楼;把他

---

① 吉龄人是来自印度的移民族群,在殖民时代,其地位比马来人、华人都要低下,华人常以"鬼"称之。
② 洪灵菲:《流亡》,选自《洪灵菲选集》,第99页。

们的树阴，开办工厂；把他们的生产品收买；把他们一切生死的权限操纵。"①

许杰有着更为广泛和自觉的族群关怀意识。他立足于反抗、压迫和革命等话题，对马来人、吉龄人以及海峡华人的问题作出了思考并树立起东方弱小民族应消除隔阂、团结起来的观念。《两个青年》一文集中体现了他与异族沟通对话的意愿和行动，有意呈现了"我"和被枷锁的马来人、吉龄人心灵对接的场景："马来人那双表示出悲哀，羞耻，畏惧与愤怒的各种心理的眼睛似诉非诉的向我说话，我的心顿时'怦怦的跳了起来'；我的的确确的觉得，那个吉龄人，他是立定了做什么，或是和我说话的样子。我的神经状态，好像立刻被他的被压迫民族的无语的呼声，麻醉了似的，我失了一切知觉。"② "我"不但从异族眼中看到了交流的善意，还设想了打倒帝国主义之后各个民族携手欢笑的未来："等着吧，同运命的朋友。只要我们的心还是红的还是赤的，总有回过头来的一天。且到那个时候我们来携手欢笑。"③ 侨生是华人与马来人混血的后代，他们的生活、文化都本土化了，对中国缺乏认同与了解，常被新客华人看成是华人中的"异类"。但许杰《两个青年》中的侨生李德和爱莲却是"我们"的同路人，他们因受到帝国主义的压迫和奴役，同样具有革命的意愿与行动；他们非常热爱中国和中华文化，也是殖民地中弱小民族的代表。马宁在其《三个暹罗警察之死》以及戏剧《凄凄惨惨》（印度劳工）中也对其他族群的生存境遇有深切的同情。

这些革命作家不但产生了对异族的新态度，而且呼吁全世界被压迫民族团结起来付诸革命行动。洪灵菲说："印度人我和你，

---

① 洪灵菲：《流亡》，选自《洪灵菲选集》，第100页。
② 许杰：《两个青年》，选自《椰子与榴莲》（南洋漫记），第18页。
③ 许杰：《两个青年》，选自《椰子与榴莲》（南洋漫记），第18页。

第三章 观看与想象:类型化的意象(1911—1931年前后)

我们的民族和你们的民族,都要切实地联合加共同奋斗!共同站在被压迫阶级的战线上去打倒一切压迫阶级的势力!"① "中国的革命,必须联合全世界弱小的民族,必须站在反对资本帝国主义的联合战线上。"② 马宁也喊出了"全南洋被压迫民族联合起来!东方弱小民族联合起来啊!斗争呀!再斗争呀!"的口号。③

20世纪20年代末30年代初,是南洋本土意识兴起的时候,文学艺术领域也相应提出了"南洋色彩"的口号。最先正式提出"南洋色彩"这一口号的是1927年初创刊的《荒岛》,发起人表示"打算专把南洋的色彩,放入文艺界里去",④ 呼吁写作人多写作具有南洋色彩的作品。但他们的文学创作水准不高也没有反映出足够鲜明的南洋色彩。有意思的是,不少革命作家恰恰又是这一本土化潮流最热心的理论倡导者和实践者。许杰主编的《益群日报》的文艺副刊《枯岛》《南洋青年》,不但培养了不少南洋本土文学作者⑤,而且特别重视文学的南洋色彩,强调"南洋有南洋底历史、风俗、人情、风景,作者不要如何穷搜远处,都是俯拾即是的东西……因为《枯岛》的产地是在南洋,所以《枯岛》应该负创作、栽培有南洋色彩的文艺的使命"。⑥ 他的编辑活动对马来亚的文学发展影响很大,杨松年评价道:"《益群日报》的副

---

① 洪灵菲:《流亡》,《洪灵菲选集》,第61页。
② 洪灵菲:《流亡》,《洪灵菲选集》,第130页。
③ 1933年,在马来亚柔佛州新山市外的原始森林中,召开了为期一周的全南洋各殖民地各民族的代表大会。到会的代表来自马来亚的各民族。马宁被"马反""马普"选为代表参加此会,并主持了这个有重大历史意义的代表大会。大会上,马宁热情洋溢地高呼:"全南洋被压迫民族联合起来!东方弱小民族联合起来啊!斗争呀!再斗争呀!"
④ 金燕:《浪漫南洋一年的荒岛》,方修:《马华新文学大系·第十卷》,新加坡星洲世界书局有限公司1972年版,第100页,原载于新加坡《荒岛》1928年第10期。
⑤ 在1981年的一篇文章中,深受许杰影响的作者梁上苑提到了当年许杰在马来亚对青年作者的指导与关心,见梁上苑《重拾五十年前的交情——回忆我和许杰先生在南洋的一段交往》,香港《大公报》1983年4月22日。
⑥ 许杰:《尾巴的尾巴》,转引自许杰口述,柯平凭撰写《坎坷道路上的足迹》,第168—169页。原刊吉隆坡《益群日报·枯岛》1928年第10期。

刊《枯岛》的出现，给中马文艺活动带来一个新纪元。"① 马宁在投身革命活动的同时，还倡导了南洋新兴戏剧运动，主编了具有南洋色彩的杂志如《南洋文艺》《马反》等。在自己的文学创作中，马宁还有意识地体现本土背景和南洋意识，其作品从选材到主题与形式，都以反映当地社会现实、满足当地受众需求为目的，创作出七部适合于南洋演出的剧本，在南洋有过一定的社会影响。如《兄妹之爱》《夫归》《凄凄惨惨》《女招待的悲哀》在新加坡皇家大戏院演出后轰动了华侨社会，引发热议与论争。洪灵菲的南洋本土意识虽不够突出和自觉，但作为潮汕人的背景让他对南洋各地的民俗风情有深入的了解和体贴，其作品的南国色彩也是浓郁的。总体看来，革命作家创作中的南洋色彩和南洋本土意识的出现，与其拥有的南洋经验和写作目的有关。一方面是在革命活动中，他们对南洋社会有所体验调查，从而积累了丰富的本地素材；另一方面，作为革命作家，为了突出文学的宣传作用，他们会有意识从本地受众需求出发来进行创作。他们的编辑或创作活动应该看作南洋文艺本土化进程的一部分。

当然，这些革命作家对异族的认同与南洋本土意识都是有限度的。如洪灵菲将新加坡土人、暹罗妇女看成是浪漫和神话的源泉，许杰将南洋看成是文化的沙漠枯岛、将马来人看成没有文化的族群②，马宁对原始部落异国情调的渲染等都说明，他们仍残留着某种俯视的姿态。但相对于"欲望话语"而言，他们的叙述中"内置"的目光和对话的姿势更为自觉和明显，而与许地山式的宗教话语相比较，其叙述也更具有现场感和真实性。这意味着，革命作家的南洋叙事将中国与南洋的距离策略

---

① 杨松年：《益群日报的〈枯岛〉》，载于新加坡《星洲日报》1981年12月21日。
② 在《吉龄鬼出游》这篇文章里，许杰写道："马来人，根本是窗滞在没有文化的时代里。"见《椰子与榴莲》，第48页。

性地拉近了。

三 挪用与触发——革命话语的知识渊源及意义

文学中的革命话语不应只理解成对革命本身的描述、再现和肯定,而应视为一种革命化的叙述。也就是说,革命话语其实应看成是一种独特的思维方式,正是这种思维模式决定了叙事的基调。由于革命在现实社会运动中意味着用暴力快速的方式去改变旧的世界,建立新的秩序,落实在思维方式上便往往是爱憎分明,习惯以二元对立的视角去理解一切。在文学创作中,这种思维方式使作家以阶级意识为主导视野,在社会生活中处处寻找对立面和被打倒的对象,对社会的看法往往也走向简单化和概念化。在革命作家的南洋叙事之中,也具有这些症状,他们对南洋社会的判断与分析有时是先入为主的,有时是简单粗暴的。

洪灵菲在没有进入新加坡之前,已经下了简单的判断,将新加坡看成是资本主义和帝国主义盘踞的黑暗世界:"新加坡!帝国主义盘踞着的新加坡!资本家私有品的新加坡!反动分子四布稍一不慎即被网获的新加坡!"① 为了贯彻其阶级对立的思维视角,洪灵菲在其作品中对华人社会结构及帮食制度、宗乡制度、华人会馆等作出了很简单的分析,有些分析是不符合事实的。如华人会馆是以籍贯、方言、姓氏、血缘、业缘等作为纽带建立起来的带有互助性质的组织,虽也有经营赌馆、烟馆、妓院等不正当行业或从事贩卖猪崽、鸦片走私、帮派火并等犯罪活动的,但作为华人社会的特殊组织形式,它的正面作用还是主要的。晚清以来,在海外华人

---

① 洪灵菲:《流亡》,选自《洪灵菲选集》,第87页。

得不到来自祖国的政策保护时，华人会馆发挥了重要作用，它不仅能够安排无助的华人生活、处理华人间的纠纷，而且还组织华人反对庄园主、矿主、殖民地政府的欺压，帮助华人在异域他乡度过经济上和精神上的难关。但在《流亡》中，洪灵菲将之看成"藏污纳垢"的资产阶级社会的象征。无论是介绍"之菲"前去寄食的华人店铺老板陈松寿还是华人会馆的"头佬"吴大发，都被描绘成冷酷无情的资本家形象，在会馆免费住宿的寄食者则成了"被压迫着的无产者"。1931年，拥有更多革命文学理论知识的洪灵菲，在重写《流亡》中这段华人会馆的寄食生活时，其阶级分析意识就更加清晰了。华人会馆（更名为俱乐部）已经变成由上流人和下流人组成的阶级社会。上流人指的是除洋大人之外在这坡面上顶红的人物，包括俱乐部的头佬胖子、聚众赌博者和寻花问柳者；下流人指的是像"乞丐一样可怜，不尴不尬的流浪人'我'、俱乐部里的一个杂役阿孙和'我'的朋友——那胖子的弟弟"。"上流人"轻视、驱使和叱骂"下流人"，彼此之间已经是势不两立的了。①

同样，许杰的南洋叙事也是在殖民者和被殖民者，资产阶级和无产阶级的对照结构中展开的。因"无产阶级革命文学"理论的直接介入，许杰甚至将南洋的一切都与罪恶的帝国主义与资本主义社会扯上关系，使其作品变成了观念的演绎。《马戏班》是以南洋工人运动为题材的短篇小说，是为了实践革命文学理论凭空想象出来，连作者本人也评价这是一部失败之作。② 《锡矿场》是一部以华侨工人与资本家斗争为主线的长篇小说。它不但故事情节缺乏生活基础，人物脸谱化、概念化，还因为有意加入生硬的"阶级分

---

① 洪灵菲有关华人俱乐部的描写可与艾芜相似题材的小说《爸爸》和《海》相比较，可发现其鲜明的阶级分析意识。

② 许杰说："《马戏班》是我自己有意为之的，目的是作为一次实践无产阶级革命文学理论的试验，或者尚可给大家提供一点失败的经验。"转引自柯平凭《许杰和中国现代文学》，载于《文艺理论研究》1995年第6期。

第三章 观看与想象:类型化的意象(1911—1931年前后)

析",连自然风景也具有了阶级意识。正如杨义所评叙的那样,小说图解作者的主观观念,大量搬用政治术语,点缀革命口号,连对天上的月亮都作了阶级评判:"月亮所象征的便是温情主义,它是资产阶级的御用品,是迷醉往古今来的反抗的迷醉剂。"① 在艺术程度较高的作品集《椰子与榴莲》中也存在议论化、理念化的问题,它每一篇的写作模式都是在故事之后附加一大段口号化的议论,来加强作家的主观色彩和政治立场,难免给人扭曲的感觉。如《榴莲》中将榴莲作为丑陋肮脏的南洋社会和整个资本主义社会的象征,认为它的臭味正是"资本家的铜臭,帝国主义的羊腥臭,洋奴走狗们的马屁臭,以及那些目不识丁,却到处自充名士的马屎臭等等的"的混合体。② 这严重扭曲了被称为热带水果之王的带有诗意性的榴莲形象,标示出他与南洋的心理距离。后来,王润华在《吃榴莲的神话——东南亚华人共同创作的后殖民文本》一文中,从本土意识出发极力赞美榴莲的神性、人性和经济价值③,可以看成是对许杰榴莲观进行了反思与解构。

　　许杰等人挪用革命文学理论的视野去观察与叙述南洋时,他们的态度也具有"文本化"的趋向。这种态度不只在其文学叙事中表现出来,也贯彻到其在南洋的文学活动之中,其中许杰最有代表性④,作为编辑人,他在新马宣传革命文学理论,推出新兴文学的旗帜之时,完全忽视了当时的新马社会与中国社会的区别,复制了国内革命文学的口号,如"封建的时代已经过去了,专制的时代也是过去了,在现在,整个的世界,整个的时代是人类求解放,

---

① 杨义:《中国现代小说史》第一卷,第367页。
② 许杰:《榴莲》,《椰子与榴莲》(南洋漫记),第43—44页。
③ [新加坡]王润华:《吃榴莲的神话——东南亚华人共同创作的后殖民文本》,《华文后殖民文学——中国、东南亚的个案研究》,学林出版社2001年版,第158—170页。
④ 许杰虽然不是最早到新马去的中国作家(在他之前,聂绀弩于1923年、杨骚于1925年、洪灵菲于1927年都已去过),却是在新马开宗明义地宣传中国革命文学理论的第一人。

求自由，——换言之，即是革命的时代，斗争的时代。……文艺是一个阶级即一个营垒的宣传，也即是一个营垒的代表"。① 从当时中国革命文学的发展情况来说，这些观点或许还有一定的合理性；却与新马地区的社会及文学发展实际并不符合。然而，这种文本化、教条化的革命话语方式却弥散了20世纪二三十年代的整个南洋文坛，其不利影响也是可想而知的。

表面看来，许杰等人是依据中国革命文学的理论资源形成了自身独特的南洋叙事话语，但若追溯根源，其创作倾向与国际性的文学运动与文学思潮紧密关联。一方面，南洋的革命文学思潮本身就在共产国际的指引之下；另一方面，中国无产阶级文学运动中的很多思想主张，其最终来源是以当时以苏联"拉普"作为代表的国际无产阶级革命文学思潮。按照唐德刚的观点，中国对苏联式马克思主义的接受其实是接受一种反西方的西方话语②；那么，中国的革命文学理论不也是以反西方的形式出现的西方话语？由此推断，现代作家南洋叙事革命话语的思想资源与知识谱系，依然是在中西之间徘徊。只不过，他们舍弃了古典资源（中国神话式的和西方浪漫主义式的），而代之以更具有颠覆性的革命话语模式。

不过，对这些革命作家而言，决定其南洋叙事模式特性的除文本性态度之外，还有现实性的态度。他们的南洋叙述方式与其说是事先有意的谋划，不如说是受到南洋语境的刺激与触发。一方面，从大语境来看，南洋各地的反帝运动和民族自决运动在20世纪20年代逐渐兴起，革命热情高涨。1926年5月，"南洋总工

---

① 许杰：《自己的目标》，转引自蒋荷贞《新文学在南洋的传播——记许杰在吉隆坡的文学活动》，载于《杭州师院学报》（社会科学版）1984年第2期。原刊吉隆坡《益群日报·枯岛》1928年第2期。

② 唐德刚：《晚清七十年·中国社会文化转型综论》，台北：远流出版社1998年版。

第三章 观看与想象：类型化的意象（1911—1931年前后）

会"成立，到1927年4月，该工会在马来亚、印尼、泰国、沙捞越已拥有42个支部，组织了多次工人罢工的运动。在这样的情势下，革命作家在其文学作品中反映时代的革命情绪和要求，也是顺理成章的。老舍在1930年来到南洋时发现这片土地上的革命氛围是如此之浓厚，以至于他也受到感染，放下了旅行中酝酿已久的恋爱小说，转而构思起南洋华人的伟大史诗来。另一方面，从作家个人的际遇来看，他们在南洋屈辱而痛苦的遭遇必然激发其革命的热情并渗透在其文学创作之中。洪灵菲前往南洋避难，整日东躲西藏，挨饿受累，尝尽世态炎凉的滋味，《流亡》《在木筏上》《在俱乐部里》等作品都见其流亡生活的影子。许杰作为吉隆坡《益群日报》的主笔，在经济上虽无问题，精神上却很受压制，因写作倾向多次被华民政务司刁难，真实感受到帝国主义的淫威，最终因支持学潮被迫离开南洋。《椰子与榴莲》便是对这段生活的总结。① 马宁试图在学生中进行启蒙爱国教育却遭到追捕，在文学中为弱者立言便遭到通缉，这些真实经历共同构成了他的《南洋风雨》。

对于这些作家而言，文本性态度与现实性态度之间有无冲突呢？他们一方面以现实校正观念，舍弃了有关南洋的浪漫、财富等刻板意象；另一方面，在理解和阐释南洋现实时，又挪用已有的革命话语资源，似乎是以新的文本性态度代替了旧的文本性态度，但我们认为，他们的挪用虽存在局限与问题，但依然与其所体验和感受的现实语境有呼应关系。这与萨义德所揭示的东方学的思维方式——以文本替代和扭曲现实——是有所不同的。因此，革命作家是在挪用与触发之间，在文本性态度和现实性态度

---

① 1928年南洋共产党正式成立，开始组织一系列的工人运动。但20世纪初期就有了共产主义思想的传播，吉隆坡发行的国民党（马来亚支部）左派华文报纸《益群日报》在其中发挥了宣传阵地的作用。

的互动过程中，形成了南洋叙事的革命话语模式，这一具有协调与融合性的话语策略又一次显现出现代中国南洋叙事的独特性。

第四节　花园意象与童话话语
——老舍的南洋叙事

1929年10月，或许就在许杰离开南洋的时候，老舍在新加坡上岸，开始了他为期半年的南洋寓居生活，三个月之后他开始写他有关南洋的唯一作品《小坡的生日》。虽然此时南洋各处仍大喊"打倒"的革命口号，但《小坡的生日》里对革命却采取冷眼旁观的姿态，与许杰等人的革命话语存在很大差异。同样，《小坡的生日》也不同于前面所论及的宗教话语或欲望话语。它明显缺乏许地山小说《命命鸟》的宗教氛围和异域情调，与徐志摩式的欲望化想象也有遥远的距离。这一作品的独特之处在于它是以童话的形式来叙述南洋的，开启了现代中国作家南洋叙事的另一种话语方式——童话话语。本节试图探讨的是，在这种童话话语中，南洋如何被叙述与想象？这一话语的特性与知识渊源如何？老舍为何选择这一话语策略？期待在个案的剖析中，揭示童话话语在南洋叙事中的位置。

一　"花园"意象：色彩缤纷的南洋景观与多元文化理想

"花园"一词对理解老舍有关南洋的总体定位非常重要。在《小坡的生日》里，花园首先是故事展开的重要地点，它是主人公小坡家的后花园，里面有"结着又长又胖香蕉的香蕉树、项上带着肉峰的白牛，比螺丝还大一些的蜗牛，深红的马缨花，成群的鸟儿虫儿"等，可见这小小的花园其实是南洋热带风光的一个

第三章　观看与想象：类型化的意象(1911—1931年前后)

缩影。其次，这花园也是小坡和别的孩子的游戏空间。在这里，不同种族不同籍贯的孩子自由交往，其乐融融，呈现了理想形态的南洋社会及其族群关系。可见，这一花园意象隐含了自然景观和人文理想两条线索。我们不妨通过这两条线索进一步挖掘花园意象的具体所指，进而准确定位老舍笔下的南洋图景。

从自然景观的层面来看，在老舍眼里，南洋就是一个色彩缤纷的大花园。1934年，在离开南洋四年后，他回忆中的南洋仍是由诸多色彩构成的："它（南洋）在我心中是一片颜色，这片颜色常在梦中构成各样动心的图画。"① 《小坡的生日》里，老舍也常常捕捉着南洋景物的色调，他笔下的海景如同印象派的绘画，由斑斓的色彩构成：

> 海水真好看哪！你看，远处是<u>深蓝色</u>的，平，远，远，远，一直到一列小山的脚下，才卷起几道<u>银线儿</u>来，那一列小山儿是<u>深绿</u>的，可是当太阳被浮云遮住的时候，它们便微微挂上一层<u>紫色</u>，下面绿，峰上微红，正象一片绿叶托着几个小玫瑰花黄菁葵。同时，山下的蓝水也罩上些<u>玫瑰色儿</u>，油汪汪的，<u>紫溶溶</u>的，把小船上的<u>白帆</u>也弄得有点<u>发红</u>，好象小姑娘害羞时的脸蛋儿。……稍近，阳光由浮云的边上射出一把儿来，把海水照得<u>碧绿</u>，比新出来的柳叶还娇，还嫩，还光滑。小风儿吹过，这片<u>娇绿</u>便折起几道细碎而可怜儿的<u>小白花</u>。……再近一点，<u>绿色更浅了</u>，微微露出<u>黄色</u>来。……远处，忽然<u>深蓝</u>，忽然<u>浅紫</u>；近处，一块儿<u>嫩绿</u>，一块儿<u>娇黄</u>；随着太阳与浮云的玩弄，<u>换着颜色儿</u>。世上可

---

① 老舍：《还想着它》，选自《老舍文集》第14卷，人民文学出版社1981年版，第35页。

还有这样好看的东西！①（下画线乃笔者所加）

为什么老舍笔下的南洋风景是"一片颜色"呢？这种浓郁的色感或许反映了热带风光的自然特性，在徐志摩笔下，我们也见识过这种"浓得化不开"的南洋色调，但对于老舍来说，色彩浓郁的感知印象是否也体现了其南洋观感的笼统性和印象性呢？老舍是个有强烈地方意识的作家，他对老北京人和北京城的叙述，确是入木三分。但要写出一个地方的感觉，是需要长时间体验的。作为北方人，老舍对南洋不熟悉也不适应。他二十多岁前往英国教书的时候才有机会看到轮船，对于海洋和热带生活的了解把握远不可能达到许地山、洪灵菲等南方作家的广度和深度。寓居在新加坡的那段时间，他为了寻找写作题材，曾有意识地搜集资料，但因为水土不服、语言不通、经济困窘、时间有限②等各种困难的存在，阻碍他去深入了解南洋。因此，老舍虽有空间的敏感，也并非徐志摩似的匆匆过客，但在短暂浅薄的南洋游历经验的基础上书写南洋，还是有力不从心的感觉；最终老舍只能抛弃书写南洋史诗的宏大构想，写出一个"最小最小的南洋"，利用童话的形式将零碎的南洋印象补缀成篇。这种写法的问题有如他讲到《老张的哲学》时所言："这是初买来摄影机的办法，到处照像，热闹就好！谁管它歪七扭八，哪叫做取光选景！浮在记忆上的那些有色彩的人和事都随手取来，没等它安置好，又去拉另一批，人挤着人，事挨着事，全喘不过气来。"③《小坡的生日》正是借助新年、上学、逃学、游戏、生日、梦境等"线索"，将老舍所知道的气候、物产、葬礼、海边风光、学校教育等南洋知

---

① 老舍：《小坡的生日》，《老舍文集》第2卷，第104页。
② 老舍在南洋只待了不到三个月的时间就开始创作《小坡的生日》，时间自然太短。
③ 老舍：《我怎么写老张的哲学》，见《老舍文集》第15卷，第184页。

第三章 观看与想象:类型化的意象(1911—1931年前后)

识以及游植物园、看电影、旅行等南洋游历等一一罗列出来,最终呈现的是碎片而非具有整体感的南洋图象。老舍自己也意识到了这一点,在《我怎么写小坡的生日》里遗憾地指出自己没能像他所崇拜的海王康拉德一样,写出南洋的丰富性与魅力来。在这个意义上,花园意象也隐喻了老舍南洋图像的琐碎性和局限性。对他来说,南洋始终是一幅色彩斑斓却难以尽览的图画,一个令他眼花缭乱的热带花园。若从自然景观来审视老舍的南洋叙事,恰如黄傲云所言,在《小坡的生日》里"我们很难感染到真正的地域性与社会性,除了小坡和大坡这两个儿童的名字勉强增加了小说的地方色彩之外,读者很难感染到一丝儿的南洋气氛"。①

但从社会生活及人文理想的层面来看,南洋在老舍眼里却有着特别的启迪性。一方面,南洋不比伦敦,这里的革命不是学院式的演练与讨论,而是席卷着整个南洋社会的运动。他所教的中学生难免肤浅幼稚,却远比伦敦的大学生激进和革命,从他们身上看到了东方民族解放的希望,"让他的思想猛的前进了好几丈,不能再写《大概如此》之类的爱情小说了";另一方面,因为"新加坡的人们,不象别处,是各式各样的",由此也形成了南洋现实中的突出问题——种族、语言和籍贯隔阂,老舍"在有着各色各种的小孩的新加坡住了半年,始终没有见过一回白人的孩子与东方的小孩在一块玩耍",而"广东和福建人的冲突与不合作,马来与印度人的愚昧与散漫"也是尽收眼底。② 有着革命激情和多元文化景观的南洋,却仍没有真正的包容开放心态,这大概是老舍最不满意的。因此,《小坡的生日》里有着各色各种孩子自由游戏的花园就成为多元文化理想的象征,带上了对现实的批判与反讽意味。比如孩子们在花园里玩"坐车旅行"的游戏时就体

---

① 黄傲云:《中国作家与南洋》,第22页。
② 老舍:《我怎么写小坡的生日》,《老舍文集》第15卷,第200页。

现了团结协作的和谐社会场景,而他们模仿"打倒"的游戏就是对乱喊口号没有行动的形式主义革命的戏仿和颠覆。

不过,老舍的花园理想虽然浪漫,却未必如王润华所言是有意对新加坡的未来发展作出预言。王认为,"小说中花园的意象经常出现,这又是暗示新加坡是一个花园城市国家的寓言"。① 实际上,花园意象与今日新加坡"花园城市"形象不过是形式上的巧合,其立足点不是新加坡的未来、也不是南洋的未来,而是源于"世界上弱小民族联合起来共同奋斗"的反帝意识与国际主义情怀。如果说革命作家在其南洋叙事中试图召唤新的社会尽快出现的话,老舍则通过设计一个美丽新世界,幻想式地完成了这一至今或许尚未实现的人文理想。

二 童话话语:观光的好奇与浪漫的想象

老舍的南洋史诗难以完成,只好写了一个最小最小的南洋。所谓最小最小的南洋,除指其关注视野较为狭窄之外,也因老舍是以儿童视角和童话形式来呈现其所观察、体验和想象的南洋。那么,老舍为什么选择以童话形式完成自己的南洋叙事呢?仅仅是因为其南洋经验的局限吗?体现了老舍与南洋怎样的情感关系?

其实,儿童视角和童话话语的选择和运用,一方面反映了老舍南洋经验的局限性,可另一方面,也体现了老舍南洋经验的独特性。在南洋的半年,老舍谋职于华侨中学,孩子是他生活世界

---

① 在这篇论文中,他指出老舍提出了新加坡应建设成以绿化和自然景观为主的花园城市计划的伟大预见,这也是过度阐释的结果。参见[新加坡]王润华《中国最早的后殖民文本:老舍的〈小坡的生日〉对今日新加坡的后殖民寓言》,《华文后殖民文学——中国、东南亚的个案研究》,第32、43页。

第三章 观看与想象:类型化的意象(1911—1931年前后)

里的主角,也是他了解南洋的桥梁和窗口。正如他在《我怎么写小坡的生日》里所说的:"在新加坡,我虽然没工夫去看成人的活动,可是街上跑来跑去的小孩,各种各色的小孩,是有意思的,可以随时看到的。下课之后,立在门口,就可以看到一两个中国的或马来的小儿在林边或湖畔玩耍。"① 在南洋做孩子王的老舍受到身边孩子的触动,选择以童话的形式来叙述南洋也就是自然的了。

作为一种有意味的形式,童话话语把叙述的权限交给了天真幼稚的儿童,以懵懂无邪的童眸充当透视世界的视角,这一有意的撤退策略也常常体现出作家对于现实的审美态度和立场所在。同样,童话话语的选择也能体现老舍南洋经验的独特性,体现了其对南洋的独特态度。

区别于理性的、成熟的成人视角,儿童视角具有感性化、随意化的特点,儿童眼里所看到的世界往往是模糊、琐碎和不连贯的,选择童话话语,就接近了走马观花的游客视点,无法呈现对事物深入的认知与理解。也许,老舍是为了掩饰其南洋观感的模糊琐碎,不得不选择童话话语②,但童话话语在老舍笔下具有更为正面的功能,体现了南洋之于老舍的特殊启迪。

首先,儿童强烈的好奇心和求知欲能化平淡为诗意,能在成人看来毫无趣味的地方感受到盎然生机,因此,在《小坡的生日》里,老舍借助儿童的视角,展现了他对新加坡发自内心的兴趣和眷念。小说中的小坡是一个富有同情心却贪玩调皮的懵懂孩子,他觉得身边的一切都很有意思,无论是花草树木还是小猫小狗,在他眼里都焕发出奇异的光芒,让他流连忘返。小坡对周围

---

① 老舍:《我怎么写小坡的生日》,选自《老舍文集》第15卷,第179—180页。
② 黄傲云认为老舍因为没有办法写出有深度的南洋社会,就不得不写成童话的形式,参见黄傲云《现代作家与南洋》,第22页。

环境与琐碎事物保留的浓厚兴趣，对应的是初来乍到的老舍对新加坡的好奇心与关注热情。

其次，基于儿童本位意识的童话话语，往往建构了一个与成人世界相对立的边缘叙述者，这一叙述者往往以颠覆性的眼光否定成人世界的偏见，确立了富有理想色彩的观点与立场。在《小坡的生日》里，小坡勇敢、天真、善于打抱不平，没有种族偏见，是美与善的象征。从他充满理想色彩的话语与行为中我们可以梳理出老舍南洋意识的独特所在。一方面，借助大胆率真的儿童视角，老舍大胆暴露了南洋社会的种种问题；另一方面，儿童视角带来了强烈的生活气息，由此，老舍笔下的南洋成了富有家园感和梦幻感的现实世界，与传统的"蛮荒和边缘"意象，同时代的财富、欲望和黑暗意象拉开了较大距离。

最后，作为一个在新加坡土生土长的孩子，叙述者小坡没有沉重而压抑的家国记忆，只认同他生于斯长于斯的土地，其观察视角是基于新加坡的本土视角。为了突出这一视角，小说的序幕即是以"小坡对自己和妹妹名字由来的疑惑与猜想"为线索，建立了人与地的直接联系，这既说明了老舍对新加坡地名的探究兴趣，也说明他试图在文本叙述中建立一种在地感觉——一种试图从本土出发去理解南洋的朦胧意识。于是，老舍通过儿童小坡这一角色建立起了对南洋的一种介入意识和认同感，传递了老舍对南洋所具有的浓厚兴趣和积极认知的情感态度。

然而，对于20世纪二三十年代的多数中国作家而言，南洋经验不过是转瞬即逝的经验，带有临场性。老舍对于南洋的好奇与热情也是被环境触发的，事过境迁，这种观光的好奇就会消失。当《小坡的生日》写到第十二节时，老舍已经离开南洋回到上海。于是，丧失了在场感受的老舍开始以幻想替代现实，将重心放在小坡那个荒诞不经的梦境里。若不是在童话中，这一突来的

第三章 观看与想象:类型化的意象(1911—1931年前后)

梦境便会显得过于唐突和生硬,但童话话语的特点就是能够在现实与想象之间自由穿梭,老舍便借助这样的自由,在《小坡的生日》里完成从现实南洋到梦幻南洋的转变。在最后几节里,老舍和新加坡的那种亲近感已经逐渐被陌生感和梦幻感所替代,凭借扑朔迷离的梦境叙事老舍匆匆完成故事的书写。然而,梦境的叙述虽然还对新加坡教育等问题进行了反讽,但其呈现的空间感觉更接近中国,准确地说,后半截老舍所讽喻的对象与其说是新加坡的现实,不如说是当时正在进行各类混乱战事的中国。诸如狼猴之间打来斗去的荒谬战事,专制独裁、任人唯亲的猴大王形象,无不显现了老舍对国内时势的一种冷观与嘲讽。第十三节有关"影儿国"的环境非常接近老舍此时所在的上海,已经显现了他回国后的安适感:"原来影儿国里的一切都和新加坡差不多,铺子、马路等等也是应有尽有,可是都带着些素静气儿,不象新加坡那样五光十色的热闹。要是以幽雅论,这里比新加坡强多了。"① "比新加坡强多了"这句话在这一节出现了两次,我认为是老舍此时心境的无意表述,相比上海熟悉惬意的生活,南洋已是遥远的异域了。书写过程中陌生感加剧,导致《小坡的生日》这一童话出现一个突兀的结局——小坡如同断了线的风筝,在虚无缥缈的梦境里瞎逛了一阵,又跟腐化僵硬的教学权威打斗了一阵,便匆促地回到了现实南洋——就在小坡飘飘摇摇、无依无靠地往下坠落的瞬间,小说结束了。过于轻柔的叙述尾巴说明,老舍虽然有过对南洋的内在认同感和关怀意识,但根基是脆弱的。远离南洋现场后,富于现实感的南洋体验就被梦幻与想象替代了。稍后于《小坡的生日》的另一作品《离婚》中便将南洋描述再次描写成了一个梦:"老李便可以与她一同逃走。逃出这个臭

---

① 老舍:《小坡的生日》,见《老舍文集》第2卷,第96页。

家庭，逃出那个怪物衙门；一直逃到香浓色烈的南洋，赤裸裸的在赤道边上的丛林中酣睡，作着各种颜色的热梦！带着丁二爷。丁二爷天生的宜于在热带懒散着。……带他去哪儿，似乎只有南洋合适。他与她，带着个怕枪毙的丁二爷，在椰树下，何等的浪漫！①"南洋变成了一个和现实世界截然对立的原始社会、世外桃源，一个浪漫的梦境。

概之，在童话《小坡的生日》中，老舍将观光的好奇与浪漫的想象叠加在一起，②体现了其南洋态度的复杂性——现实性态度和梦幻性态度的并存。其中既隐含了老舍试图亲近南洋、融入南洋的尝试，也呈现了尚未完全消失的时空和心理距离，文本最终呈现了游移不定的视点——一种既外在于南洋又内在于南洋的视点。

三　在神话话语与后殖民话语之间

现代中国作家叙述南洋时往往会受到各种思想资源的困扰而难以形成独特的话语方式。无论是徐志摩还是许杰等人，都在无意识中挪用各类资源而形成在中西之间徘徊的姿势。对于老舍来说，是否也面临同样的表述困境呢？我们将其南洋叙事的童话话语放在某些参照体系中加以分析，可以确定老舍话语方式所依赖的资源及其独特价值所在。

在海客谈瀛的叙述模式中，中国传统典籍中的异域叙事常带有荒诞传奇的色彩，可称之为神话话语。它往往是古人源于无知和闭塞而形成的不自觉的选择。其中隐含了对南洋的种种偏见——

---

① 老舍：《离婚》，《老舍文集》第2卷，第360页。
② 由此也造成了文本风格的断裂，一些论者认为这不似给儿童看的童话，而老舍自己也认为前边的太写实，后边的又太虚幻，写成了四不像。但老舍遗憾的是想象还不够充分，觉得应该把写实部分加以改写。见《我怎么写小坡的生日》。

第三章 观看与想象：类型化的意象(1911—1931年前后)

词语和观念的偏见与谬见。虽然童话话语在想象的夸张和丰富性上接近神话话语，但对于老舍而言，其南洋叙述中选择童话话语，却是一种理性指引下的自觉策略。如前所述，童话话语建构了一个独特的叙述位置，使老舍能够毫无顾忌地呈现其南洋观感，呈现观光的好奇与浪漫的想象。但更重要的是，童话话语也是老舍有意识地建构的自我言说方式，是试图与传统及西化话语方式拉开距离的策略。童话话语在表述上的特点是浅显清晰，弃绝典故和深奥的词句，这无疑与晚清文人的古雅的书写风格截然不同，也与五四时期追求欧式风格的作家趣味迥然。在语言上的浅显化选择，对老舍而言是一种经过反复实验和自觉思考的结果。在写作的起步阶段，老舍曾经有过语言上的困扰——是让自己的语言多些古香古色，还是化入欧式的冗长表述？在《小坡的生日》里他抛却文言和欧式文法，写出了最简单又有力量的白话，这恰恰是老舍颇为得意的一点，他说："最使我得意的地方是文字的浅明简确。有了《小坡的生日》，我才真正明白了白话的力量；我敢用最简单的话，几乎是儿童的话，描写一切了。"① 老舍在语言表述上的浅显化选择，既是对自我个性的探寻与确认，更关乎文化策略上的选择。② 在他充满童趣的南洋叙事中，舍弃了晚清文人常有"蛮夷、化外"之类的陈词和典故，也舍弃了徐志摩偶宿南洋时无意识中哼着的京剧古腔、革命作家类似套话的革命词汇。因此，当老舍选择童话话语来叙述南洋时，不但无意间远离传统的异域表述系统，也与同时代的异域叙述话语保持了距离。

虽然老舍的南洋叙事远离了中国传统文化资源的影响，但其

---

① 老舍：《我怎么写小坡的生日》，《老舍文集》第15卷，第200页。
② 汪晖在《现代中国思想的兴起》一书中就指出五四以来形成的白话文共同体也是现代中国意识形塑的重要方式。

与西方思想文化资源的关系则非常复杂。从童话这种表述形式来看，老舍的选择无疑与其在英国的文学经验有关。他在英国待了五年，对西方文学广有涉猎，也读过了诸如《格列佛游记》《爱丽丝梦游仙境》等著名的童话①，《小坡的生日》的写法和构思都有这些儿童文学作品的影响，特别是第十二回后的写作方式，就杂糅着《格列佛游记》的讽喻性特点和爱丽丝式的梦境想象方式。此外，老舍对南洋所持有的浪漫情怀，也受到西方浪漫主义的影响②，浪漫主义试图塑造一个具有他乡异国、远古时代和生疏风土一切特征的他者世界，将浪漫的与原始的、自然的等同起来，而老舍不但赋予南洋浪漫的色调，甚至将童话的与原始的和浪漫的等同起来，他写道："到现在想起来，我还很爱南洋——它是实在的，同时可以是童话的、原始的、浪漫的。"③

当然，对老舍影响最大且最复杂的是康拉德。康拉德不但是老舍确认自身写作姿势的重要参照系，也是让老舍对南洋产生浪漫想象和无限兴趣的源头："他不但使我闭上眼就看见那风暴里的船，与南洋的各色各样的人，而且因着他的影响我才想到南洋去。他的笔上魔术使我渴想闻到那咸的海，与从海岛上浮来的花香；我渴想亲眼看到他所写的一切。别人的小说没能使我这样。我并不想去冒险，海也不是我的爱人——我更爱山——我的梦想是一种传染，由康拉德得来的。"④ 读了康拉德有关南洋的小说，从欧洲回国途中老舍决心从新加坡上岸，去见识见识康拉德笔下伟大的海洋。

---

① 详见老舍的创作论《老牛破车》，选自《老舍文集》第15卷。
② 1932年，就在老舍回国后不久翻译了 R. W. Church 的《威廉·韦子唯慈》（华滋华斯），并表达了对这位诗人的欣赏之情。
③ 老舍：《还想着它》，《老舍文集》第14卷，人民文学出版社1981年版，第35页。
④ 老舍：《一个近代最伟大的境界和人格的创造者——我最爱的作家——康拉得》，《老舍文集》第15卷，第334页。

第三章 观看与想象:类型化的意象(1911—1931年前后)

老舍对康拉德有过全面的分析,对其写作技巧和思想缺陷都看得很清楚。尽管从康拉德那里感染了对南洋的热情与浪漫幻想,却并不愿意复制康拉德的南洋叙事。作为弱国子民,又在英国生活了五年的老舍对康拉德最为反感的是其著作中白人的优越地位,他决心改写这一被白人支配的文学世界,他说:

> 不管康拉德有什么民族高下的偏见没有,他的著作中的主角多是白人;东方人是些配角,有时候只是在那儿做点缀,以便多一些颜色——景物的斑斓还不够,他还要各色的脸与服装,作成个"花花世界"。我也想写这样的小说,可是以中国人为主角,康拉德有时候把南洋写成白人的毒物——征服不了自然便被自然吞噬,我要写的恰与此相反,事实在那儿摆着呢:南洋的开发设若没有中国人行么?中国人能忍受最大的苦处,中国人能抵抗一切疾痛:毒蟒猛虎所盘踞的荒林被中国人铲平,不毛之地被中国人种满了菜蔬。中国人不怕死,因为他晓得怎样应付环境,怎样活着。中国人不悲观,因为他懂得忍耐而不惜力气。他坐着多么破的船也敢冲风破浪往海外去,赤着脚,空着拳,只凭那口气与那点天赋的聪明,若能再有点好运,他便能在几年之间成个财主。①

虽然老舍没有写成南洋史诗,但在小坡的童话中仍有意呈现了没有种族偏见也没有白人作为主角的南洋社会生活,以多元文化、多元种族的社会现实替代了康拉德笔下令白人堕落和落后的南洋土地,纠正了康拉德笔下的"他者的世界"。

王润华曾有个观点,认为老舍的《小坡的生日》是最早和最

---

① 老舍:《我怎么写小坡的生日》,《老舍文集》第15卷,第197—198页。

典型的后殖民文本与论述。在他看来，所谓后殖民文本是在帝国主义文化和本土文化互相影响、碰击、排斥之下产生的结果。①不过，用后起的理论去套用以往的现象②，要特别警惕的是过度阐释。王润华对老舍的解读，因缺乏对文本的整体分析而有断章取义的嫌疑，说明了他有意忽略了老舍局限性的一面。③在王润华以后殖民文本定位老舍的南洋叙事时，他甚至将老舍的视角定位为新加坡的本土视点，这是有所夸大的。如前所叙，《小坡的生日》里的南洋本土意识是有限的，是事过境迁的。同时，文本虽然有反殖民主义的自觉意识，却尚未上升到后殖民文本所特有的反本质主义立场，华人中心主义气息依然残留着，其批判的力度也是有限的。何以言之呢？

首先，儿童的心态毕竟也是环境的产物，以华人小孩小坡为观察点，也同样不能完全免除偏见。当小坡那块用来装扮其他种族的红绸子遗落在学校他请求印度看门人开门被拒绝时，他便大喊大叫起来，在跑出校门时还"就手儿踢了老印度一脚"，后来又略有恶意地将坏的（瘪的、小的、有虫的）落花生送给老印度表示"歉意"；④海边场景的描述中也无意间流露出小坡的种族偏见，"小坡知道马来人是很懒的……马来人把红毛丹什么的都摆在地上，在旁边一蹲，也不吆喝，也不张罗，好似卖与不卖没什么关系"⑤。不难看出，在小坡的思想和行为中，不能不留下成人

---

① [新加坡]王润华：《中国最早的后殖民文学理论与文本：老舍对康拉德热带丛林小说的批评及其创作》，《华文后殖民文学——中国、东南亚的个案研究》，第19页。
② 后殖民理论兴起于20世纪七八十年代，其适用的语境边界问题需引起研究者的重视。
③ 见《中国最早的后殖民文学理论与文本：老舍对康拉德热带丛林小说的批评及其创作》和《中国最早的后殖民文本：老舍在〈小坡的生日〉里对今日新加坡的后殖民预言》两篇文章的论述。
④ 老舍：《小坡的生日》，《老舍文集》第2卷，第11页。
⑤ 老舍：《小坡的生日》，《老舍文集》第2卷，第68页。

世界的阴影,而这些无意中投下的阴影老舍本人是没有觉察也缺乏反思意识的。

其次,尽管童话话语中,儿童世界的纯净与唯美,能将成人世界的不完美和病痛映照得更加充分和醒目,但其批判的方式和力度却极为有限。《小坡的生日》以略显夸张和幽默的方式对南洋社会的种种弊端加以显现,失之轻柔。如老舍写出了这样荒谬的教学情境:"先生没有管他们,立起来,又吃了个粉笔头。嘴巴动着,背靠着黑板,慢慢的睡去。"① 这个气得吃粉笔头、站着睡觉的老师形象,蕴含着老舍对南洋教育的讽刺与批判,但他使用的夸张和幽默手法又减弱了其批判力度,走向油滑。童话话语对现实的批判往往是含蓄而温和的,老舍文本对于现实矛盾的处置方式就有简单化之嫌。在这一点上,老舍和许杰等革命作家的距离就显现出来了。这些具有现代意识的知识分子都看到了南洋的问题和弊端,但老舍却没有采取革命作家呐喊痛诉的激烈批判形式,当然也没有像他们那样投入革命实践之中,而是以孩子般的思维,对南洋问题加以简单化的处理。如有关种族问题,老舍的看法自然是正面和积极的,在《小坡的生日》里,他借助小坡和妹妹玩的"戏仿假扮"游戏,想象性实现了——马来人、印度人、日本人、洋鬼子,以及广东人、上海人和福建人的身份转换,并以"等待未来"这一简单思维搁置了人种问题。可见,老舍窥视了新加坡华人社会复杂的种族、文化、语言和社会矛盾,又以孩子般的游戏心态将之轻轻放下了。

虽然也难以完全驱除偏见,《小坡的生日》毕竟以童话话语实现了老舍寻找并确立个性话语方式的目标,其中贯彻着可贵的修正意识——即自觉超越传统和西方影响,建构一种不同于远古

---

① 老舍:《小坡的生日》,《老舍文集》第2卷,第55页。

神话话语也不同于西方霸权话语的话语方式。从这个意义上讲，《小坡的生日》其实是一部成长小说，它既是孩子小坡通过游历把握了作为新加坡人应有生活态度的一个写照，又是老舍经受南洋生活的洗礼，成就了新的自我意识的隐喻。从思想的震撼到写作风格的确立，老舍的南洋经验让他获得了新生。从这一意义上说，这篇童话颇令人费解的题目"小坡的生日"可以得到合理的解释，所谓生日，预示了新的开始、新的起点。无论是小坡还是老舍，开始放弃有关南洋的种种偏见，走向了新的境界。

本章小结

从民国成立到20世纪30年代初，现代中国作家的南洋叙事有了新的变动。他们依然以游客的姿态介入南洋、观看南洋，却加入了更多想象丰富的叙事笔墨，体现了越来越鲜明的主体性和独创性，相对于晚清拘泥于所见所闻的实录方式而言，这是一个大的跨越，意味着南洋被资源化了，成为影响作家创作的地理与文化资源。

不过，在长达20多年的岁月里，现代中国作家的南洋叙事出现共性的同时也呈现出变化。许地山的文本代表民国初期到五四前后的南洋叙事话语。他以对话意识替代朝贡思维，以包容的宗教观念抚慰南洋华人的苦痛，南洋不再被看成是失去的中国封地，而被看成是承载人间苦痛的异域空间，晚清常见的伤感与哀叹消失了，取而代之的是淡淡的亲切感和赏叹意识。但许地山小说里并没有自觉的南洋意识，只有隐含在东方共同体情境下的南国意识。

20世纪20年代中期，徐志摩、丁玲、洪灵菲等人有了更为清晰的南洋意识，南洋被赋予了各种较为确切的象征意义。作为欲望

第三章 观看与想象:类型化的意象(1911—1931年前后)

象征的情人意象和作为资本主义象征的黑暗意象呈现了南洋的负面性因素,承载了国人对于南洋的负面评价;在其叙事过程中,文本却体现了对待南洋殖民者与当地百姓的区别策略,传递了爱恨交织的复杂情绪。负面类型意象和矛盾性情感状态的出现,显现了南洋内部构成的复杂性对作家建立南洋整体观感的困扰。老舍的南洋叙事以同情入戏的游客视点显现了对南洋梦幻与现实掺杂的认知态度,一方面南洋是色彩斑斓、浪漫怡情的异域风景;另一方面又是东方民族克服偏见、携手共进的多元文化世界,在双重认知态度的后面,是尚未完全把握南洋社会的创作状态。

这一时期也是现代中国作家积极探索与努力尝试建立新的南洋话语方式的过程。从许地山的宗教话语、徐志摩等人的欲望话语、洪灵菲等人的革命话语到老舍的童话话语,作家们以符合自身经验的叙事话语来呈现有关南洋的观感,确立自身的主体性。他们的南洋叙事建立在已有中西文化资源的影响之下,但并非照搬和复制,而是尝试对之加以改造或进行糅合,以形成具有个性的话语策略。从许地山、徐志摩、洪灵菲到老舍,已经显现出越来越自觉的创新意识。通过不断改写涂抹有关"南洋"这一空间的既有想象,他们留下了自己对文化的独特贡献。当然,这一改写过程中暴露出来的问题与症结,无论是影响的焦虑还是失之简单的描述方式,都直接体现了现代中国作家在建构具有主体性的"异域"想象时所必经的困境与艰难。

第四章　融入与反思：生活化的世界
（1931—1955 年前后）

　　在有关南洋的华文文学历史以及有关南下中国作家的研究论述中，很多论者习惯性地将 1937 年作为一个起点。他们认为，抗日战争全面爆发之后，南洋社会的文化和社会生态发生了巨变，大批中国文化人南下，文学创作的主体与主题都发生了改变。但在我们的考察之中，这一转折点应该从 1931 年的九一八事变开始，东北三省的沦陷激起了南洋华侨极大的爱国热情，围绕筹款支持中国和抵制日货尽力而为，整个南洋华人因外敌入侵激发出更浓烈的集体主义意识和民族意识。这正是中国现代作家走进南洋、重写南洋的时代氛围。

　　从题材来看，从民国初年到 20 世纪 20 年代末，现代中国作家南洋题材的创作只是零星偶尔的存在，往往只是一时观感的想象性加工。转至 20 世纪 30 年代，在司马文森、杜埃、陈残云笔下，南洋叙事已经成为显现其创作个性、保留其生命历程的重要途径（杨义先生在其《现代小说史》中提及的华南作家群可作为代表），他们在作品中反复书写南洋经验，将南洋经验视为其生命中刻骨铭心的记忆。事实上，进入 30 年代后，现代中国作家的南洋视点已经从旅行者的眼光逐渐转换为居留者的目光。从游者

第四章 融入与反思:生活化的世界(1931—1955年前后)

到居者,其叙事话语与叙事方式将发生变化。旅行者对于地位方位有强烈的敏感,专注于地名的不断变化、地理标志的不断更改,他们细致地关注每个城市与港口,在不断罗列出新颖的发现之时,也表现出梦幻般的变动感,难以形成清晰稳定的情感态度与认知结果。而居者因对他所居留的地理空间产生了认同与依恋,更倾向于凸显带有体温的琐碎、细腻的日常生活经验,重点关注的是具体的人事,而不是带有惊艳感的异域奇观。可以说,随着现代中国作家对南洋社会的不断深入,其南洋叙事文本最终呈现出了"我在其中"的生活化世界。与此同时,现代中国作家依然保持着与积极"融入"姿势并存的"反思"立场,其南洋叙事始终凸显出极具有个人性的主体姿势。因此,在融入与反思之间,现代中国作家形成了叙述南洋时的透视性视点,这一视点在驱除残留的中原中心主义痕迹的同时,也与毫无批判距离的本土主义视野保持了距离。

在20世纪30年代崛起的作家中,艾芜可作为新的南洋叙事崛起的起点。从大的时代背景来看,抗日战争期间,尤其是太平洋战争爆发后,政治经济的中心转移到西南,滇缅公路成为生命线。中国与南洋的关系从海洋转向陆地,以热带丛林为中心的南洋想象逐渐丰富起来。而艾芜开辟了以热带丛林为中心的南洋叙事路径,是先行者。但更重要的是,艾芜的南洋叙事以底层话语形塑出一个更为日常生活化的南洋形象的同时,又以滇缅等地独具特色的生活叙事开拓了具有越界性和民间性的南洋想象路径,从而在地方性想象的视野中,艾芜将跨越了种族、国家和疆域界限的南洋镶嵌在底层人们的苦难生活和生存历史之中。

与独行客艾芜不同,田汉、杜埃、张爱玲等作家着重渲染战争情境中南洋的浪漫美好。作家们尽管在政治倾向上不尽相同,其文本却显现了对南洋相似的诗意态度，可称之有关南洋的浪漫话语。但他们在浪漫化南洋的同时并没有将南洋他者化，反而对南洋当地民族充满了体贴和同情，其笔下的南洋人也显得真实可感，具有生活气息，已经摆脱了五四时期的类型化写法，体现了战时语境对浪漫话语的制约与影响，也传递了特定时代中国与南洋新的情感与认知结构。因此，他们有关南洋诗意的文学书写虽然贴近浪漫主义话语——南洋被定位为与现代文明相对立的自然原始——却有着全然不同的用意与指向。

在对南洋华侨生活历史的叙述中，司马文森、巴人等拥有丰富南洋生活经验的作家开启了有关南洋的启蒙话语模式。虽然启蒙一直是理解中国现代文学的重要线索，自晚清以来诸多涉及南洋的文学作品里，也贯穿了启蒙意识；但直到20世纪40年代，在一些左翼作家笔下，才构造出有关南洋的独具特色的启蒙话语模式。作家们自觉书写南洋当地民族的生活经验与生存状况，并以极为理性的态度反思当地民族存在的问题与弊端，形成了具有国际视野的国民性批判立场，对五四以来的启蒙话语模式作出了一定的调适与发展。启蒙话语之中，似乎现代作家站在理性的至高点上，将南洋放在非理性的一端，赋予它黑暗、贫穷、混乱、原始等基本意象与意义，但他们的叙事并非中原—边缘、文明—野蛮等二元对立思维的简单重复；相反，在20世纪四五十年代的国际阵线大分野的情势之下，南洋和中国是站在同一战壕里的兄弟。带着"难兄难弟"的感情，作家们写南洋也就是写中国，批判南洋也是在批判自我。

20世纪40年代末到50年代中期，南洋华人的民族意识和国家认同开始发生重大转变——从面向中国到认同本土、从寄寓南洋到融入南洋。很多南下的中国作家也选择留在南洋，努力融入当地社会，其文学创作也由面向中国到倾情南洋，逐渐酝酿形成本土话语模式，但这一过渡时期的本土话语始终处在中国意识和本土意识的张力之间。1947年，南下新加坡的姚紫的叙事可作为一个有代表性的个案，让我们了解中国作家有关南洋的本土话语的特点及意义。

第一节 边缘空间与底层话语
——艾芜的南洋叙事

在我国现代作家中，很少有人以艾芜的方式去体验南洋、走进南洋，从1927年开始，他凭借一双"光脚板"，跨过滇缅边境；后来又在缅甸、马来亚等地度过了四年多的漂泊岁月。在此期间，他做过扫马粪的小伙计，尝过贫困交加露宿街头的悲惨滋味，曾被关押在殖民地的防疫岛上和监牢中，旧社会底层人民所遭遇的一切困苦、辛酸、屈辱，他都亲身体验过。正是这种独特的底层生活经验，使艾芜的南洋叙事具有独特指向。从空间指向来看，他着重展现了南洋殖民地的边缘空间。从人物指向来看，他主要关注了为生存而挣扎的底层人群。从叙述主体来看，一个坚持理想的漂泊者、一个出卖劳力的流浪者等形象替代了以往南洋叙事中的观光者、启蒙者与革命者形象。更重要的是，艾芜所呈现的南洋是真实沸腾的生活世界，与20世纪二三十年代许地山、徐志摩、老舍等人的意象化、概念化的南洋世界形成了鲜明对比。可以说，艾芜在20世纪三四十年代的南洋叙事具有临界点的意义，其意味着一个更为日常生活化的南洋形象在底层话语中得以呈现出来。通过对艾芜南洋叙事独特性的分析，本节试图呈现出20世纪三四十年代现代中国作家南洋叙事的变化趋势及其所依存的语境与知识根基。

一 生活世界：边缘空间底层人

一些论者认为，艾芜喜欢且长于描写风情和地方风土人情①，甚至以其自然风光的描写来确认其作品中的异国情调的特性②。但在我们看来，艾芜作品中的异国情调主要不是表现在自然风景之中，而在其所描绘的异域空间的边缘性和寓居其中的人群的"奇观性"之上。这正说明，进入20世纪30年代中期之后，现代中国作家南洋想象出现了一种转变：从观看的风景过渡到了具体的人与事。

野人山（克钦山）③和卡拉巴士第是艾芜作品中最为重要的两个异域空间，它们构成了其南洋小说的主要背景④。作为边缘性的殖民空间，其边缘性既是地理意义上的，又是权力管辖意义上的。野人山地处中缅边界，历史上曾属于中国领土，清末则进入了英属殖民地的管辖范围，那里山大林密、瘴疠横行，据说还有野人出没，故俗称"野人山"，是人迹罕至的原始热带丛林地区。由于野人山地处两国交界处，中原政治势力的影响自然无法抵达，偶尔前来巡查收税的英国殖民者也没有真正介入，形成了权力的相对真空地带。卡拉巴士第是缅甸大城市仰光的郊区，"名义上属于仰光市区，实际上却可说是近乎乡下的庞大村落，虽然也划出一条条的街子，但除了有点咖啡店、杂货店之外，简

---

① 谭兴国：《艾芜的生平与创作》，重庆出版社1985年版，第10页。
② 沈庆利：《现代中国异域小说研究》，北京大学出版社2009年版，第170—171页。
③ 1980年人民文学出版社出版的《南行记》保留了更多原初创作的痕迹，2007年四川文艺出版社的《艾芜全集》中，则将作品中的夷、野人婆、野人山等词语都改为了傣族、克钦人、克钦山等中性词，但我们觉得，艾芜在20世纪30年代使用这些词语不过沿用了当时的习惯用法，未必就是大汉族主义的体现，从文本表述来看，作者对待汉夷矛盾的态度恰恰是超越的。
④ 在《南行记》里，以野人山为背景的有20多篇，以卡拉巴士第为背景的有4篇。

第四章 融入与反思：生活化的世界(1931—1955年前后)

直没有什么别的铺子，全都是住家……同仰光闹热地方，起着联系的，就是从早到夜晚，哗哗哗响着的有轨电车"。① 处在城乡接合部的卡拉巴士第，也是权力管辖之外的边缘空间。这些处在权力真空地带的边缘空间，成为寻找生存机会的形形色色的底层人物的"生活裂缝"，这里活跃的都是走投无路又想挣扎着活下去的人——流浪人、偷马贼、私烟贩子、抬滑竿的人、失业者、游方和尚等，他们远离家园，辗转漂泊于异国他乡，为的是寻找更好的生活。在这种意义上，这两个边缘空间都是典型的生活世界。"为了活下去"成为处在边缘空间的底层人群的唯一目标，带有本能性的生命意志成为他们行动的主要驱动力。于是，这群在边缘空间背负着生命重壳踽踽前行的粗人、穷人、野人、奇人、怪人便构成了艾芜作品相对主流的"边缘性和奇观性"，也就是所谓的异国情调性。但是，艾芜呈现的"边缘空间底层人"的南洋图景不仅仅是观赏性的，它还为我们理解作为生活世界的南洋提供了种种现实线索。

同样是对殖民地的书写，艾芜很少像革命作家一样在文本中贯彻"压迫者和被压迫者"的二元对立思维，相反，作为一个本雅明意义上的"说故事的人"，在其带有自传性的南行小说中，他更倾向遵循生活的逻辑，去如实呈现边缘性殖民空间的混杂性。不管是野人山还是卡拉巴士第，都被描述成不同人种、语言和习俗汇集并存的混杂空间。从人种的结构来看，往往既有汉人（有时是汉人父亲和傣族、景颇族母亲的混血儿，样子多像傣族、景颇人，能说多种语言）、夷人（又叫摆夷人，包括克钦人或景颇人、傣族人），还有英国人、美国人、锡兰人、印度人、缅甸人；从通行的语言来看，既流行野人话（傣族话、克钦话）、汉

---

① 艾芜：《南行记》，人民文学出版社1980年版，第245页。

人话，也使用英语、缅甸话、印度语；从习俗文化来看，有原始宗教也有佛教、基督教。斑驳的人种、混杂的语言、混乱的宗教、芜杂的生活构成了独特的底层情境。在底层的生活情境中，怎样活下去才是最重要的，所谓道德教条、种族身份、国族意识对他们来说都是很渺茫的事。《芭蕉谷》马店女老板便是道德和身份意识非常淡薄的边地人。这个没有名字的姜姓女人先后有过四个丈夫，生下了一群样子都不相像的儿女，难免遭人非议，但她总是迅速地卸下道德的包袱，乐观地走向新的生活。虽然汉人与边地民族的矛盾由来已久，但作为汉人的她却早就入乡随俗，语言和生活习俗都完全本地化了。在莽莽的原始丛林中，她无依无靠，认定了只要能活下去，做什么人都行，不能做汉人，"就不做汉人好了。有啥要紧呢？"面对同族人的调侃和指责，她干脆承认自己"祖宗八代都不是汉人"。[1] 正是对生存准则的推崇，使边缘空间的底层人表现出国家意识和种族意识的淡薄，这样反而使人物的生命状态更加生动鲜活，不是理念化而是生活化的。

　　作为边缘地带，必然会遭遇来自中心的制约与影响，艾芜并没有回避这一点。在他的文本中，底层人群一方面保留着中国国内严酷生活的记忆，另一方面又必须面对来自殖民地统治者的现实压迫；但艾芜的处理方式是将来自两个中心（中国统治者与英国殖民者）的权力压迫背景化、简略化，将舞台用来展现底层人群的日常生活及内部纷争。如《我诅咒你那么一笑》中，醉酒后要寻欢作乐的洋大人固然可恨，但那不过是一个模糊的背景，马店老板的谄媚奴性、马店小伙计的懦弱任气、旁观者的流言蜚语才是作者要诅咒的真正对象。在《我们的友人》中，那个流落到

---

[1] 艾芜：《艾芜代表作：南行记》，华夏出版社2009年版，第100页。

第四章 融入与反思：生活化的世界(1931—1955年前后)

卡拉巴士第的私烟贩子老江，曾流落在福建南部的山中做了土匪，又漂泊到南洋卖过几年苦力，后来又过着危险而不安定的贩毒生活，但文本对他伤痕累累的过去只有寥寥数语，叙述的重心是展现他在一贫如洗的境况中，如何靠哀求、欺骗和赌博、偷窃活下去的过程。这样，艾芜的南洋故事就不是简单地服务于反帝反封建主题①，而是彰显了那些处在时代大潮流冲击圈之外的各类小人物复杂多样的"生命状态"和生存哲学。

艾芜对人性的理解也是生活化而不是概念化的。除少数身影模糊的统治者之外，其主要人物都是生活人的形象，难以用好或坏一言而论之，与20世纪20年代末30年代初现代作家笔下符号性的、脸谱化的南洋人形成了鲜明对比。在文本中，艾芜书写他们扭曲的人生哲学、人性的弱点，但又尽可能发掘其美好的一面。《安全师》中的游方和尚安全师信奉"做一天和尚撞一天钟"的人生哲学，整天无所事事，靠化缘和他人施舍过着穷困潦倒的生活；可他又是心地善良、风趣幽默、充满幻想的年轻人。另一些底层人常做些偷、骗、混、坑的事情，可他们也坚守了一些可贵的人生准则。《山峡中》《森林中》《流浪人》中杀人劫货、玩世不恭的江湖游侠魏大爷、马哥头、矮汉子们同时也是义气和勇气的象征，并非一黑到底的魔鬼。艾芜笔下的西方人也富有人间气息，并不简单化。《卡拉巴士第》中，爱喝点酒，常做些风流韵事的英国人杜兰提并不是令人肃然起敬的人；可他不是异类，而是和"我们"一样的底层穷人：失业很久，整天穿得破破烂烂，连房租也交不起；他和我们的关系也很亲密，没有种族的偏见："人相当高大，谈起话来，很是热情……就使人觉得他的声

---

① 艾芜以第三人称写成的南洋题材的作品有《热带小景》《爸爸》《南国之夜》。虽然艺术上较为粗糙，但在表达反帝斗争主题时采取的是旁敲侧击手法，主要通过小人物的眼睛和经历来反映人们投身革命活动的勇气与决心。

音满含着尊敬和一股热气。他对我们东方人,似乎没有肤色上的嫌恶,在街上碰见的时候,也很愉快地打招呼。"① 连那个好色的美国人鲍渥尔,作者也不过是将他描写成有些滑稽的可怜人而已,他们都是"我们(底层人群)"中的一员。据此,有研究者认为,艾芜缺乏其他现代小说家那样长久地注视丑恶的特殊耐性②,但我们认为,不将人物极端化正是艾芜叙事的独特性所在,是他尊重生活世界复杂性的自然结果。

艾芜的南洋叙事实现了从形而上到形而下的转变,重在展现作为生活世界的底层南洋,也呈现出南洋对于现代中国底层人群的特殊意义。这正是其南洋叙事的独特性所在。这种底层话语中的南洋生活图景,将南洋从背景、氛围、情调变成了点点滴滴的日常生活,相对类型化、概念化的南洋图景来说,丰富细腻了很多,也实在了很多。与20世纪三四十年代的各种游记和学术著作中流行的奇观话语和科学话语相比,艾芜的南洋叙事因其非概念化的思维而呈现出了更为真实复杂的南洋。那么,这是否说明作家已经具备自觉的南洋意识呢?我们认为,艾芜并没有形成有关南洋空间的清晰意识。虽然他呈现了边缘性的异域空间,但他不像老舍等作家一样,是带着重写的自觉意识去叙述南洋的,相反,他只是直觉性地呈现他所历验的生活,正如他偶尔以蛮夷之类的词语命名边地民族一样,也是未加反思的行为。正因没有先入为主的概念成见,艾芜作品反而能给我们呈现一个更为真实丰富的南洋世界。

二 南洋的家园意义:沉醉与反思

底层话语从来都不只是对底层的再现和复制,而是叙述者

---

① 艾芜:《南行记》,第246页。
② 艾芜:《南行记》,第338页。

第四章 融入与反思:生活化的世界(1931—1955年前后)

借底层而进行的人生反思与感悟,甚至对底层本身的理解也只能在叙事之中呈现出来。因此,叙述者的形象以及其在文本中的位置对于理解底层话语来说尤为重要。同样,借助对艾芜作品中叙述者形象及位置的分析,我们能清晰地认识作者和南洋的距离和关系。

20世纪20年代到30年代初,现代作家南洋叙事中的叙述者多是游客形象,有着明显的观看距离和疏离姿势。艾芜的叙述者却是作为跋涉者、流浪者的"我","我"在故事中有时是主角,有时是配角,有时是事件的见证人。但"无论哪种情况,作品都包含了作家的一段经历、一些亲身感受和对生活的看法"。[①] 也就是说,作为体验者的叙述者,"我"和异域的人、事及环境并没有遥远的距离。某种意义上,和底层劳工一道受过剥削与侮辱的"我",自身及其经验也构成了异域空间的有效成分。不过,艾芜是回国之后在上海的亭子间重新书写他的南行故事,在时空的挪移中,叙述者的目光和位置的确定不只是受到记忆和故事的牵引,还要受到现实时空的制约与影响。一方面,已经进入左翼阵营的知识分子艾芜,始终有通过写作来阐释自己的革命立场和左翼姿势的意图;另一方面,在时空的距离中,异域故事又不自觉地成为他抗拒现实、寻求抚慰的重要资源。因而在其文本中,我们常常体会到叙述者的矛盾立场。一面是叙述者和底层人物患难与共、欢乐与共,显现沉醉其中的姿势,一面是叙述者常超然事外,冷眼相看,保持着审视反思的姿势。在沉醉和反思的张力中,文本呈现出具有复调性的叙事结构——作为读书人的"我"和底层人的观点立场在交织中碰撞。虽然"我"有时会坚信自己的选择和立场,但"我"的声音并不总是最有力的,更多时候

---

① 谭兴国:《艾芜的生平与创作》,第97页。

"我"被嘲弄、被质疑,甚至被说服。叙述者立场的不稳定性凸显了作者对"异域"情感态度的不稳定性,据此角度深入分析艾芜三四十年代的异域小说,我们就能发现,在时间的流逝和现实的压力中,"南洋"的家园意义被强化了。

  1931年,艾芜因参与共产主义活动以及涉嫌写文章支持缅甸的农民暴动,被英国殖民当局驱逐回国,但南行的经验使艾芜坚定地走向了左翼革命阵营,和统治者、压迫者形成了对立姿势。正如他1963年在《南行记·后记》中所言:"我热爱劳动人民,可以说,是在南行中扎下根子的。憎恨帝国主义、资产阶级以及封建地主的统治,也可以说是在南行中开始的。"[①] 艾芜20世纪30年代初异域题材的文学作品,其反抗意识和批判意识非常清晰,在《洋官与鸡》(1931)[②]、《人生哲学的第一课》(1931)、《南国之夜》(1932)、《松岭上》(1932)、《我的爱人》(1933)、《在茅草地》(1933)、《山峡中》(1933)、《我诅咒你那么一笑》(1933)、《我们的友人》(1933)、《山中送客记》(1934)、《疯婆子》(1934)、《欧洲的风》(1934)、《瘴气的谷》(1934)、《罂粟花》(1934)、《快活的人》(1935)等作品中,作为叙述者的"我"对底层人的态度是同情、批判和超越。叙述者同情他们的不幸遭遇、肯定其反抗精神,对其反抗方式进行批判,坚持了知识者的超越立场。《松岭上》中"我"虽同情做货郎的怪老头家破人亡的不幸遭遇,但对他欺诈弱者的不齿行为和醉生梦死的生活方式却深恶痛绝,"我"的超越立场是:"他老人家所做的事情,是可以原谅的,但我却不能帮他那样做了。因为,我以为同情和助力,是应该放在更年轻一代人的身上的。"[③]《山峡中》的"我"坚信光明

---

① 艾芜:《南行记》,第338页。
② 一些作品是根据其艾芜年谱所提供的写作时间,没找到写作时间则以发表时间为准。
③ 艾芜:《南行记》,第53页。

不在魏大爷式的强者逻辑之中而决意离开。《瘴气的谷》中"我"对私烟贩子的不齿行径发出了"同这样的中国人一块走,再倒霉不过了"的感叹,决定离开其独自前行。《快活的人》中"我"对手工业人胡三爸的不幸遭遇同情之余更有批判,认为他是生也糊涂死也糊涂。

20世纪30年代中期到40年代初,经济的困窘、家庭的牵累、政治环境的恶劣以及1937年后日寇的南侵,让艾芜的生活一直举步维艰、动荡不安,他在战火中辗转流离,从湘南、桂林、贵州再往重庆,过着颠沛流离的艰苦岁月。这段时间他的写作有了新的变动,出现了一些以故乡和童年为题材的作品。在《端阳节》(1935)、《春天》(1936)等充满了诗情画意的作品中,作者抒发了浓郁的怀乡之情。这种回望的温馨情绪渗透在他同时期陆续创作的异域题材作品之中,影响了作者对叙述者和人物关系的安排。在《海岛上》(1936)、《乌鸦之歌》(1937)、《森林中》(1937)、《偷马贼》(1939)、《荒山上》(1939)、《瞎子客店》(1943)、《老段》(1943)等作品中,"我"的超越立场被惶惑不安的心理所替代,文本的对话辩驳意识格外突出。《偷马贼》中的"我"和偷马贼小三的沟通就是最鲜明的例子。"我"是野人山马店的小伙计,而小三则因体弱瘦小没有找到出卖苦力的机会,无奈之下,小三选择了做偷马贼。虽然他第一次偷马就被人打个半死,可从此过上受人尊敬、衣食无忧的生活。当"我"落寞地离开这个山谷时,他已经变成油光满面矮壮的汉子了。"我"和偷马贼小三就各自的人生哲学进行辩驳时,"我"一开始对他不无怜悯之情,规劝他应走正确的道路,但最终"我"被他说服了,因为在恶劣的环境中,偷马贼"只要裂出一条缝,我就要钻进去"的哲学又未尝不是一条生存之道呢?"我"甚至在他为生存而抗争的勇气与激情面前感动了:"我蓦地感得这个弱小人物的高傲了。我蹲在他的身边,替他擦药,还对他有些同情,现在才觉得,在他身上升腾起了强烈的抗争生存的欢乐情感,是用不着任何人的怜悯的。"① 也许,对于步入中年却依然在困境中苦苦挣扎的艾芜来说,他比过去更能够理解和欣赏那些具有顽强生命斗志的人吧。出现叙事上的这种转变,既是作者思想变得更为深沉的体现,但也说明,在艾芜心目中异域生活的梦幻色彩增加了。梦幻色彩的强化,源于现实生活的苦闷。艾芜自己也说:"如今一提到漂泊,却仍旧心神向往,觉得那是人生最消魂的事啊,为什么呢?不知道。这也许是沉重的苦闷,还深深地压在我的心头的缘故吧。"② 在苦闷的现实生活中,异域的人和事都变得耐人寻味,原本丑陋的事物也充满了诗意,异乡和故乡一样成为艾芜美好幻觉的来源。

20世纪40年代中后期,在国统区重庆,艾芜因创作上鲜明的思想倾向受到当局的关注,但他经受住了国民党的诱惑和试探,过着近乎隐居的流亡生活,在那没有写作自由乃至连生命都受到威胁的年代里,作家开始重新书写早年的漂泊生活,写成的异域小说有《我的旅伴》(1944)、《寸大哥》(1947)、《海》(1948)、《私烟贩子》(1948)、《流浪人》(1948)、《月夜》(1948)等。从这些文本中我们能感觉叙述者"我"和底层人的关系越来越亲密和谐,沉醉气息越来越浓烈。《我的旅伴》题记为"三人行,必有我师"直接表明了作者对底层人们的尊重、喜爱和认可。在作者看来,这些底层人虽然"有着别个友人所没有的最大的缺点,赌钱,走私,吃鸦片,以及迷信命运,屈服于牛马的生活,但我知道这不能影响我,而且我能象糠皮稗子沙石一样地簸了出来,因此,我便不知不觉地原谅他们了。同时我又如一个淘金的人一样,我留着他们的性情中的钝金,作为我的财产,使我的精

---

① 艾芜:《南行记》,第133页。
② 艾芜:《想到漂泊》,《漂泊杂记》,上海生活书店1935年版,第152页。

神生活,永远丰饶而又丰富"①。满怀着对往事的眷念之情,作者忍不住直接进入作品抒发起自己的情感:"那以我生平所见的山来看,曾经给我留下最清新最明媚的记忆的,怕要算这,我走过三天的克钦山了。"②

20世纪40年代中后期,艾芜作品强化了内省意识,有时他借异域与底层批判的不是底层人,而是反思作为读书人的"我"的位置,但这种反思内省意识并未冲淡沉醉的色彩。如《寸大哥》一文中的寸大哥因足疾不能再赶马,却十分向往过去的漂泊岁月,这个赶了近20年马的赶马人困顿无奈的现实生活,象征着淳朴简单的生活理想衰微和破灭的命运;但同时,作品通过这位下层苦力淳朴的眼睛却发掘出了读书人视野的偏颇性。寸大哥对"我"窝在马店里不自由的生活,表示了不理解。在他看来,最美好的日子不是安稳的家庭生活,而是一群赶马人在月光下唱歌,在蓑衣上睡觉的无拘无束的自在生活。对"我"口是心非,内心并不愿意做赶马这样的苦力活进行了嘲讽——"你怕赶入了迷,就忘记要做别的大事情了!……咳!你们读过书的人,真不好,心太大了"③——这未尝不是作者对读书人位置的自我反思?但反思意识并没有冲淡整个作品的沉醉色彩,作者笔下,连环境恶劣的野人山,也不是生存的考验,而是诗意的伊甸园:"在无人烟的原始森林息夜,中间烧着火塘,中间围着洋货和马匹,人则睡在火堆旁的蓑衣上头,这种生活使他沉醉了,现在回忆起来,也有着无限的甜蜜,说的时候还咂一咂他的嘴巴。他说得使我神往起来。"④"种种艰难、种种折磨,都通过时间的筛子都漏

---

① 艾芜:《南行记》,第244页。
② 艾芜:《南行记》,第227—228页。
③ 艾芜:《南行记》,第265页。
④ 艾芜:《南行记》,第332页。

掉了，留下的只是美好而珍贵的回忆，令人珍惜、留恋，那如诗如画的异国风光，那原始古朴的异乡风俗，甚至苦难也变得亲切起来。"①

艾芜的南洋叙事本质上是一种回忆。随着岁月的流逝，异域生活对于作者来说越来越具有梦幻感和家园感，而这种梦幻感和家园感又因现实生活中的不自由和困窘而被不断强化。20世纪40年代之后，很多中国作家笔下南洋的家园性越来越得到凸显，这应与他们共同的现实困境有关吧。

三 地方性写作的开始：流民文化和左翼思想的叠合

艾芜南行小说的创作受到多种文学资源的影响。其作品的抒情风格受到屠格涅夫的《猎人笔记》、高尔基的早期小说、西班牙作家巴罗哈的《山民牧唱》、林纾的翻译小说和创造社郁达夫、郭沫若等人的影响；《七侠五义》《小五义》《西汉演义》《东汉演义》《说唐》等中国传统的武侠小说和历史演义则决定了其作品在情节构型、人物立意等方面的倾向。然而，具体文学作品的影响只有被整合在作家的思想资源之中才能在创作中真正发生作用。制约和指引艾芜底层话语所指的主要思想资源是左翼思想和流民文化，两者在其底层话语中的渗透与作用方式构成了艾芜南洋叙事的特性——一种地方性写作范式的出现并焕发出了它的独特魅力。

流民文化的特点应从对流民的理解开始。所谓流民是指居无定所、没有稳定的生活和职业的人，他们往往威胁着主流的社会秩序。流民在中国的历史可追溯到夏商之时，近代中国的流民问

---

① 谭兴国：《艾芜的生平与创作》，第84页。

第四章 融入与反思:生活化的世界(1931—1955年前后)

题更见严重,自鸦片战争到20世纪三四十年代,因天灾人祸、社会动乱,造成流民遍地的局面。对于安土重迁的中国百姓来说,只有在极度艰难、万般无奈的情况下才会离开故土,在成为流民之前一般已经坠落社会的最底层,而在辗转流离于异国他乡的过程中更是过着衣不裹体、食不能饱的窘困生活,仍处在社会的最底层,某种意义上来说,流民与底层是同义词,流民既衍生于底层社会,又建构了底层社会。可见,在正常生存秩序之外衍生的流民文化,是以生存至上主义为核心而形成的诸多价值观念的组合体。艾芜之所以关注流民,与其出身渊源密切相关。艾芜祖上是湖广填四川的流民,父辈中也有不少热衷于操袍哥、走江湖的人(他的父亲和堂叔),有着不安定的血脉;他独自一人在云南缅甸等地的多年漂泊,过着典型的流民生活;因此,流民文化对艾芜创作的影响是内在的、无意识的,即便他在理性层面拒绝这种生存至上主义,但在情感层面却表现出对其生活方式和人生哲学的迷恋。

在20世纪全球性的红色浪潮影响下,左翼思想也登上了中国的历史舞台。从五四运动前后的《新青年》杂志到1930年成立的左翼作家联盟,左翼文人代表"庶民""劳苦大众""底层""无产阶级"开始发出了控诉社会、呼唤革命的声音。艾芜出生在没落的耕读人家,生活极为困窘,因交不起学费他不得不放弃在县城读书的机会,也因为家庭穷困,他决心到南洋一带寻找半工半读的机会,漂泊岁月中他经历了最黑暗的底层生活,这样的经历使他在缅甸积极参与了反帝活动,回国后又自觉加入左翼革命阵营,左翼思想对其创作产生了直接的、显在的影响。在其南行小说中,显现"左翼"立场的主观议论不断出现,像一枚枚确定其身份的印章附加在文本的结尾之处。

左翼思想与流民文化之间自有距离,但在艾芜笔下,两者是否像有些论者所说的那样矛盾重重呢?我们认为,1949年以前的中国语境中,两者共同的边缘性位置使它们有融合一致的趋势。流民的活动方式尽管带有盲动性,但它和国家政权、主流社会秩序的对立姿势与左翼立场暗合,其反抗活动往往成为革命的原动力。在艾芜的创作中,我们可以看到两者叠合之处正好为"地方性写作"的出场提供了契机。

艾芜在1935年的《南行记》原序中说:"打算把我身经的,看见的,听过的——一切弱小者被压迫而挣扎起来的悲剧,切切实实地给写出来。"① 为弱小者的底层话语策略自然逃不过左翼思想的指引,但艾芜在表述"弱小者和被压迫者"之时,也将流民文化引入了左翼文学的表现领域,并发掘出这类"地方性知识"之于革命和左翼思想的价值。这里所说的地方性知识,按照蔡翔的观点,"并不仅仅局限在它的区域性的行政设置或者自然地理的概貌描述上",而"更多地在于构成这一空间的诸多元素,比如,制度、习俗、社群、人口形态乃至语言(方言),等等,以及隐藏于这一空间之中的深刻的文化心理的积淀。这些诸多的元素及其内在的文化心理方才构成了我们所谓的'地方'甚至'地方性知识'"。② 20世纪三四十年代,滇缅地区正构成了相对国家政权的"地方性"处境。在历史上,云南一直处在中原权力的管辖之外,长期保持着政治、经济、文化的相对独立性;而缅甸与云南却因地理边界的交织、文化习俗的相近、商业往来的频繁等影响形成了更为密切的现实关联;政治的风云变化并不能阻挡边地人们流徙的步伐,民间马帮的活动已延续了数千年,在空运、铁路运输尚不便利的20世纪三四十年代,这种随意跨越边界的民间交往活动仍保持着滇缅地区的一致性,使之持续成为相对主流

---

① 艾芜:《南行记》,第5页。
② 蔡翔:《国家/地方:革命想象中的冲突、调和与妥协》,载于《当地作家评论》2008年第2期。

政治的"地方性风景"。艾芜南行小说中,自然风光、语言情趣、人物故事等方面都带有滇缅特色。但是,在左翼思想的视野中,艾芜对滇缅地区流民文化特质及其现代性价值的重新发现,显现出更具有意味的地方性知识,一种通向革命现代性的可能途径。

  流民文化与中国现代思想之间的联系尚未有深入探讨,但费正清等人对近代中国沿海传统的论述足以让我们将"流民文化"与中国现代性建立起某种联系。在有关沿海传统的讨论中,常会提到移民的冒险精神和开放意识,但在中国移民史上,移民的主体是流民(自发性移民和无序移民),对沿海沿边传统的理解,不能停留在少数英雄名流的传奇故事之中,也应该关注底层流民的生存经验。艾芜的异域小说反映了带有自发性和原始冲动的底层"生存意志"在中国现代性进程中的状态,对近现代华人移民精神有着更深的体认与发挥。艾芜笔下的底层人民,都是在盲目生存意志的支配下,在滇缅地区漂泊,过着岌岌可危的生活。《松岭上》的怪老头带着一段血腥的记忆隐居在深山之中,靠着欺骗的小伎俩做点小生意,在酒精和鸦片的麻醉下得过且过;《我们的友人》中的孤儿老江,经历了无数磨难,患着难以治愈的杨梅疮,来到无依无靠的仰光讨生活,厚着脸皮和几位老乡混住一起,拿到几个小钱就去赌,赌输了就又骗又偷。《流浪人》中的唱花鼓的母女,一路边弹边唱赚几个小钱,暴虐成性的军人出个大价钱,她们便欣然跟着去了。这些随波逐流的凡人,看似时代的浮沫,但他们身上却有不能任由人轻薄的淳厚。他们令人肃然起敬的首先是强悍的生存意志。只要能活下去,他们流汗流血在所不辞,这种勇气与意志正是移民在恶劣环境中化险为夷的主要力量。同时,流民并非纯粹的个人主义者,他们崇尚的"勇气"和"义气"原则也能将他们带入某种秩序和精神境界之中,此时,那些不畏强暴,能彰显自己的力量并对他人施以援手的人就是英雄，而那些贪生怕死、背信弃义的人就是必须铲除的败类。《山峡中》魏大爷一伙将"我"的离开看成是不可饶恕的背叛，但最终因"我"没有出卖他们而原谅了"我"。《森林中》的马哥头在漂泊途中将准备自尽的生意人救了下来，但当生意人在灾难面前出卖自己时，就毫不犹豫地将他结果了。不难看出，这些流民在生存本能驱使下产生的力量、勇气和义气一旦被组织和激发，就会对社会秩序造成莫大的挑战，当然也有可能催生出火与血的革命。正如艾芜在《荒山上》一文中对逃荒人的评价所言：若是他们闹起来"就是铁桶似的江山，也有本事给你扰得稀烂"。①

然而，艾芜对于流民文化如何进入革命视野之中始终只有模糊的感知，他笔下这些流民的生存策略与其是积极的，不如说是防御性的。《偷马贼》中的小三之所以铤而走险去做盗贼，不过是因为长期找不到出卖苦力的机会。《我们的友人》中的老江也是万般无奈之下才做出了欺骗友人的事情。他们都是满足于在裂缝中小心翼翼地寻找活下来的理由与机会的人，并不奢望创造一个新的世界，成为新的统治者。这类流民的生存经验无法直接纳入国家、民族和阶级的宏大叙述之中，而是显现出去疆域性和跨界性。一般来说，流民总是朝着统治力量尚未达到或比较薄弱的边缘地区不断迁徙，一方面，不断打破已有的地理、政治和意识形态界限；另一方面，又将原本分裂的空间组合成为整体性的生活世界。地势险峻、瘴疠流行的南国边疆固然是世外桃源，处在殖民统治之下的缅甸、马来亚、菲律宾、印度、锡兰等地又未尝不是可能的天堂？把握了流民自发迁徙的历史，我们就能理解南洋作为疆域模糊的想象空间的特点，可以在它和我国南方特殊的亲缘、地缘、人缘关系中去思考其与现代中国的复杂关系。

---

① 艾芜：《南行记》，第162页。

概之，艾芜以底层话语开拓了一条南洋想象的独特路径，它以民间性、地方性的想象视角，将超越了种族、国家和疆域界限的南洋镶嵌在中国底层人们的苦难生活和生存历史之中①，虽然对此作者并没有足够自觉的反思意识。

第二节　战争情境与浪漫话语
——田汉、张爱玲、杜埃等作家的南洋叙事

抗日战争使南洋与中国的关系空前密切。一方面，前往南洋避难的中国人剧增，南洋华人和当地民众共同抵御日本侵略者，彼此结下了深厚的战斗友谊；一方面，南洋华侨纷纷回国参与抗战，各种抗日救国捐赠纷涌而来，他们的爱国主义情绪高涨。爱国主义情绪是我们有关战时中国与南洋关系的主流叙事基调。不过，作为历史的重写本，文学的空间体验总比理性的地区感情和主流叙事更微妙复杂，会在其中添加个人的经验情绪，也会有意无意间呈现被遗忘的空隙与瞬间。现代作家对战争情境下南洋空间的书写，也存在不同的选择和可能。在此，我们选择了田汉、张爱玲、杜埃、无名氏等作家以抗战为背景的南洋作品作为分析对象，这些政治倾向上不尽相同的作家在文本中显现出对南洋相似的诗意态度与浪漫情调，可称之为有关南洋的浪漫话语。本节试图通过分析南洋浪漫话语的所指、策略及思想资源等层面来定位其价值意义。

一　浪漫话语：远观自然近观人

战争叙事中的浪漫话语往往回避战争的严酷和血腥，其用力

---

① 在同期新马华文文学创作中，对南洋下层人民生活史、血泪史、苦难史的书写较为常见，有很多作品与艾芜的视角、写法相似。

之处必然发生转移,在田汉等人以抗战为背景的南洋叙事中,我们发现,对自然风景的着力描摹和对人物生活化的表现是其南洋浪漫的构造方式。但无论是作为自然的南洋还是生活化的南洋都不能自动生成浪漫的感觉,只有这两类南洋形象与某种特定的观念、立场联系在一切时,才可能是浪漫的。

  转向左翼革命阵营之后的田汉,创作个性走向消弭,但1935年反映南洋华侨回国抗战的《回春之曲》被认为是恢复了田汉味的一个剧本。所谓田汉味,其实指的是整个剧本中弥漫的浪漫激情。是怎样的叙述内容和叙述方式制造了这种浪漫的感觉呢?有论者认为是主人公高维汉受伤后其精神仍在战场上漫游的情节构造使然。但我们认为,该剧的浪漫感觉还在于南洋这一带有异域情调的空间的出现。从爪哇的红河边到华侨办的伤兵医院,从告别南洋回国参战的高维汉到执着追求爱情的南洋侨生梅娘,从伤感的《告别南洋》到缠绵的《梅娘曲》,遥远的南洋给整个剧本增添了奇特的情调,一幕幕略显突兀的连接性场景说明南洋构成了剧本的诗意之魂。如当伤兵医院外轰炸声、炮火声不绝于耳时,里面的伤兵和护士却谈论起南洋的天气来;而让穿着马来装的梅娘弹唱昔日情歌,重现以往的南洋情景来召唤高维汉魂兮归来的一幕则成为戏剧的高潮。文本如何定位南洋呢?在《告别南洋》之歌中描述的南洋是"海波绿,海云长,椰子肥,豆蔻香"的自然风光,在伤兵医院的谈论中呈现的南洋是"一年到头老是夏天似的"的热带,作为南洋的象征符号的梅娘则被看成是"一朵野蔷薇"[①]。从上述简略描述中我们可以看出,南洋在田汉心目中不外乎是绿、热、野的常识性印象。但自然景观如果仅仅是自然属性的简单记录,那必然是苍白的,它只有与特定的观念立场

[①] 田汉:《回春之曲》,上海普通书店1935年版,第1—12页。

第四章 融入与反思:生活化的世界(1931—1955年前后)

联系在一切才能产生浪漫的感觉。田汉对南洋之"野"的正面理解正说明了南洋与现实的对立性与距离感:"野"在《回春之曲》不是野蛮,而是能冲破礼教约束的勇气与热情,它是梅娘身上最美好的品质,使她能不顾一切守护爱情、追随爱人,它不与浓得化不开的欲望相连,而是与浪漫璀璨的爱情理想融为一体。《回春之曲》中正是以有关南洋的诗意想象冲淡了淞沪会战的残酷性,形成具有田汉味的浪漫风格。

1943年,张爱玲的名作《倾城之恋》也是一个与战争有关的故事,南洋浪子范柳原和上海女子白流苏的爱情游戏本可能毫无结果,但香港的沦陷改变了一切,他们终于走进了婚姻的殿堂,彼此有了那么一点点真心。作为张作中难得的色调浓烈的浪漫之作,我们认为,有关南洋的笔墨虽然闲淡,但同样也是整个文本浪漫气息的来源[①]。作为背景和远方的新加坡、马来亚被不断提及、渲染,它富饶神秘、原始自然,和使人透不过气来的现实中国构成了鲜明对比。在香港,范柳原和白流苏的一段话,便集中体现了南洋作为梦幻空间的解放性质。面对严阵以待、戒备森严的白流苏,范开玩笑说要将她带往"遥远的马来亚,回到自然,回到原始人的森林里去"[②],他认为只有在未被现代文明侵袭的自然之中,白流苏才能卸下伪装,显露真心。同时,正是南洋这一异域空间衍生了南洋浪子范柳原浪漫古怪的行为思想,使之成为张爱玲灰色人物谱系中的另类色调,可以想象,范柳原身上的异域装束若被剥除,他可能变得毫无特点甚至面貌可憎。[③] 在这一点上张爱玲和田汉的南洋视野是接近的,他们都将南洋远方化了,将之

---

① 有人认为《倾城之恋》浪漫气息的来源是张爱玲对殖民地香港的书写,但我们认为,比香港更为遥远的南洋也是其诗意的重要源泉。
② 张爱玲:《倾城之恋》,北京十月文艺出版社2009年版,第183页。
③ 张爱玲的南洋人都具有另类的痴情和浪漫,如《红玫瑰与白玫瑰》里的南洋华侨娇蕊也是和范柳原同一谱系的另类人物。

作为原始、自然的象征，具有与现实疏离的自由解放性质。

杜埃的《在吕宋平原》①讲述了菲律宾人民的丛林抗日游击战争，但文本对南洋自然风光的描绘渲染，制造出与残酷的战争情境并不一致的柔和情调，从而造成了一种观赏距离。如《老山道斯的选票》一开端的景色描写便酿造出牧歌情调："太阳往遥远的巴丹半岛落下去了，苍茫的原野，渐渐盖上灰暗的暮色，在爆炸响声停息不久，黄昏就迅速地降落了吕宋平原。沉默的亚拉耶山，已远远掉在后头，在暮色中望去，它的雄姿显得非常模糊，田野上，稀稀落落的闪着椰油灯光。在阿里巴镇的南方，燃烧未熄的火焰，向着天空冲喷，小孩们叫笑的尖叫，从看不见的地方传过来。在这喧嚣的日子，就是最胆怯的人，行走在这暮色与杂音交织的田野上，都会感到说不出的欢乐。"②此类欢快细腻的景物描写在这本小说集里比比皆是，这使得他的战争叙述近乎异域游记，具有平和舒缓的诗意氛围。

将南洋自然化诗意化的传统久已有之，在田汉、张爱玲、杜埃等人的叙事中其正面意义更为凸显，到20世纪40年代末的无名氏那里南洋则被神圣化了。在《海艳》中他写道："那个被赞美的耶和华，或者不存在，或者不只一个。他应该有许多不同的名字，这些名字正是南洋的阳光、海水、椰子树、月夜、四弦琴、少女的笑……"③主人公印蒂"自从到南洋s埠后，他的生活就划了一条新的红线。半年来，在南洋群岛，由于那些高高的椰子树，阳光和海水，由于长长的平平的海岸，以及热带的赤裸裸的气氛，他的精神进入一片新领域。极度人间的阴暗，被南洋的阳光照亮了。极度凝定的郁闷，被南洋海水冲掉了。在这些簪插着

---

① 又称为《丛林曲》，先后出版过两次，写作时间在1947年离开菲律宾前后。
② 杜埃：《在吕宋平原》，香港人间书屋1949年版，第142页。
③ 无名氏：《海艳》，花城出版社1995年版，第69页。

原始素朴的岛屿上,人的复杂思想感情渐渐统一起来。那双因日光而分外明亮的眼睛,慢慢瞥见人类的原始根源,以及一些在喧嚣社会所看不见的东西。人可以听到一种充满了永恒音符的单纯曲调。他开始感到,这些岛上许多由阳光和海水编织的存在,应该带入那地狱式的人间去,带到那些除了血再不指别的存在的人群中。"① 在漂泊不定的战争情境中,身处沦陷区的无名氏想象出了作为天堂的南洋,它简单、素朴、纯洁,与地狱般的人间和现实相对立,具有了立竿见影的救赎意义。

上述有关南洋的自然化书写,体现了战时中国对南洋定位的梦幻层面,它单纯、恬静、遥远而神秘,与身受战争创伤的南洋现实毫无关系。但在将南洋自然化从而拉开与现实南洋之距离的同时,那些融入这场战争的"南洋之人"又成为作家近观之对象,在很多作家笔下,他们不再是二三十年代南洋叙事中干瘪的符号人物,而是个性鲜明、有血有肉的圆形人物。

张爱玲笔下的范柳原与丁玲笔下的凌吉士不无相似之处——都是富裕的南侨子弟;但范柳原绝不是市侩的凌吉士,而是一个充满灵性、有几分张爱玲气质的浪漫人物。他是与环境格格不入的理想主义者,有对爱情的执着信念和乖张脱俗的言行。范柳原也不是凌吉士那样模糊不清的抒情符号,而是一个具有个性和厚度的中心人物,作者保持适度距离去理解和审视他,在日常生活的情境中呈现其作为有血有肉的人之丰富性与鲜活性,有保留地改写了已有的"南洋情人"的刻板印象。

晚清以来,从黄遵宪、吴趼人到许杰,其笔下的南洋华工或是苦难愚昧的化身,或是无产阶级的正面形象,但都可归于缺乏个性的类型印象。但战争情境下的南洋华工,尤其是回国参与抗

---

① 无名氏:《海艳》,第13—14页。

战的南洋机工们，被作家们以近镜头、生活化的方式来表现其"人的形象"。1942年，茅盾《过封锁线》中写到一位回国抗战的南洋华侨，小说没有写他在战场上的英雄事迹，却写了一组温馨的生活镜头，这位有着忸怩的说话姿势和腼腆笑声的张姓华侨，在随时会有激烈战斗的封锁线旁埋头读起书，做起笔记来。①1943年，南达在《边地》中写华工许天德从南洋的橡胶园回来参加缅甸边地紧张的军资运输工作，但小说却重在表现他在运输途中对心上人孟新的想念。②这些可亲可爱的南洋华工形象，是被作者细细揣摩和平等对待的，体现了人们对于积极投身祖国抗战事业之南洋华人的由衷敬重和喜爱。

虽然在徐志摩、许杰、洪灵菲等作家笔下已有对南洋原住民的关注，但都是在以华人为中心的南洋故事中一晃而过的影子，缺乏血肉感，也隐藏着某些偏见。但抗战的特殊环境，使华人和原住民的关系更为和谐，联系更为紧密，因而有关原住民的叙述也变得生活化了。杜埃的菲律宾叙事便将一群善良勇敢、个性鲜明的原住民放在舞台中心，华人反而成为配角。他没有刻意将他们拔高成英雄人物，而是将他们作为普普通通的老百姓来表现，注重在日常生活中显现其投入抗战的热情，且这些人各自都有着鲜明的个性和行为，说明作者与其距离之近，对其理解之深。如《番娜》的主角是一个勇敢机智的农村妇女，她积极投身到反抗地主与日本侵略者的革命活动之中，最终牺牲了生命。但作者眼中的她又是一个不折不扣的山地农民，言行举止都是粗犷放肆的，被戏称为"一只会啼叫的母鸡"。而《丽达的道路》里另一革命女性丽达显现了知识女性不同于劳动妇女的行为特点，她从

---

① 茅盾：《过封锁线》，选自《茅盾全集》第9集，人民文学出版社1985年版，第362—363页。
② 南达：《采椰集》，独立出版社1943年版，第84—146页。

容不迫地带领一群华人游击队员走过日军扫荡的平原和山地，显得深沉冷静、有智有谋。

一面描述具有疏离意味的南洋风景，一面展现可爱平凡的现实中的南洋人，由此可见战争情境的浪漫话语中，梦幻和现实层面的南洋都被美化了。

二 亲和的情感结构与被弱化的声音

被美化的南洋作为一个镜像，折射出了中国和南洋在战争情境中形成的新情感结构，相对于有距离的观者心态与游客心理，这种情感结构可称之为"亲和"。在上述文本中我们可以看到有关这种情感结构的种种表现。《回春之曲》中高维汉等爱国青年称南洋为"第二故乡"，《倾城之恋》中以"回家的浪子"意象显现了南洋与中国的归属关系，杜埃满怀着对吕宋平原的赞美眷念之情，无名氏那里南洋便是上帝的化身。然而，如果以阿尔都塞症候式的方法再次解读这种情感结构的话，我们就会发现美化南洋的前提恰恰是某些矛盾被有意无意间弱化或隐藏。细剖浪漫话语中残存的异质声音，恰恰显现了战争情境中浪漫话语的生成过程及限制机制。

南洋华侨回国参与抗战是《回春之曲》的创作背景，"梅娘之爱"当然是有关南洋的最为诗意的声音，她对抗日英雄高维汉的爱情，寓意了南洋华人对祖国深沉而热烈的爱。但另一侨生陈三水一直处在被贬斥状态的声音颇耐人寻味。陈三水是"南洋富商"刻板印象的演化，有钱但不仁厚是他最基本的性格特征，他处处与高维汉形成鲜明对比。高维汉是才华横溢且具有知识分子气质的爱国青年，而陈三水则是粗鄙简单的市侩小人；高维汉唱着罗曼蒂克的爱情歌曲，而他却满嘴的荷兰与马来粗话。在这场全民抗战中，他是不折不扣的个人主义者，当高维汉响应祖国的召唤从南洋前往抗战前线浴血奋战时，他却带着纯粹个人主义目的回国了——一是为梅娘，二是为经商——声称只想"当当顺民，太太平平地做点生意"。田汉似乎意识到了土生华人游离于中国意识之外的异质性，但只是将之简单地放诸他者的位置，并没有正视其中隐藏的问题。然而，值得思考的是，梅娘和陈三水谁更能代表战时南洋华人与中国的关系呢？在主流的中国抗战历史叙述中，我们当然深信梅娘的典型性；但从东南亚华人的现实境况来看，不可否认以陈三水为代表的离心力量和本土化思潮存在的必然性。由此，我们可以看到有关南洋浪漫话语的代价之一是以部分代整体，它往往忽视、回避南洋社会的内部构成及其复杂性，将之作为单一性来理解与想象。

张爱玲则似乎揭露了南洋华侨回归中国社会的尴尬性和复杂性。当范柳原带着罗曼蒂克的情感来寻找理想的中国时，就是白流苏这样"最中国的女人"也是令他绝望的——这个封建家庭里的大家闺秀，虽然还残存着京戏般的气质与动作，实际是一个极为世俗自我的现代女性。《诗经》里的生死之爱、黍离之悲她不能理解，也不想理解。范柳原"失乐园"的痛苦表征了晚清以来海外华人在融入现实中国时的尴尬。文中所说的"中国化了的外国人，顽固起来要比任何老秀才都要顽固"之言让我们不难想起辜鸿铭、林文庆等南洋华人与现代中国的碰撞与纠葛。然而，张爱玲在南洋华人的情感与文化困境中突出的不是南洋而是中国，南洋华人的位置不过是一个处在我们和他们之间的最佳位置，以便她更好地反思传统中国与现实中国的距离。同时，颇耐人寻味的是，范柳原和陈三水一样，在这场毁灭性的战争中，他只为寻找古典中国式的恋人而来，现实中国的苦难存亡竟与他的故乡梦毫不相干。张爱玲无意中展现了南洋华人建立在自我实现需要之

第四章 融入与反思:生活化的世界(1931—1955年前后)

上的爱国主义的脆弱与有限,随时可能改变。这一点正如黄贤强在《跨域史学:近代中国与南洋华人研究的新视野》一书中所分析的那样,事实证明,活跃于现代中国舞台上的南洋知识分子其南洋背景是不可清除的,不能将他们服务中国的全部动机简化为爱国主义①。但是,在由爱情和浪漫构成的南洋想象中,张爱玲就算感觉到了这种复杂性也难以进行进一步的清理与反思。她笔下的范柳原最终选择了留下来,在上海这座沦陷的城市里过着醉生梦死的中国市民生活。

杜埃的菲律宾书写,显现出战争对华人与菲律宾人关系的改造——太平洋战争之后,两个族群消除成见、共同奋战,演奏了动听的战争协奏曲。然而,杜埃朴素的现实主义笔法,介于小说和随笔间的文体形式,使其南洋叙事中保留了不少异质声音,从中可窥视到种族矛盾的尖锐性。如《丽达的道路》中提到一般菲律宾人对中国人的刻板印象,中国人被看作是"会剥削的犹太人",是美国资本家的"经纪人"②,可见菲律宾华人作为外来族群所受到的挤压;而《番娜》中也让一个彻底的反华主义者番娜的丈夫现身,他咬定华人没有一个好人,坚决反对女儿与华侨店员的结合。令人尴尬的是他不过是一个老实巴交的农民,由此可知菲律宾人对华人的仇恨情绪之深广。《阿莱耶丛林》中都洛的声音则显现土生华人的身份危机:"我是侨生,我只回中国三个月,首都华侨区的人不把我算作中国人,而你们国家的人又把我看作中国人。"③ 不过,所有这些带有深度的素朴声音,都只是浪漫主旋律中的装饰音,不过是为了反衬中菲人民联合抗日的美好

---

① [新加坡]黄贤强:《跨域史学:近代中国与南洋华人研究的新视野》,厦门大学出版社2008年版,第1—3页。
② 杜埃:《在吕宋平原》,第11页。
③ 杜埃:《在吕宋平原》,第60页。

氛围，它并不是批判性和反思性的。然而，有关抗战期间华人、中国人与当地民族的冲突和纠葛，虽然一向很少被主流历史叙事关注，但在某些文学作品中，我们仍能看到南洋内部种族关系的复杂性。1943年南达的《友情》《山芭》等小说①就揭开了太平洋战争后缅甸黑暗的一幕，《友情》中写由于日本侵略者的挑拨，华侨教师"我"和缅甸人貌似脆弱的友情破裂了，在缅甸人制造的驱赶外籍人的暴行之中，在他们叫嚷着杀死中国人的喧嚣中，"我"感觉到了和缅甸人彼此无法靠近的痛苦。《山芭》则写了被缅甸德钦党人的反华暴动掠取所有财产、毁掉了所有希望的老华侨们怨恨、无助、痛苦的沉闷声音，有着声声泣血的惨痛。在战争中，华人和当地民族的血腥冲突也是中国与南洋关系的一部分，只不过并非浪漫的诗意，而是惨痛的事实。

只有将美化的南洋和被遮蔽的声音叠加起来，我们才能看到浪漫话语中的南洋图景的片面性，才会清楚战争作为特殊情境怎样催生共同的南洋想象。回顾这场战争，我们也能清楚地意识到，对于现代中国而言，南洋可能兼顾了天然的盟友和不变的梦境，无论是在现实还是在文学之中。

三 已有资源与凸显的自我姿势

现代中国作家南洋叙事中的浪漫话语与西方19世纪以来的浪漫主义及其异国情调书写有着相似之处。浪漫主义喜欢将遥远的地理景观诗意化、神圣化，将之作为现代文明或现实语境的对立之物来书写。这种二元对立的思维方式也出现在上述作家有关南洋与中国的定位与描述之中。然而，当我们研究特定作家受西方

---

① 南达：《采椰集》，独立出版社1943年版。

第四章　融入与反思：生活化的世界(1931—1955年前后)

浪漫主义资源影响的南洋叙事时，依据"历史重写本"的理论，我们需要思考以下问题，那就是他们如何将个人和时代的南洋经验融入写作，是否形成了一种不同于西方浪漫主义的自我姿势？

　　田汉是一个充满了创造精神且放荡不羁的艺术家，受到卢梭的《忏悔录》、惠特曼的《草叶集》、歌德的《少年维特之烦恼》、王尔德的《莎乐美》等西方浪漫主义、唯美主义文学作品的深刻影响，《回春之曲》里的南洋形象也能让我们联想起卢梭笔下的自然、歌德笔下的东方。不过《回春之曲》的现实资源也颇值得关注。它既与广大华侨踊跃回国参战的现实背景有直接关联，又可看作田汉和第三任妻子林维中爱情故事的投射与总结。作为"梅娘"的原型，当年在南洋教书的林维中，正是以热带女郎的热情与勇气向田汉主动表达了爱意，由于南洋与中国的空间距离，两人在三年的鸿雁传情中建立了深厚感情，最后，当林将在南洋教书的所有积蓄拿来维持南国社的运作时，田汉一度摇荡的感情天平终于倾向了她，放弃了另一位恋人安娥。《回春之曲》中有关南洋自然的零碎意象与作为南洋人格形象的梅娘，就成为作家这份感情的艺术化表达。可以说，田汉的《回春之曲》中，作家个人的南洋经验和时代的南洋观感之间达到了平衡，形成较为和谐一致的南洋想象。

　　张爱玲的南洋叙事交织了个人、时代、传统及西方四重资源，却表现出了对四者的化合与超越。她的创作在精神上与同时代西方文学有同步性，她最倾心的是第一次世界大战后的西方艺术家，如毛姆、赫胥黎、奥尼尔、高更等，这与很多现代作家多受到西方古典资源如浪漫主义的影响形成对比。但毫无疑问，她对毛姆小说与高更绘画中异国情调的接受，使她形成了对南洋、香港、上海等东方殖民地的好奇心，其对南洋的定位也直接比附"原始、自然"之类的套话。而南洋富商、热带雨林、南洋情人等意象则是对国人已有刻板印象的沿袭,如《倾城之恋》中的范柳原就与丁玲《莎菲女士的日记》中的凌吉士有着渊源关系,不能排除丁玲创作对这一小说构思的影响。余斌在《张爱玲传》中指出,"在圣玛利亚女校读书期间,对丁玲的作品发生过浓厚的兴趣,在校刊上发表过有关《莎菲女士的日记》的评论,认为该小说将'细腻的心理描写、强烈的个性、颓废美丽的生活,都写得极好。女主角那矛盾的浪漫的个性,可以代表"五四"运动时代一般感到新旧思想冲突的苦闷的女性们'"[①]。张爱玲个人的南洋经验主要与其香港经验和母爱体验交织在一起,它虽然是第二轮的,却并不肤浅。在张爱玲的香港生活中南洋一直是在场的。她的很多同学都是马来亚的富商之后,个个都显得财大气粗,对经济困窘的张爱玲造成了不小的心理冲击,在她眼里,他们既装腔作势,又自私自利,这些南侨同学代表南洋虚浮的一面——富裕、自私、保守[②];张爱玲的母爱体验中南洋也是在场的。她母亲三次前往马来亚,寓居南洋的时间长达数年,在南洋做过华文学校的老师、跟美国男友一起在原始部落收购过皮货、第二次世界大战中还做过印度国王妹妹的秘书等,以至于晚年连外形都有点接近马来人。张爱玲从母亲那里除得到一些零碎的南洋知识(如《倾城之恋》里的马来菜)外,更重要的是她对母亲曾有过的罗曼蒂克的感情也被投射在南洋这一空间,伴随对母亲的思念,南洋被定位成遥远、神秘、美好的浪漫空间。但在张爱玲的笔下,无论是西方、传统还是个人的南洋经验都只是原始素材,在文本中她已经将它们重新组合利用,渗透在背景和细节之中,并不突兀。更具有创造性的是,她敏锐地觉察到了南洋华侨作为

---

① 余斌:《张爱玲传》,南京大学出版社 2007 年版,第 74—75 页。
② 可以参考张爱玲的自传性小说《小团圆》的前几章,北京十月文艺出版社 2009 年版。

观察视角的游离性和特殊性。在她看来，殖民地环境中成长的南洋华侨一方面有对古老中国的眷念与向往，另一方面又能跳出圈外，以旁观者的身份对中国人的生活做一番反省。他们既在中国之内又在中国之外的边缘人位置，反而构成了一个审视现实中国的最佳位置。在《倾城之恋》中，借助范柳原的眼睛，张爱玲揭开了传统中国走了板、变了调的苍凉与没落，也看到了现代中国物欲横流、庸俗烦琐的现实。正是受到环境的刺激，范柳原一回到中国就开始往放浪的道路上走了。如果说《倾城之恋》中，张爱玲对现实中国还有些温情与留恋的话，《红玫瑰与白玫瑰》里则显现出彻底的悲观与悲凉，南洋华侨王娇蕊眼里的中国，原本是充满情调和希望的，但和振保这样的中国好人一接触，她孩子气的浪漫便彻底地消失了，对爱情也不再抱有任何幻想。南洋华侨与现实中国的冲突，最终以他们被同化或沉沦的结局告终。可见，借助南洋华侨文化梦与爱情梦的破碎，张爱玲反思了传统与现实中国的种种丑陋和不堪，表达出了对祖国爱恨交织的复杂情感。

杜埃是在抗战前后成长起来的作家。其创作风格曾受到蒋光赤小说和创造社文风的影响，属于左翼血脉中更为抒情浪漫的一支。1940 年 26 岁的他被派往菲律宾从事抗战宣传工作，直到1947 年才回到香港。在近七年的异域岁月中，他和当地民族有了深入的接触，建立了深厚的感情。有了这笔青春热血的生活资源，南洋便成为杜埃后来创作的灵感和源泉所在，直到逝世前他还在病床上写以南洋生活为背景的《风雨太平洋》，与田汉和张爱玲富于想象性的南洋叙事相比，他的笔调更为朴素体贴，对异族风俗人情的描摹，不是猎奇，而是渗透了对当代民族由衷的赞美和认同。不管是对饮食衣饰的细致描绘，还是对舞会欢乐场景的浓墨渲染；不管是对淳朴古风和原始氏族生活的描摹，还是对爱互换枪支、夸耀武器的菲律宾交通员的埋怨，杜埃都是平视对象，完全剔除了那种惯有的华人优越意识。他在这些生机勃勃的战争小景的描述中传递了令人欣慰的信息："在帝国主义的侵略和压制下，菲律宾人民依然显现了旺盛的生命力和乐观精神，他们沉浸在自己的民族和文化之中，感到了自豪与满足。"因此，其南洋小说的价值，如茅盾所言，不仅仅是提供了异域风情，而是在于在反法西斯主义、反帝国主义的形势下对被压迫民族一种声援、同情和赞美，有着鼓舞斗志的作用。① 事实上，同为被压迫民族的身份，正是中国与南洋能够平等相待、驱除偏见的真正基础。正如汪晖所言："中国和南洋的共同感觉部分主要来源于殖民主义、冷战时代和全球秩序中的共同的从属地位，来自亚洲社会的民族自决运动，社会主义运动和解殖民运动。"② 那么共同感的确立是否就不允许差异性的目光呢？杜埃以中国人作为叙述者和接受者的南洋叙事告诉我们，差异的立场并不妨碍共同感的确立。我们在小说中处处可见叙述者的导游身份和外来者眼光，叙述者常用介绍式口吻，向中国读者介绍异国风情，如"是的，这个国家的农民就靠一把宝乐刀进行生活。他们用它来砍柴，破竹，开椰子，斩甘蔗，在水田里追杀大条的打叻鱼，他们又把它当锄具，在松软而肥沃的土地上挖洞种植，它又是一种作战的武器，用来杀伐和防卫。真的，世界上再没有别的东西，能比宝乐刀更使他们心爱了"。③ 为了帮助读者理解，作者还常常对当地的风俗加以详细的解释，对一些专有名词还在文本之外附加专门的注释，这说明叙述者显现出了抽离的姿势，其理解与同情之中是

---

① 茅盾：《在吕宋平原》序，见杜埃《在吕宋平原》，人间书屋1949年版，第1—2页。
② 汪晖：《现代中国思想的兴起·下卷》第二部，生活·读书·新知三联书店2008年版，第1607页。
③ 杜埃：《在吕宋平原》，第54—55页。

渗透了反思意识的，由此制造出"和而不同"的位置与距离，可称之为带有对话性的"你的"叙述。

上述作家在接受各种已有资源影响的同时，也将个人的南洋经验融入文学叙述之中，其填补的内容虽然有所差异，在态度和姿势上却是相近的。那就是，中国作家在浪漫化南洋的同时并没有将南洋他者化，反而对南洋当地民族充满了体贴和同情，体现了中国语境对浪漫话语的制约与影响。因此，这一有关南洋诗意的"历史重写本"虽然表面上贴近浪漫主义话语——南洋被定位为与现代文明相对立的自然原始，但其目标却指向全然不同的方向。

第三节 "淘金"生活与启蒙话语
——司马文森、巴人等的南洋叙事

20世纪四五十年代，一部分现代中国作家对南洋华侨社会作了深度扫描，带着自己的切身体验和知识者的反思立场，他们在对南洋"淘金"生活场景的叙述中，远离了柔和甜美的浪漫基调，形成了既与已有启蒙传统一脉相承，又具有开放性的国际主义视野的启蒙话语方式。本节以司马文森和巴人等的代表性作品为例，敞开现代作家启蒙话语中的南洋镜像、思想资源及其价值意义。

一 南洋：奴隶们的土地

按照康德的观点，启蒙就是脱离自己加于自己的不成熟状态的过程。[1] 也就是说，在现代启蒙思想看来，启蒙就是理性的自我成长，是个人从幼稚的非理性状态转变成具有自我选择能力的

---

[1] ［德］康德：《答复这个问题：什么是启蒙运动》，选自江怡编《理性与启蒙——后现代经典文选》，东方出版社2004年版，第1页。

理性人的过程。由此,那些处在奴役状态的不自觉的人既是需要启蒙的对象,其存在也进一步印证了启蒙的必要性和合理性。现代中国的知识分子则将个体的思想启蒙问题转化成"国民性"的民族认同问题,通过对现实人格的批判和理想人格的召唤来形成新的民族意识。在文学叙事中,演绎"国民性"问题也存在正反两个层面,一面是歌颂与召唤新的国民人格,一面是批判国民劣根性以唤起疗救的需要。无疑,后者经鲁迅发挥之后成为基本的文学母题。现代中国作家有关南洋华侨的叙事中,也同样贯彻着这两条线索,一面是对南洋华侨开拓伟业的歌颂与肯定,一面是对华侨社会各种弊端问题的抨击和批判。如晚清梁启超等人为重塑中国民族精神,曾立传盛赞南洋华侨的开拓殖民精神,视南洋为中华民族势力延伸的天然空间。随着时间的推移,国民性批判的线索越来越分明,南洋似乎成为一个考验、聚焦与强化国人劣根性的风险空间,在此我们更加清醒地认识到中国人所面临的困境与问题。20世纪二三十年代,当南洋回响着革命的旋律时,在许杰等革命作家笔下,已经开始显现对华侨社会的批判立场,并借此对中国问题加以抨击与披露。时至20世纪四五十年代,司马文森、巴人的南洋叙事一方面是革命作家批判立场和视野的延续,另一方面又具有了新的视野和特征,他们充分注意到了南洋空间的特殊性,形成了鲜明的在地感觉,也更注重在日常生活经验和普通人的异域境遇中去思考南洋华侨的问题。然而,在启蒙话语的理性—非理性的二元对立视野中,他们如何想象南洋?当南洋被纳入非理性空间之时,是否再次印证了所谓中原中心主义的存在?

司马文森和巴人等作家在沿袭"中国人在南洋"的传统叙事格局之时,并没有将南洋这一空间背景化、情调化;相反,他们充分注意到了南洋这一空间对于华侨生存状况及心灵结构的特殊

第四章 融入与反思:生活化的世界(1931—1955年前后)

影响。在其清晰的空间意识中,南洋殖民地意味着重重挤压之下的生存困境,是现实矛盾的高度集中,从而使中国人本已有之的奴性心态更为突出。在他们笔下,按其奴性心理的程度南洋华侨被分为三类,由此也展现了南洋华侨社会内部构成的层次性和复杂性。第一类是被鞭笞和否定的一群,他们毫无民族精神和爱国思想,将异域作为一个逃避各种约束的冒险世界,以各种可耻可悲的伎俩来满足个人欲望,在他们身上集中并放大了中国人的某些劣根性——懦弱、忍耐、迷信、愚昧、嫖赌、吸毒、酗酒、贿赂骗吹、窝里斗等。司马文森的《南洋淘金记》①的南洋叙事突出了一个"斗"字,在种族、婚恋、社党、左右、阶级等多重矛盾中对中国人"你争我斗、一盘散沙"的国民劣根性做了淋漓尽致的描述,无论是高高在上的侨领头家还是得过且过的底层混混,都成为被嘲弄和批判的对象。如果说司马文森侧重勾画出南洋华侨的整体生存状态和心灵危机,而巴人则在《印尼散记》里以工笔的形式对个体心灵作了深度扫描,描摹出了一个个可怜可憎的异国游魂。《邻人们》里那个生活腐化、善于投机的柯先生是活跃在坷埠的华侨中间商人的典型。为了生存,他以其敷衍、虚伪、浮夸、做作的热情周旋于各色人等之中,一面对日本人公开示好,一面又积极参与地下反日活动,但他真正信仰的是金钱和利己主义,一有风吹草动,就逃之夭夭了。而另一个山芭里的自耕农则是海外版的阿Q,他本处在生活的最底层,却仍妄自尊大,当家人在异域土地上辛勤劳作时他却"只吃口闲饭,空着手在各处吆喝""乔张作致"显示自己特别的存在。为了显现自己

---

① 1941年他在另一部八万字的长童话《菲菲岛梦游记》中,以一个十二岁的中国儿童梦游菲菲岛的见闻为线索,把写实、夸张、传说、梦幻相交织,讲述了菲律宾先后沦为西班牙和美国殖民地的惨痛历史,华人和土人的传统友谊、共同的屈辱和斗争,也暗示中国人出洋淘金梦的破灭。《南洋淘金记》可谓其南洋题材的总结性作品。

的威严，常常对比自己更为穷苦的马来人进行呵斥辱骂，"仿佛一个被压迫狂者，无论如何要找比自己低下的对象，作弄一回"。① 这些人物的猥琐心灵与肮脏行为，构成了南洋华侨社会最浓重的黑暗底色，揭露出在南洋的中国人生活方式与文化心理的保守、丑陋与荒诞。相比作为"恶"的象征的奴隶，另一类南洋华侨是被压迫和被凌辱的一群，他们或因卖猪崽或因避祸逃难来到南洋谋生，但无论怎样努力，都过着贫贱的生活；然而他们安于现状、胆小怕事、麻木不仁，迷信愚昧的程度同样让人惊心动魄。《南洋淘金记》里的天赐叔是都市底层华工的代表，出卖劳力赚到的钱转眼就花得一干二净，失业时寄居在华人会馆里，为华人会党所利用，不免做些嫖赌黑毒的活，过一天算一天地熬到了人之将老。当司马文森关注都市游魂之时，巴人则呈现了山芭华侨的生存状况和心灵悲剧。在《任生和他周围的一群》中有一群以耕作为生的农民华侨，他们沉默而黯淡的心灵是令人胆战心惊的。如任生的叔父便是任凭命运摆布的华侨孤老的代表。这个对生活没有任何奢望的人，整个人生就是一曲没音无字的歌，活着就是做工、吃饭、抽烟、睡觉。但"这僵干了的，焦黑色的，土拨鼠似的阿叔却有着唯一的生命的希望，那就是即使尸骨是葬在异域，但总得让自己灵魂奔向到自己祖宗的膝下"。② 于是，他将主人任生的儿子阿方变成了名义上的继子，生前除获得任生一口饭一盅烟以外，便是用他几乎无偿的劳动，来取得死后灵魂的一份享受。这种源远流长的灵魂抚慰术在南洋孤老身上的作用，不觉令人悲叹甚至毛骨悚然，但更可悲的是，他们自己根本就没有意识到其中的荒谬之处，对这一类不幸做稳了奴隶的人，启蒙者的立场是"哀其不幸，怒其不争"的。第三类是已经觉醒，决心摆脱自己

---

① 巴人：《印尼散记》，湖南人民出版社1984年版，第160页。
② 巴人：《印尼散记》，第55页。

奴隶命运的南洋华侨。如《南洋淘金记》里的少年章平本怀着淘金美梦来到南洋，但经历了种种挫折和危机之后，终于舍弃了华侨只求发财的传统思想，走上了反抗和斗争的道路。《印尼散记·从棉兰到蒂加笃罗》一文里第二代移民阿金背负着父辈的痛苦、挫折、希望而成长，但在惨痛的现实面前，他已经无法认同父亲默默耕耘、无限忍耐的生活道路，成长为坚定的革命者。

从上述三类有关南洋华侨的叙述中，我们不但能够清晰勾勒出南洋的三重镜像，而且能够梳理出20世纪四五十年代有关南洋的启蒙话语的目的与走向。第一类叙述中，南洋是唯利是图、黑暗腐败的淘金世界；第二类论述中，南洋是衰败了的土地和褪色了的黄金世界，构成了苦难重重的底层社会；第三类叙述中，南洋作为革命的策源地，是充满希望的未来世界。第三类叙述虽然未必笔墨最多，但作为改变前两者的策略和方法必然存在。此外，这一叙事框架也说明，中国作家南洋叙事中的国民性批判是建立在强烈的阶级意识之上的，正是这种阶级意识的存在，作者才有可能摆脱狭隘的中原中心主义观念，形成了更为开放的国际主义立场，从而对当地民族有更深层次的关注与认同。在司马文森和巴人的阶级论为基础的叙述之中，批判与同情的视角贯彻到了异族之上。他们不但乐于书写南洋当地民族的生存状况和生活经验，而且能以极为理性的态度来思考当地民族的问题，一方面同情处在困境中的不幸的人们，另一方面也毫无顾忌对他们身上所存在的问题加以审视，从而形成了具有国际视野的国民性批判立场。司马文森在《南洋淘金记》里反复提到当地女子爱慕虚荣、贪图享受的特点，这些弱点酿造了她们与华人浪子的爱情悲剧，也加剧了两个民族固有的矛盾和仇恨。短篇小说《妖妇》（1943）里对南洋当地民族的迷信、落后、暴虐有更为出色集中的描写。一位笃信神灵巫术的女子，来到一个沉溺于暴力游戏、愚昧野蛮的南洋小镇，寻找自己的华人丈夫，被当地人反复凌辱折磨后当成妖妇驱逐出境，在作者笔下，无论是害人者和被害者，都是黑暗王国的囚徒。巴人也注意到了印尼人国民性的缺陷，但他并不像司马文森一样只是呈现与否定，而是试图以辩证唯物主义思想深剖其成因，表达了对异族更深的理解与同情。在《邻人们》《浮罗巴烟》《在泗拉巴耶村》等多篇纪实文章里，巴人提到了当地人的各种生活陋习，但都予以同情式解释，如对当地人普遍存在的游手好闲的惰性，巴人认为过错不在这些穷人本身，而是外加其上的经济压迫使他们失去了斗志，从而形成了得过且过的生活方式；而印尼男女在婚姻情感态度的自由与随意，虽然造成了不少家庭的悲剧，但并不是天性喜新厌旧所致，而是出于经济互助的需要。

南洋作为"奴隶们的土地"的隐喻，似乎意味着现代作家已站在理性的至高点上，将南洋放在非理性的一端，赋予它黑暗、贫穷、混乱、原始等基本意象意义，但这绝不是说它就构成了现实中国的他者，也并非对中原—边缘、文明—野蛮的神话和固有思维的重复；相反，在20世纪四五十年代的国际阵线大分野的情势之下，南洋和中国是站在同一战壕里的兄弟。带着"难兄难弟"的感情，他们写南洋也就是写中国，批判南洋也是在批判自我，在东方共同体的意识中，通过对生活在南洋的中国人的书写，显现了南洋与现实中国的一致性，南洋就是现实苦难的集中体现，是生活压力的浓缩，是激化的社会矛盾的体现。可以确认的是，时至四五十年代，在和南洋人民在一起历经了外来压迫与战争苦难之后，这些作家对南洋当地人民的感情也是如此自然深切，中原中心的痕迹逐渐被抹平。

二 知识分子在南洋：启蒙与被启蒙

中国人的南洋生活史可溯源至唐宋时期，移民的主体结构以

第四章 融入与反思:生活化的世界(1931—1955年前后)

商人、农民和工人为主,时至晚清,知识分子才开始活跃于南洋,文化于南洋。第一批知识分子为数不多但影响深远,他们或是身居要位的外交官员,如左秉隆、黄遵宪,或是富甲一方的儒商,如丘菽园,或是避乱桃源的政坛首领,如康有为、梁启超,他们创办报刊学校、鼓吹改良革命、倡导民族意识,积极介入南洋华人的历史进程之中,也确立了居高临下的启蒙者姿势。但到20世纪三四十年代之后,南洋知识分子群体结构开始变得丰富多样,华侨学校的教师与学生、期刊报社的编辑与撰稿人、从事工人运动的职业革命家乃至华人杂货店的账房先生等都可涵盖在这一群体之中,在逐渐深入的南洋劳工运动之中,知识分子角色也在发生微妙的变动,他既有可能是传统的启蒙者,也有可能成为需要工农引导才能实现心灵蜕变的被启蒙者。在司马文森和巴人的南洋叙事中,一面高举着国民性批判的旗帜,对南洋华侨的心灵困境作出深度扫描,一面又注意到了知识分子在南洋的角色和位置问题——从启蒙者到被启蒙者的游移。知识分子在南洋的暧昧位置,恰恰揭示了盘踞于传统文人内心的中原优越意识得以消失的深层原因。

司马文森的《南洋淘金记》以侨乡少年章平在前往南洋淘金的船上遇到大学生王彬为起点,又以他和王彬一起回国从事革命运动为终点,显现了作为启蒙者的知识分子在南洋劳工的觉醒与成长中的重要作用。小说一开端就设置了一个场景,突出了知识分子的独特性与核心位置。在一艘从中国开往南洋的船上,吹着口琴,会说英语的大学生王彬[①],和一船的淘金客形成了鲜明对

[①] 从这位知识分子的命名来看,他正好与菲律宾家喻户晓的华人领袖王彬同名,由此可见作者的用意所在。1915年,为表彰这位泉州籍的华人领袖在菲律宾反抗西班牙殖民者的斗争中作出的重要贡献,马尼拉的沙克里蒂亚街易名为王彬街,辟为专门的华人区。在马尼拉度过数年童工生涯的司马文森自然熟悉这个典故,由此可见此人在《南洋淘金记》中的意义所在——他既是知识和理性的象征,又是南洋华侨新的生活道路的可能性所在。

比。当番客们沉溺于赌博、斗殴、喧哗时，他吹出动人的乐曲以转移人们的注意力；当臭泉等老番客表现出对殖民统治者的恐惧与谄媚时，他却敢于和殖民者当面对峙辩驳、争取正当权益，赢得了殖民官员和下层劳工的尊重。正是在王彬的引导下，少年章平最终在南洋走出了淘金迷梦，成长为革命的新生力量。可见，小说中知识分子构成了与传统华侨社会对立的新生力量，他既是知识和理性的象征，又意味着新的生活道路的可能性。但知识分子在以知识理性教育工农的同时，本身又成为需要被改造的对象，只有通过改造后才能积极投身革命。在《南洋淘金记》中，王彬一方面以启蒙者的姿态出现在工农之间，另一方面又经受了生活的考验，处在被启蒙的境遇之中。来到南洋之后，他本在亲戚的杂货店里做记账的工作，日子过得很轻松，但在目睹了现实的种种问题之后，在工人领袖沈青源的多次游说鼓励下，他放下包袱，积极投入工人运动，成为工人夜校教学的骨干和青年互助会的领导人。

国民性批判的视野设置了启蒙知识分子的观者位置，他承担着唤醒民众，使民众从愚昧黑暗状态中摆脱出来的使命，但在强烈的反思意识中，知识分子又往往对照劳工阶层作出自我批判，不忘记压榨出自己"皮袍下藏着的小"，从而使自己处在被审视、被批判的被看者位置。如果说司马文森的《南洋淘金记》因采用说书人介绍式的叙述，很难深入解剖知识分子从启蒙者到被启蒙者的心路历程的话；那么，巴人的《印尼散记》以第一人称的自叙方式更有利于呈现知识分子角色转换中灵魂世界的复杂性。1941年10月，巴人应胡愈之的邀请前往新加坡，任教于南洋华侨师范学校，并为当地报刊写稿。1942年2月，在日军入侵新加坡之后，他先后流离辗转于印尼苏门答腊、萨拉巴让一带，其间因逢日军大检举，还蛰居在穷乡僻壤之中以种菜维持生活达数

第四章　融入与反思：生活化的世界(1931—1955年前后)

月。《印尼散记》就是这段流亡生活的自叙。其中"我"作为一个处在流亡困境中的中国知识分子，在对南洋华侨和当地民族生存悲剧和心灵困境作出反思的同时，又敢于逼视、拷问自己的灵魂，揭露自己内心的阴暗，最终融入民众之中，实现了自我超越。在《任生及其周围的一群》中，当"我"看到山芭里侨胞奄奄一息的惨淡生活时，在对他们深表同情之余，"我"对自己作为掠夺其劳动果实的寄食者的状态开始深感不满："有谁为那蚯蚓一样伏在土地里，蚯蚓一样耕耘在泥土里，也蚯蚓一样吃着泥土的侨胞说一句话呢？……一种玄学的思想，使我把自己导入人生的大海中；我即使为这蚯蚓似的人们悲悯而苦痛，然而，我们却生活在那些撷取白骨与赤血堆上长着的花朵的英雄们旁边，我们何尝不是一个掠夺者呢？"① 在自省的过程中，他最终坚定了自己的立场："不坚决地站在这苦痛的被损害者们的一边，伸出铁拳去，打倒一切人类生命的掠夺者；而以徒然的怜悯，给予被损害者些许同情，抚慰他们创伤的心，自己却依然皈附掠夺者以求生存，这种人道主义的实质，不过是掠夺者的变形的说教，用以缓和被损害者们的反抗罢了。——没有中间的路，我自感战栗了。"② 在《在泗拉巴耶村》中，当"我"向马达人村长追问马达人的原始习俗和遥远过去时，马达人村长表示抗议的话让"我"无地自容，"我"对自己好奇心背后藏着的民族自大心理进行了批判，并产生了对印尼人民由衷的尊敬："在我平日同印度尼西亚人接触中，尤其是乡下的劳动人民，他们的私有观念是不深的，占有欲是不强的，这较之我们自己的同胞要磊落多了，爽直多了。我决没有轻视他们的落后，却更敬佩他们公平正直的精神。而听了端·古鲁这一段谈话后，我又更领会了这个民

---

① 巴人：《印尼散记》，第67—68页。
② 巴人：《印尼散记》，第68页。

族的自尊心是深入于穷乡僻壤的每一个人的,这将是一种不可征服的力量。"①

在中国人的海外生存历史中,南洋总是充当着避难、流亡、发财、游玩的中转站,最终是要挥手告别的,但这一过渡空间对中国知识分子难道不会产生影响吗？知识分子在南洋由启蒙者向被启蒙者的角色转换,正说明了南洋作为现实情境对知识者的深刻影响。尤其是太平洋战争之后,很多知识分子真正走进了南洋这片广袤的土地,得以纠正自己的偏见。如果说《南洋淘金记》以虚构的形式呈现了南洋生活对现代知识分子的考验性和重要性,而《印尼散记》则以纪实的方式呈现了南洋生活对于知识分子心灵成长的重要性。和巴人一样历经了流亡岁月的沈兹九在其回忆录中说:"回忆战前在新加坡的岁月,好象是在一个小中国里,到了苏西,才使我真正认识到了南洋的一部分。在印尼文中,窥知了一些印尼的历史、民族性和他们的风俗人情。这些,假使是住在新加坡,是不能去了解的。"② 1944 年,陈残云在走出马来亚回到中国的第二年,这样写道:"现在总算回到祖国了,追念过去的奴隶生活,回首仍在地狱中受难的二百五十万同胞,不禁潸然泪下,只有做过奴隶的人,才知道奴隶的悲惨与痛苦,务望讲空话的先生们,不要把苦难的侨胞,抛得太远！"③ 是生活和体验让这些知识分子改变了高高在上的位置与姿势,融入了南洋世界,从而实现了真正的对话。

因此,在 20 世纪四五十年代的中国作家笔下,中原中心主义的意识逐渐消隐,对南洋这片渗透了自己汗水和泪水的土地,他

---

① 巴人:《印尼散记》,第 274 页。
② 胡愈之、沈兹九:《流亡在赤道线上》,生活·读书·新知三联书店 1985 年版,第 31—32 页。
③ 陈残云:《走出马来亚》,选自《陈残云自选集》,花城出版社 1983 年版,第 417 页。

们有了由衷的故乡之情，异乡也变成了我乡；南洋对其创作和人生的影响变得深刻而弥久。就司马文森与巴人这两位作家而言，司马文森20年代在南洋的血泪童工生活，不但影响着他生活道路的选择，也影响着其创作内容和风格的特点，直到20世纪四五十年代，南洋依然是司马文森的文学故乡，是他反复书写的主题。而巴人在经受着"文革"非人折磨之时，仍以研究和书写印度尼西亚历史为己任，写出了百万言的《印度尼西亚古代史》与《印度尼西亚近代史》，遗言中提出要将骨灰撒向大海，流向曾经生活和战斗过的南洋群岛。更值得赏叹的是，这种对南洋土地的眷念之情，已经上升为对人类精神家园的向往。如巴人在《任生及其周围的一群》中所写"我仿佛在腐烂的泥土的气息中，闻到印尼农人身上的汗臭；闻到几十年前我在乡下时娘拿米粉浆过的衣服上的气味；我们仿佛在工作中跟这土地微语，脑海中展开了故乡的土地，山林，小溪，鸟道，村庄——一切熟悉的形貌，而我似乎又把这一切记忆，在告诉这脚下的印尼的土地。一种诗样的感情和有韵律的句子，在我脑子里响出声音来了"。[①] 将南洋和故乡、母亲、土地联系在一起的，不是生活又是什么？只有生活才能让作家对这片土地如此魂牵梦萦啊！

三 启蒙传统中的南洋生活史叙事

从晚清到五四，启蒙一直是现代中国的知识分子自觉承担的重任；在文学领域，启蒙话语也一直是一种强有力的主流话语。同样，在现代作家的南洋叙事中，启蒙的视野和价值观是一直存在的。那么，20世纪四五十年代的司马文森和巴人等人的南洋叙

---

① 巴人：《印尼散记》，第157页。

事在这一启蒙传统中该如何定位?

从延续性来说,司马文森和巴人的南洋叙事建立在"国民性批判"这一启蒙话语传统之上的。而梁启超和鲁迅正好构成从晚清到五四有关国民性问题的两个坐标。梁启超开拓了有关南洋华侨叙事的基本路线——歌颂型和英雄型的华侨历史,① 它后来成为主流华侨历史叙事的基调。在其带有虚构性的历史传记《中国殖民八大伟人传》和《祖国大航海家郑和传》之中,梁启超注意到了南洋这一空间的重要性,歌颂了具有开拓精神和坚强意志的南洋华侨。显然,这一历史叙事是在急需"强国保种"的窘困现实中,梁启超为重建民族伟力精神而寻找历史依据和精神资源的建构行为,由此提出的"殖民南洋论"陷入了将南洋他者化的泥潭,很受非议。杨联芬认为,整个五四的国民性批判话语,都是梁启超新民理论的继续和升华。② 但时至 20 世纪四五十年代,司马文森和巴人已经远离了殖民南洋的帝国论调,其南洋叙事的灰暗底色也难以归属于颂歌型的南洋华侨英雄史;其国民性批判的立场及思路的选择,也与梁启超式的南洋观没有直接关联,而是直接受到以鲁迅为代表的五四新文学传统的影响。鲁迅在反省中国民族历史时,最深刻的发现之一就是揭示了奴性和奴性哲学,他最根本的目标也是要驱除中国人精神中的奴性。一个高举鲁迅为人生的旗帜,一个是鲁迅的私淑弟子,司马文森和巴人两人在其南洋叙事中,正是沿袭了鲁迅对奴隶心态的批判与反思,并生成了国际主义视野。

---

① 黄遵宪的《番客篇》在揭示海外华人的孤儿处境的同时侧重对华侨发迹历史的描述,梁启超因新民需要寻找伟力神话的范例而重塑了南洋华人的开拓历史和英雄历史,其他作家在提到南洋时,往往是感叹朝贡失常、弱国子民,很难深入文化心理和个体心灵的层面去关注南洋问题。

② 杨联芬:《晚清与五四文学的国民性焦虑(三)鲁迅国民性话语的矛盾与超越》,载于《鲁迅研究月刊》2003 年第 12 期。

第四章　融入与反思：生活化的世界(1931—1955年前后)

不过，当司马文森和巴人将五四新文学的启蒙传统挪用在南洋这一空间的叙事之时，他们又表现出了可贵的历史意识和历史修正意识，对鲁迅等启蒙前辈的南洋观念作出了反思与超越，达到了新的思想高度。鲁迅在有关南洋的点滴思考中具有很多值得肯定的东西。如对菲律宾诗人黎萨尔的关注和肯定，显现了对同是被压迫国家民族的同情与支持，具有世界主义的倾向；但鲁迅南洋观的负面性因素也是明显的。赵稀方先生在《小说香港》中提到鲁迅作为中国主流知识分子对香港的隔膜和偏见，完全可以沿用在鲁迅对南洋的理解和定位之上。在著名的《两地书》中，鲁迅提到南洋及和南洋联系密切的厦门大学时，总不免将之与经济和金钱等同，形容厦门大学时有一个著名的比喻是"硬将一排洋房，摆在荒岛的海边"。① 这些都说明鲁迅是在中心与边缘的二元思维中来定位南国边陲的，折射出国人有关南洋的刻板印象。特别是有关鲁迅1926年在厦门大学与南洋归来的校长林文庆的冲突，不但反映出他的中原意识，更反映他对南洋问题的隔膜和冷漠。本来，身处南洋殖民地之中，土生华人对中国传统文化的回归是对抗殖民统治，建构民族自我意识的合理性文化行为，但尊孔尊儒的南洋归侨林文庆在鲁迅笔下显然是一个可笑而顽固的封建分子，是一个注定要被启蒙知识分子耻笑和涂抹的丑角。而对于司马文森和巴人这样的后起作家而言，凭借自己丰富而鲜活的南洋在场经验，他们已经走出了中原中心主义的阴影，在其作品中可以清晰地感受到的是，他们对于南洋华侨的生活方式和文化处境有更深的理解和同情。此外当他们以"国民性批判"的思路切入南洋华侨历史的叙述之中时，最终呈现的便不是一般意义上华侨的创业史、血泪史和爱国史，而是有关南洋华侨的文化心理

---

① 鲁迅：《两地书》，选自《鲁迅全集》第11卷，人民文学出版社2005年版，第173页。

史和日常生活的历史，这是"由于国民性着眼的是民族整体素质和民族的文化形态，比较阶级斗争、民族主义，国民性批判所秉持的文化尺度，具有更普遍和宏观的视野，文学作品往往能够突破'国民性'命题的局限而对具体环境中的普遍人性进行深刻的揭示"。① 相比作为奇观的风景，他们的确更关注"人在南洋的生存状态和心灵困境"。因此，和20年代末至30年代的革命话语相比，他们在表现出同样鲜明的批判立场和革命激情的同时，又因为深入本地生活，其南洋叙事达到了人性心理的深度，而不是像革命话语一样停留在印象式和概念式的报告之中。他们的南洋叙事在情感结构上虽然与田汉等人的浪漫话语并无区别，却比浪漫话语有着更为深刻和清晰的现实感受，也缺乏浪漫话语对南洋自然风光的沉迷感，可以说去除了风景视野和猎奇心态。

杨联芬在提及中国启蒙话语与西方话语的关系时认为，尽管从根本上说，中国晚清以来的启蒙话语，都与西方话语有直接关系。但更具有实际意义的问题是，"中国作家对西方话语的接受，究竟是对西方殖民主义文化观念的妥协，还是在本土舆论无法触动现实时权且借用以作工具的策略考虑？"② 她的观点是，这不是妥协而是策略。同样，当司马文森和巴人等作家以启蒙话语对南洋加以叙述和想象时，也并不意味着他们必然有居高临下的中原心态。一方面，作家不断修正已有的启蒙话语模式以符合南洋的现实语境；另一方面，对于这些作家而言，南洋和中国并不是二元对立的他者和自我关系，而是难以分割相互渗透的。显然，这样的南洋观不是理性推演的结果，而是生活和经验影响使然。生

---

① 杨联芬：《晚清与五四文学的国民性焦虑（三）鲁迅国民性话语的矛盾与超越》，载于《鲁迅研究月刊》2003年第12期。
② 杨联芬：《晚清与五四文学的国民性焦虑（三）鲁迅国民性话语的矛盾与超越》，载于《鲁迅研究月刊》2003年第12期。

活的力量有时候远胜于知识和理性,任何创作的独创性在于作者情感结构的渗透,正是凭借童年时代的磨炼以及流亡岁月的融入,司马文森和巴人成为融入南洋程度较高的中国知识分子的代表。当年老舍无法完成的南洋华人史,在巴人和司马文森笔下得以铺展渲染得丰富多彩。

在东南亚华文文学的历史叙事谱系中,司马文森和巴人等人在启蒙视野中形成的南洋生活史叙事模式和观念是具有典型性意义的。强烈的历史修正意识、对海外华人精神创伤史的关注、知识分子中心意识等线索逐渐构成了东南亚华文文学历史叙事的传统,在文学创作中被延续下去。苗秀1947年开始创作,1960年出版的长篇小说《火浪》也可归属于这一启蒙话语谱系。这一部有关华人南洋抗日历史的文学著述,不同于各种历史著作和官方叙述中的抗战史,是作者特有的历史意识和历史修正意识的显现。如苗秀自己所言"决不是单纯的历史记录,还要刻画出那贯穿历史事变中间的整个精神世界的汹涌波澜"。① 这部小说除反映在时代风潮中普通人的精神困境之外,还以知识分子为主角,反映青年知识分子的成长。虽然在充满商业气息的南洋华人社会中,知识分子始终没有扮演过主角,但苗秀却将知识分子作为时代的中心和英雄人物加以表现。对此,陈实认为这是苗秀受到鲁迅、茅盾和郁达夫等现代作家影响的结果;但我们认为,苗秀与司马文森、巴人等人南洋历史叙事之间的联系更为直接和明显。20世纪80年代,印尼华侨作家黄东平的大型华侨历史小说《侨歌三部曲》(以下简称《侨歌》)在具体叙事表现上、人物、结构方面都与司马文森的《南洋淘金记》非常相似,同样强化和拓展了知识分子在南洋的启蒙历史思路。黄的《侨歌》中的第一部

---

① 苗秀:《火浪·序言》,新加坡青年书局1960年初版,第3页。

《七洲洋外》的开端，也是以大学生徐群乘船前往南洋为起点，逐渐展现在知识分子引导下的南洋华侨社会反殖反封的斗争历史。而内在书写的层面，黄东平则延续了巴人倾向于精神探索的那种情感激烈的写作风格。① 2011 年我国央视大型南洋史诗剧《下南洋》中，其叙事模式依然是知识分子前往南洋指引下层劳工反抗殖民统治，从中仍能看到司马文森的《南洋淘金记》的影子。因此他们的南洋叙事应该看成是南洋华人生活史叙事系列中具有承先启后意义的重要文本。

总之，司马文森与巴人在南洋叙事中对启蒙话语的挪用，带有态度上的超越性和实践中的修正性，其南洋观接近晚清以来的巅峰，对后来者颇有启迪。这样的叙事形态的出现意味着，在历经了共同的反帝抗日运动之后，中国与南洋的关系达到了一种更高的境界，而不应仅将这种启蒙话语视为作家个人带有偶然性的选择。

第四节　寓居经验与本土话语
——姚紫的南洋叙事

20 世纪 40 年代末到 50 年代中期，南洋华人的民族意识和国家认同开始发生重大转变——从面向中国到认同本土、从寄寓南洋到融入南洋。很多南下的中国作家②也选择留在南洋，努力融入当地社会，其文学创作也由面向中国到倾情南洋，逐渐酝酿形成本土话语模式，但仍处在中国和南洋意识共存张力之中，那么这种正在形成中的本土话语为我们勾勒了怎样的南洋图景？其话语策略有怎样的认知价值？在此，不妨以 1947 年南下新加坡的姚紫作为个案进行探讨，20 世纪 40 年代末到 50 年

---

① 黄东平：《侨歌三部曲·七洲洋外》，岛屿文化社出版 1998 年版。
② 新加坡国家图书馆 2001 年 6 月展出 180 多位南来作家的手稿、相片等资料。

代中期，既是姚紫成就其文学名气之时也是其逐渐融入本土之际，为我们思考中国作家南洋叙事本土话语的催生机制及意义提供了可能。

一 "我"的南洋：从南洋色彩到本土关怀

中国学者评价现代文学中有关南洋题材的作品时，经常性的评价是"富有南洋色彩或南洋情调"，特别注重从作品的地方色彩来定位其艺术特点与成就，综观姚紫在20世纪40年代末50年代初的文学创作，我们也可以在其语言、人物类型、情节构造和环境呈现等各个层面感受到其南洋色彩的存在，而且这种南洋色彩随着时间的推移也越来越集中和清晰。然而，"南洋色彩"之说不过是以他者的眼光对文学作品进行浅显的美学描述，根本无法揭示作家文学叙事的创造性和意识形态因素。同样，若想深入考量姚紫本土话语的特点及价值，关注文本中那些可以直接辨认的南洋风物元素、方言土语固然重要，更重要的是考察其本土关怀意识的催生机制，也就是说，应联系特定语境深入探究其文学作品的生产过程。在此我们试图从两个层面来完成这一问题的解答，一是动态地考察其文本中涉及身份意识和自我认同的细节，勾勒其本土意识的表征意象，二是分析其作品与催生语境的关系，看姚紫是在怎样的外在压力下进行了创作上的转化。

毫无疑问，刚来南洋时姚紫的中国意识是凸显的，就是50年代初其作品中也流溢出对现实中国的眷念向往之情。如1950年他在《文艺行阵》上发表的《我的歌声向祖国》和在《南洋月报》上发表的《黄昏的叹息》都是深情的游子吟。但是，他的本土关怀意识也随着时间的推移和事态的变化逐渐清晰起来，从《秀子姑娘》到《新加坡传奇》中主人公身份设定的变化可梳理出姚紫本土意识的萌生过程。1949年写成的《秀子姑娘》是以中国人的立场叙述的一个战争加爱情的故事,男主人公"我"作为一个中国军人,与被捕的日军电报员秀子产生了情感纠葛,但最终国家利益战胜了儿女情长,显现了清晰的国家意识和爱国主义情怀。此时文本中尚未显现出本土意识的痕迹。1951年《咖啡的诱惑》的场景由中国转移到南洋,主人公也变成了两个流寓南洋的中国人,一个是舞女,一个记者,两个人都似浮萍一样在新加坡的物欲都市里沉沦,整篇小说充斥着"在而不属于"的焦虑感,不妨看成是携有故国记忆的中国人试图融入当地社会而不能的感伤镜像。1952年发表的《阎王沟》里则以回国参加抗战的南洋华侨机工为主人公,与《咖啡的诱惑》的设计正好相反,他是身处中国却思念南洋,始终与黑暗的内地现实保持着距离,虽然跟《秀子姑娘》一样是以抗战为主题,但已是带着局外人疏离的目光在讲述中国的故事。1955年发表的《窝浪拉里》的主人公虽然是一个中国人,却有一个印尼名字窝浪拉里,作为逃难者的他使用着混杂的本土语言、极为适应南洋本土文化习俗,以至于他能够成为荷兰女子兰娜本地生活的引导者。显然,在这一反殖民主义的小说里,窝浪拉里代表了亟须摆脱殖民统治、确立自我价值的南洋本土立场。作为姚紫后期作品代表的《新加坡传奇》系列①中的主人公则转变成了作为南洋本土意识象征的土生华人(峇峇),他的特点是"象中国人又不象中国人",作者特意为他设计的名字"武吉巴兄"中,正寓示了姚紫对南洋本土文化特性的准确定位——混杂性:"姓是中国百家姓中的姓,'吉巴'是中国式的名,底下那个'兄'也是中国式的称呼,但是把四字联唤起来,

---

① 评论界一般把《新加坡传奇》归为姚紫的后期创作,这本书直到姚紫病逝后,才由他的遗产信托人于1985年辑集出版。

第四章 融入与反思：生活化的世界(1931—1955年前后)

有点洋化又有点马来意味，这正适合苔苔的身份。"① 从《秀子姑娘》到《新加坡传奇》，姚紫小说中主人公的身份完全本土化了，这自可看成是作者本土意识不断提升的表征。

从文本表述之外的语境来看，如果说文坛先辈丘菽园等人本土意识的萌发更多是生活经验的积淀使然，那么，姚紫本土意识的萌发则首先受到急变的社会环境和政治氛围的影响，起初或许还带有某种摇摆性和伪装性。1947年"马华文艺独特性"的论争，已经奠定了新马地区文学文化"本土化"的舆论导向和主流地位，"旗帜鲜明地亮出了文学归化（主要是书写题材、内容方面）的强烈要求，对于具有'侨民意识'的文学作者，不管是外来，还是本土场域上，它其实生发出一种相对严厉的呼吁：立足本土、了解本土，也认同本土"。② 可以说，这场论争对推进马华文学的本土化，统一作家的身份认同意识影响巨大，书写"此时此地"文学渐成主流。而姚紫也正是在40年代末50年代初在文坛崭露头角。1949年，姚紫在《南洋商报》上刊载的小说《秀子姑娘》一反战争题材的常套，以日本战俘和中国军人的爱情故事来控诉战争之罪孽，引发了新马读者的共鸣，一时洛阳纸贵，姚紫也成为新马文坛上一颗闪亮的明星。然而，姚紫南来作家的敏感身份加上《秀子姑娘》的中国题材，使他马上被卷入文坛的口水战之中。1950年，司马南在《星洲日报》刊载的《印象，感想——马华文坛杂写》一文点名批评了韩萌、白寒和姚紫的作品，尤其指出《秀子姑娘》在没有表现"此时此地"意识的同时还有剽窃之嫌。在当时的政治语境下，批评一个作家没有本土关怀意识远比批判一个作家艺术上存在瑕疵更为严重，也更难以回

---

① 姚紫：《咖啡的诱惑》，鹭江出版社1987年版，第278页。
② 朱崇科：《考古文学"南洋"——新马华文文学与本土性》，生活·读书·新知三联书店2008年版，第51页。

应，这种严厉的批评对南来作家所造成的心理冲击是可想而知的。对此，韩萌和白寒选择了沉默，姚紫的反应虽然激烈，却只能避实就虚，侧重就剽窃这一说法作出有力反击。显然，面对来势汹汹的本土化潮流，这些作家必须自觉调整自己的创作方向，以符合此时此地的要求，否则就只有沉默或者选择离开。不过，从尊重创作规律的角度来看，要求初来乍到，并不熟悉南洋的姚紫马上投入本土题材的创作其困难是可想而知的。于是，就在1950年那场激烈的论争之中，《南洋商报》预告了姚紫的另一篇小说《乌拉山之夜》的内容，大致写的是发生在中国内蒙古的抗战加恋爱的浪漫故事，这一还来不及面世的小说马上又成了众矢之的，招惹了另一场文坛激战①。姚紫在20世纪四五十年代的文坛论争中屡屡受伤，虽然也涉及政治立场的问题，但主要与其南来作家的敏感身份有关，在越来越强大的本土化潮流冲击与影响之下，姚紫必然不断调整自己的创作姿态与写作题材以适应本土文化政治的需要。

吊诡的是，姚紫在20世纪四五十年代新马文坛上的耀眼位置，又正是这种急剧变化的特殊语境造就的。一方面，1948年殖民地紧急法令颁布之后，大批有才华有影响的中国知识分子被驱逐离境，造成了新马文坛的暂时真空状态，这就为属于"小字辈"的姚紫的登场提供了机会。另一方面，由于殖民地政府对新闻传播和文学创作的管制，中国内地出版的书籍报刊难以进入，取而代之的是港台等消遣休闲的文学作品（即所谓黄色文学）大量涌入，文学的非政治化一时成为主流，姚紫抗战加恋爱的传奇叙事模式正暗合了此时此地的文化氛围，得到了本地读者的青

---

① 批评姚紫的文章主要刊载在《南侨日报》之上，这里已涉及姚紫所属《南洋商报》和《南侨日报》政治立场的对立性，前者是国民党主办的报纸，后者则是共产党等左翼人士活动的阵地。

睐,由此成为名噪一时的畅销作家。在接下来的反黄运动中,姚紫因《咖啡的诱惑》《窝浪拉里》等情色小说被批判,可见其小说与前一阶段的文化氛围的和谐关系。故从隐含读者的设定这个角度来看,姚紫的创作一开始就具备了本土关怀意识,与以往那些面向中国而写作的南来作家拉开了距离。

然而,20世纪40年代到50年代的姚紫始终在南洋与中国的关系视野中进行文学叙事,并没有超越中国现代作家传统的南洋叙事格局,就是较为纯粹的本土题材小说《新加坡传奇》中也有意突出了土生华人和中国的渊源(主人公"我"的祖父八十年前卖猪崽来到新加坡做锡矿工人),且强调热爱中国是土生华人的优良传统:"峇峇中有许多象中国人的,更有许多是十足的中国人,他们关心祖国的兴衰,关心祖国的灾难,虽然连他们的祖父也没有见过祖国的影子,但是他们的爱国心,象一条彩虹般的桥,遥长地越过黑浪滔天的七星洋,飞架在祖国土地的边缘。"①因此,我们认为,虽然姚紫的南洋叙事逐渐采取本土化的话语策略,但此时他的位置仍处于新马文学和中国文学的重叠地带,具有越界性和模糊性。

二 中国与南洋:梦乡与现实的置换

如前所述,现代中国作家的笔下,中国与南洋是一个比较稳固的叙事结构,在这一叙事结构中,南洋与中国的意义关系总是相对稳定的。南洋总是作为现实中国的延伸、对比和映衬而存在,南洋往往不是叙事的真正目标,中国才是南洋产生意义的最终根源。在这样的对比结构中,南洋具有两种典型的定位,首先

---

① 姚紫:《咖啡的诱惑》,第276—277页。

它是苦难重重的中国现实的化身，构成了我们必须面对的现实；其次它作为遥远而神秘的梦乡、理想之地而存在，构成了与现实中国的对比之存在，有乌托邦的性质。在现实和梦幻的两个极端之间摇摆不定的南洋形象往往是由作家与南洋的现实距离所决定的。当作家与南洋保持了一定的观赏距离时，梦幻性的意味就增加了。就是那些现场经验十分丰富的作家在离开南洋之后，也会在其回忆性的南洋叙事中倾向于将南洋梦幻化。如20世纪50年代及以后，艾芜、巴人、司马文森、秦牧、杜运燮、萧村、吴进、韩萌等有过多年南洋生活经历的作家的南洋叙事之中，被定位为"第二故乡"的南洋，已与他们的青春、童年和家园记忆交织在一起，衍变为想象性的轻盈梦乡。姚紫因为种种原因，留在南洋终了一生，与上述作家比较，他的文学叙事虽然依然坚守中国与南洋的叙事格局，但中国与南洋的位置及其隐喻意义却发生戏剧性的逆转。中国变成了虚拟诗意的梦幻世界，南洋变成了具体而微的生活空间与黑暗的现实世界。

这一转换在姚紫1951年所写的《咖啡的诱惑》中已见端倪。在这篇小说中，当男主人公骆和女主人公娟娟在新加坡经受经济和精神上的双重折磨时，回到中国成为他们共同的梦想。男主人公骆说："走吧，同我回到祖国的乡间去，靠着我们的劳力，我种田，你耘草，平静地度过一生吧，你，我，对现实已经多么倦厌了啊！"① 女主人公娟娟在走投无路时，也有了匪夷所思的奇妙构想，她决定成为道德败坏的华人富商的第六位姨太太，到离祖国最近的香港去。因为在她看来，香港作为中国的邻近点，有助于她实现回归故土的美梦②。男耕女织的田园生活也好，自由美满的故土想象也好，在这两位漂泊者的眼中中国情境已构成南洋

---

① 姚紫：《咖啡的诱惑》，第246页。
② 姚紫：《咖啡的诱惑》，第269页。

第四章 融入与反思:生活化的世界(1931—1955年前后)

现实的对比之物,是幻想投射的抽象目标,与红色中国的现实无关,甚至与记忆中的乡土中国也无关了。这一中国想象的策略和发展方向,是海外华人与现实中国失去联系、改变关系之后必然呈现的结果,正如黄锦树在分析旅台马华作家时所言:"对于新一代华人而言,中国已变成一种纯粹的想象,当中国变成纯粹的想象,就意味着它被高度抽象化了,也变成了书面之物。"① 只不过黄锦树所言之中国被虚拟化、想象化的过程,根本无须等到20世纪六七十年代的新生代华人,在四五十年代的过渡时期就已经开始,姚紫便在无意识中开拓了这一想象的起点②,于是,姚紫笔下逐渐被虚化的中国,似乎有了黄锦树所言之"内在中国"的意味,其功用主要指向文化、心理和神话的层面,不必与现实的地理存在有直接关联。

在中国越来越笼统含糊,没有确切地理指涉的同时,南洋却成为必须面对的严酷现实,与诗意中国形成了鲜明对比。如果说中国是乐土却永远也回不去了的话,那么南洋则是令人厌倦却无法逃避的现实。姚紫在《咖啡的诱惑》中呈现的新加坡就是欲望都市的象征,在那里,灯红酒绿之下是物欲横流、人心不古的丑陋现实,美好的事物、生活的希望都被碾碎,只剩下绝望与痛苦。其实,自晚清的谴责小说家③到20世纪二三十年代的革命作家④,都曾将南洋各地比喻成人间地狱、黑暗世界,但那些作家往往是以南洋的黑暗来隐喻中国现实,其重心在中国而不是南洋。相反,姚紫的视点则是从南洋而看南洋,因南洋而说中国,

---

① 黄锦树:《神州:文化乡愁与内在中国》,见《马华文学:内在中国、语言与文学史》,马来西亚华社资料研究中心1996年版,第84页。
② 有关这一虚拟化的结果和对文学创作的影响,在黄锦树的文章《神州:文化乡愁与内在中国》中有深入探讨。
③ 如吴趼人的《二十年目睹之怪现状》里就有三回涉及新加坡的肮脏交易和黑暗现实,但均作为中国的隐喻来写。
④ 在前一章已有专门的论述。

主客的位置发生了颠倒，中国只是观看的策略和方式，南洋才是观看的位置和目的，南洋是在场的，中国却是缺席的。正因此，南洋的表述方式与存在形态也发生了变化，以往在中国作家笔下涵盖甚广又指涉含糊的南洋在姚紫这些初具本土意识的作家那里已经被具有实际意义的微型地理场景所替代，如《咖啡的诱惑》里在讲述两位主人公辛酸的往事时，也会用到"来到南洋""离开南洋"这样的宏观指涉，但小说更为重要和清晰的场景却是新加坡的真实地景：咖啡店、快乐舞场、大坡的私人俱乐部、勿洛的海滨、首都戏院、MPF书局等，这是新加坡人的故事而不是"南洋"的故事。

中国与南洋位置在文本中的转换也是南下中国作家身份意识转变——从流寓到安居、从做客异乡的侨民意识到落地生根的主人翁意识、从中国人到新加坡人马来亚人、从第二故乡到永远的故乡——的表征。出现这一转换的原因首先是经验性的，随着时间的推移，对于南下的中国作家而言，南洋在场经验逐渐丰富，而中国的记忆逐渐模糊远去，其创作也自然转向南洋的本土生活空间。苏菲认为，特别是第二次世界大战之后，"许多曾参与抗日斗争的新马地区华族人士渐渐对他们曾经洒下血汗的土地产生深厚的感情，也深深感知他们与这块土地有着生死攸关的紧密联系，遂把新马看作是自己长期居住的第二故乡，侨民意识逐渐消退"。[1] 另外，现实的政治压力将加速这种身份意识的转换过程。随着第二次世界大战后政治形势的变化，如姚紫这样选择留在南洋的中国人，若想获得生存的权利必须积极参与当地民族的解放事业，成为当地民族的成员。"因为客观的形势已经使华侨不能不、不应不参加当地民族运动，客观的事实已经证明华侨是

---

[1] 苏菲：《战后二十年新马华文小说研究》，暨南大学出版社1991年版，第53页。

南洋主人之一,而不是寄居客地,华侨有权利亦有责任来参加当地政治而不应置身局外。"① 由此也就加剧了身份意识的转变。同样,这些决心融入当地社会的知识分子(包括南来作家),应该是对于这一动向最为敏锐的感知者和执行者了。

正因为过渡时期作家身份意识转变的动力既是外在的又是内在的,在论及这些作家本土意识的性质时要特别警惕二元对立的思想,不能把其中国意识与本土意识对立起来。因为对这些过渡时期的作家而言,两者不是完全对立而是相互渗透的,在其文本中,充满了外来者逐渐本地化过程中的暧昧与尴尬,对中国的文化、亲情、政治和地理认同以及对本土的感怀与寄托混杂交织。就姚紫而言,就算树立了面向南洋本土的话语模式,但其文本中仍充满了对中国难以割舍的眷念和关切,1952年所写的《阎王沟》的结尾,姚紫忍不住跳出叙事的主线,直接抒发起对祖国的思念:"由于时间的转变,现在的祖国也跟以前不同了,昔日死在祖国怀抱里的伙伴们,白骨也许已化成埃尘,但是,死者已矣,生者如何?当我想到桂花,想到阎王沟,想起当年挣扎在饥寒线上的那些灵魂,我有一腔怀感、惘怅和祝福,象飓风下的七星洋上的黑浪,澎湃地卷向北方去。"② 正是因为拥有这种割舍不了的中国情结,姚紫在后来的小说中才将中国幻化成一种诗意的想象,从而给这一代作家的南洋叙事带来某种记忆和历史的厚度。这一现象同样可用来定位那些选择离开南洋、回到中国的作家后来的南洋叙事,在他们笔下,南洋也成了永恒的梦幻记忆和用之不竭的文学资源。

当然,只有在姚紫这些身处当地民族独立化思潮困扰的作家身上,我们才能体味到这种在中国与南洋之间纠结复杂的情感状

---

① 苏菲:《战后二十年新马华文小说研究》,第156—157页。
② 姚紫:《咖啡的诱惑》,第119页。

态。在 20 世纪 50 年代中期，林语堂、苏雪林、谢冰莹、凌叔华、徐訏等人也曾前来南洋短暂寓居，但他们在本土化思潮之外，不过是以过客的眼光记录下了作为异国情调的南洋小景，其文本中哪会有这种徘徊于中国南洋之间的百感交集呢？

三 从中国文学传统到本土文学传统

20 世纪 40 年代末到 50 年代中期，是南洋各地的华文文学逐渐摆脱了中国文学的附庸地位，从中国文学的支流走向独立发展的过渡时期。在此有一些颇有争议的问题就显露出来，首先，在南洋本土文学独立之时及以后，是否就不再受中国文学的影响呢？对此有许多不同的观点，有人认为，中国文学还是源泉，彼此主流和支流的关系不会改变，如陈贤茂认为，"中国文学是源，海外华文文学是流；中国文学是根，海外华文文学是叶。源与流，根与叶，这就是在当前情况下，中国文学与海外华文文学的关系"。[1] 有人则认为，南洋本土文学与中国文学从此走上了各自不同的发展道路，中国文学的影响日渐消退，如方修认为："到 50 年代之后，马华文学接受中国文学影响的情况，既不是像旧文学时期那样的无条件、无选择地接受中国文学的哺养扶植，也不是像新文学时期那样的从几方面大量的选择与吸取中国文学的健康的养分，而是作为整个世界文学的一环，和世界其他各地的文学居于平行的地位来接受中国文学的影响，它所接受的中国文学的影响并不会比世界其他各地的文学来得更多。"[2] 但直到 80 年代，印尼的华文作家黄东平还坚持认为中国文学的影响是客观

---

[1] 陈贤茂：《海外华文文学史·序言》，第一卷，鹭江出版社 1999 年版，第 22 页。
[2] 方修：《中国文学对马华文学的影响》，见方修《新马文学史论集》，三联书店香港分店与新加坡文学书屋联合出版 1986 年香港版，第 43 页。

第四章 融入与反思:生活化的世界(1931—1955年前后)

的,也是持久的。他说:"我不否认我的从事华文文学活动是受到故国文学的影响,尤其是故国当年的左翼文学,特别是鲁迅的影响,除此,我就找不到这项活动的根源。"① 在我们看来,中国文学作为海外华文文学内在传统的位置是难以改变的,但更有实践意义的问题不是这一传统在今天的位置该怎样表述,而是应该深入分析在中国文学传统影响之下本土文学传统生成的策略与过程,因此,就必须具体分析过渡时期的文学创作实践的得失。就东南亚地区而言,姚紫这一代作家所作的努力往往被后来者遗忘,而实际上,他们在本土化过程中所积累的创作经验与话语策略很值得后来的极端本土主义者借鉴。因为这一批过渡时期的中国作家本身就是中国和南洋两种文化交融的产物。"一面是中国的新文学传统和文化意识,一面是新马四五十年代有关新马文艺独特性的激烈论证,一方面是中国文化传统的熏陶,另一方面却是新马社会现实文化氛围,这使得这些作家的创作既有南洋社会的色彩,又带有母体传统的胎记和隐含。"② 分析他们如何在已有的中国文学的传统中进行拓展创新,开拓出本土文学话语,才是真正面对理论的盲区。当前,对这一代作家在中国文学传统的影响下寻找建构本土文学传统的过程,相关论述比较简单,如苏菲这样描述:"从采用中国题材到新马社会题材,从中国情调到热带情调,从中国北方话到南洋方言,从倾向中国到热爱新马国家,形成了日趋鲜明的新马地方色彩。"③ 似乎面面皆到但仍过于含混,另一种思维则主要从表现题材来探讨这一转变,周策纵先生是率先提出两重传统的学者,其论及本土文学传统时也侧重题材内容:"因为东南亚或其他海外华人是生活在别的国家里,自有他们的土地、人民、风

---

① 黄东平:《远离故国的人们》,中国华侨出版公司1990年版,第22页。
② 苏菲:《战后二十年新马华文小说研究》,第156—157页。
③ 苏菲:《战后二十年新马华文小说研究》,第3页。

俗、习惯、文化、和历史。这些华文作品，都多多少少反映着这些不同的特殊经验，本身自然会形成一种本土的文学传统。"① 周策纵先生所谓本土文学传统，应该反映当地的特殊经验，包括土地、人民、风俗、习惯、文化等内容题材的层面。方修先生对本土文学传统的定位也主要是文学题材与文学目的论："它是侧重于反映本地现实，为本地的民族民主运动，即反帝，反封建的群众运动服务的。"② 吊诡的是，方修将本土文学传统的重心落在文学服务目的论之上，反而勾勒出了新马本土文学与中国新文学传统的一致性，而不是差异性。在我们看来，选择四五十年代的作家的创作实践作为研究对象，就为我们细致分析中国文学传统之中滋长出来的南洋本土文学传统的生成过程提供了范本，也能够得出比上述结论更具启迪性的观点。在此以姚紫为个案，看这些以中国新文学传统的继承者出现在新马文坛上的作家，又是怎样成为南洋本土文学传统的开拓者？

  姚紫的示范性在哪里呢？姚紫创作中能看到多种文化因子的影响，体现了开放性的文学视野，这些影响既包括了直接来源于中国新文学传统的影响，也包括世界各地文学的影响。中国新文学的影响既表现在反帝反封建的主题立意上，也体现在风格与叙事模式上，如创造社的自我抒情风格、太阳社蒋光慈的革命加恋爱的叙事模式都对姚紫的创作有直接的影响。姚紫小说对当时正在兴行的港台都市言情小说也有广泛的吸纳，他的爱情故事里也活跃着都市的节奏，渲染出都市爱情的色彩。姚紫小说还受到一些俄罗斯作家创作的影响，《秀子姑娘》与苏联著名作家拉夫列

---

  ① 周策纵：《第二届华文文学大同世界国际会议总结辞》，选自《第二届华文文学大同世界国际会议论文集》，新加坡歌德学院与新加坡作家协会联合出版1983年版，第359页。
  ② 方修：《中国文学对马华文学的影响》，选自方修《新马文学史论集》，三联书店香港分店与新加坡文学书屋联合出版1986年香港版，第40页。

尼约夫的代表作《第四十一》之间在人物形象、情节构造和立意等方面非常相似,从整体上来看,姚紫小说又受到了屠格涅夫的影响,他的小说,人物不多,结构单纯,情节也不复杂,却有一种抒情的风格和朦胧的诗意,明显具有屠格涅夫的风味。在姚紫小说中还能看到《圣经》等西方文学经典的影响,《咖啡的诱惑》里姚紫不但直接引叙圣经的格言,而且整个小说以诱惑为题眼,明显隐含了"失乐园"的圣经母题。

但姚紫小说可贵之处不是接受了多种文学因子的影响,而是在这种开放性的文学影响视野中,他敏锐地捕捉着殖民地的氛围,讲述着面向南洋本土的传奇故事,初步形成了自己的创作特色。从创作手法来看,姚紫走的虽然是传统现实主义的路子——构思新颖、情节曲折,可读性强,但他并不严格遵循现实主义创造手法,而是奔放自如,带有飘逸洒脱的浪漫色彩;与新马文坛上风行已久的左翼文学叙事模式保持了很远的距离,甚至可看作是一种反叛行为。从人物形象的塑造来看,他将南洋的风味融入对人物形象的刻画之中。赋予他笔下的女主人公一种热带的气场,一颗南洋的灵魂。如《秀子姑娘》里的秀子、《咖啡的诱惑》里的吴娟娟、《窝浪拉里》里的兰娜等,这些女性虽然处境不同、遭遇不一,性情也略有差异,但其共同点都是如火般热烈、如水般缠绵,是感情丰富、意志强悍、性情激烈的热带女子的象征。从语言表述来看,表面看来,跟苗秀这样的本土作家相比,姚紫文学语言的本土化程度太低;但苗秀等人运用的杂烩性方言,却只能是黄锦树所言之"巴刹化",只能在本土流行,不利于走向世界,也无益于文本审美性的提升。姚紫没有巴刹化的本土语言经验,反而让其语言表述相对典雅,他善于吸纳中国古典文学的某些词汇,形成了格调清新俊逸、抒情味道浓郁的个人风格,值得称道。陈贤茂先生认为,他运用语言的熟练和技巧,即使与中国 30 年代的名作家相比，也毫不愧色。① 从题材来说，姚紫小说在反映了本土的特殊经验的同时，又有开放的视野。从《咖啡的诱惑》到《新加坡传奇》，姚紫和苗秀等本土作家一样，对新加坡的市井生活有着细腻传神的再现。特别是《新加坡传奇》充分体现了新加坡人的思想、情感、意识、情调，是具有本土色彩和本土意识的文学作品。在这篇小说里，姚紫从更广阔的生存视野去关注新加坡，开始对土生华人的文化命运与生活境遇进行追问和反思，直面经济高速发展的新加坡社会中都市人生的困窘与悲剧性体验。在《新加坡传奇》第二章《住屋的喜剧》中，他披露了新加坡的屋荒问题，讽刺新加坡上流社会对下层百姓的冷漠与欺骗。新加坡遍地是高高低低的建筑物，"把新加坡的天空都挤扁了"，但阴暗的角落里，却有许多孩子、苦力无家可归。富人占着高楼大厦、别墅幽宅，贫人却只能在"牛车水""豆腐街""惹兰勿刹"一带阴隘狭小的房子蜗居。不仅如此，新加坡政府还以官僚主义的态度敷衍老百姓的住房要求。所谓的廉租房手续烦琐荒谬，工作人员一再推延耽搁，使主人公"我"和小玲因无房可住而遭遇情感生活上的种种坎坷。姚紫这种从都市底层百姓视角出发的本土写作，显现了强烈的人文关怀意识，超越了仅有"此时此地"意识的狭隘的本土主义视野。

姚紫在处理中国文学传统与本土文学传统的关系时的位置与态度也值得后来者借鉴与重视。对于姚紫这一代作家而言，中国文学经验是内在化的，并不会构成心理的危机与障碍。相比同时代土生土长的作家和后来的第二、三代移民作家，姚紫接受中国文学传统的方式与程度是不一样的。同时代的苗秀等本土作家所能接受的中国文学传统是间接的、漂流的，是由南下文人和书籍

---

① 陈贤茂：《论姚紫的小说创作》，《咖啡的诱惑》，第 382 页。

第四章 融入与反思:生活化的世界(1931—1955年前后)

报刊、华文教师所传授的第二轮的经验,后来的南洋华文作家仅仅是在经典和书籍中寻找中国文学传统,而姚紫青少年时代都在中国内地度过,中国文学的基础已经筑牢,在来到新加坡不断本土化的过程中,原来的中国文化含量依然是醇厚的,因而不可能出现土地和文化的断裂。此外,身处边际的作家及其创作往往更能够体现出这种多重性的价值与可行性所在。20世纪四五十年代的本土化潮流也使这些留在南洋的作家获得了一个双重的透视位置,一方面能够从南洋看中国,另一方面又能从中国看南洋。他们身上的双重文化意识,以及那种复杂的认同转化历程,已经成为最珍贵而独特的本土思想文化资源。正如黄锦树所言:"马华文学的精彩之处或许并不在于它的本土性,而在于差异文化与个别经验交糅出的多重性。"①

同时需要特别指出的是,姚紫并不像后起的马华作家一样,在中国性(中华性)和本土性之间划上绝对的界限。这一代作家在酝酿形成本土文学传统时,具有资源利用上的开放性和文化心态上的平和性,没有影响的焦虑。因此,姚紫的南洋叙事有利于我们反思将中国性(中华性)和本土性的区别极端化的本土主义论调。对于当前的新马华人文学(文化)的创造者而言,只有沿着姚紫这一代先驱者所开拓的道路前进,本土的华人文学(文化)才能真正建立起自己的独特性。正如周宁在分析马华文学独创性时所言:"毫无疑问,马华文学必须建立自己独特的文学传统,马华文学独特性是马华文学的核心问题,是马华文学认同与存在的根基,是马华文学史的主线。但是,马华文学独特性必须超越现代性与中华性的观念误区与二难选择的陷阱。否则,不仅马华文学独特性的认同根基会失落,马华文学独特性本身也会被

---

① 黄锦树:《绪论:在马华文学的边界》,选自黄锦树《马华文学:内在中国、语言与文学史》,第9页。

现代性与中华性撕裂。"①

本章小结

从 20 世纪 30—50 年代，现代中国作家南洋叙事的总体特点是远离了纯粹的异域情调和风景视点，呈现出一个"我在其中"的生活化的世界，从对风景的观看转而到对人、事的书写，进而变成了居留者的叙事。如果说 20 世纪二三十年代的南洋叙事还是感性多于知性的话，那么从 20 世纪三四十年代开始，现代中国作家的南洋叙事达到了感性和知性的融合。

与前一时期相比，南洋去除了所有负面因素，成为正面友善的形象，显现了中国与南洋极为深厚的情感关系。同时，作家在积极融入南洋生活的同时，又保持了反思的距离与意识，形成了透视性的想象立场，凸显了中国与南洋"我中有你，你中有我"的互动关系。

不过，因自身南洋经验的差异和立场视野以及文化底蕴等方面的不同，也出现了各种具有差异和个性的话语策略。艾芜以流浪者的目光展现了南洋与中国之间的边缘空间，在地方性想象的视野中呈现了有关南洋的底层话语的价值意义。田汉等人则书写了抗日战争之下的南洋形象，以美化和遮蔽矛盾的浪漫话语方式呈现了中国与南洋如何在战争威胁之下形成共同认同的过程。司马文森和巴人则以自身在南洋的艰难岁月为底色，以启蒙者犀利的批判与自我批判眼光揭开了华人淘金生活的真实面纱，表达了对于挣扎在生存线之上的广大南洋华人命运的悲悯之情。姚紫的叙事则可作为本土话语的代表，通过他复杂变化的本土化历程，

---

① 周宁：《重整马华文艺独特性》，载于《华侨华人历史研究》2004 年第 1 期。

第四章　融入与反思：生活化的世界(1931—1955年前后)

我们可以窥视最后一批南来作家如何在中国意识与本土意识之间书写南洋，如何在多种文化资源影响之下形塑出南洋本土文学传统的过程。

不难看出，在这20年间，上述话语方式之间也是有时间差的。艾芜作为起点，尚无明确的南洋意识，田汉等人已有自觉的南洋意识，司马文森、巴人的南洋意识则充满了自审与反思精神，而到姚紫，南洋意识逐渐成为一种需要释放的焦虑与欲望，这似乎预示着进入20世纪50年代之后，中国与南洋关系又将面临巨大转变与调整，那种非对抗性的"我和你"的关系即将变成二元对立的敌意关系[①]。

在对已有资源的运用策略上，这些作家逐渐做到了从容不迫、游刃有余，在创造性的杂糅过程中，他们能够以自己的切身体验巧妙地借用或改写既有南洋套话来展现自己独特的南洋视点。因而在各具渊源的南洋话语之中，我们能看到的不仅仅是已有话语资源的影响，更能看到作家鲜明的主体性以及各自的南洋经验在其叙事中的深深烙印。由此看来，进入20世纪三四十年代，现代中国作家对于南洋的叙事已逐渐从文本性的影响焦虑中走出来，形成了多种具有各种发展轨迹的话语类型。

[①] 姚紫的个案也隐约指向这样一种现实：当南洋华人的中国意识被本土化思潮从南洋意识中剥离出来之后，两者的对抗性就凸显出来了，在20世纪五六十年代的东南亚，众多的华侨华人深受着中国与南洋二元对立思维的困扰与压迫。

第五章 结论：我和你

　　1840年到1955年，在古老中国向现代国家蜕变的时期，南洋始终作为在场的异域形象而存在，那么，文学如何叙述南洋？其中是否显现了现代中国处理"异"的独特经验？这正是本书试图解决的核心问题，在以个案研究展开长时间的梳理与分析之后，我们尝试从以下几个问题入手进行总结。第一个问题是南洋形象的变化趋势及总体定位是怎样的，是基于现代文明观念而产生的"自然"的象征还是从现实经验出发而呈现的"生活"的影像？第二个问题是作家与南洋的情感关系是怎样的？南洋是作为异乡还是故乡的形象沉淀在记忆与想象之中？第三个问题是作家是否和如何在已有的南洋叙事资源中生成叙述的主体性，决定其话语方式的知识资源有哪些？第四个问题是如何对中国现代作家南洋叙事的现实价值进行定位，南洋是否可以作为方法为当下的文学文化实践提供借鉴？此外，还可结合当前有关南洋的意识形态构想与命名权的争夺作出进一步的思考。上述问题的提出、总结和反思，并不是对前面论述的简单罗列，而是试图将本书中的研究镶入更为广阔的理论与现实空间，方可确定研究的意义与进一步探索的可能方式。由此，本章与其说是结论与终点，不如说是发现与解决问题的又一起点。

第一节　自然化？生活化？
——现代中国作家笔下的南洋图像

现代中国作家笔下的南洋形象是怎样的？是作为"自然"的象征出现，凸显其浪漫、原始、野蛮、宁静的一面，还是作为"生活"的影像出现，而强调现实、体验、变化层面的重要性？

"自然化"是西方处理"异域"的典型策略。西方往往将"异"理解为时间或空间的距离。从时间距离来看，就是要回到与现代文明相对立的过去，或寻找"绿色的草地"、回归自然；或寻找无序，回归野蛮。既然回到过去事实上不可能，西方人就将远方建构成"过去的影像"，异域也就被自然化以保持与本土的时空距离。从18世纪开始，南太平洋地区（接近南洋）就被自然化，成为西方人幻想与欲望的投射对象。在本书所涉及的作家作品中，我们可以看到现代中国作家笔下的南洋也被赋予"浪漫、原始、野蛮、宁静"等属性，但是否就意味着我们以同样他者化的方式处理"南洋"呢？

在黄遵宪等晚清文人的南洋叙事之中，我们可以看到有两类逼近"自然化"策略的表述，一类是与风景描述相联系的"乐土""仙境""桃源"之类的词语，不过，这类风景诗更接近陶渊明式的田园村居想象，自然既是诗人心境意绪的映照之物，也是充满了生活韵致的现实情境。这显然不同于西方18世纪以来基于批判工业文明的立场而建构的"想象性的自然"。另一类表述则是南荒、蛮岛、化外、南溟、蛮云、蛮姬之类用来称谓南洋的词语。这些词语中似乎隐含了中国—南洋＝文明—野蛮的二元关系，体现了叙述者的优越眼光。然而，在我们对黄遵宪诗歌中"旧词和新知"关系的探索中，可以看出，诗人对古典语言和典故的运用未必是中原意识的体现，相反，诗人对古典资源的借鉴与参照是批判性的，掺杂着旧词典故的诗歌中显现了新的世界观感和时代意识。此外，在遭遇西方文明强烈冲击的晚清语境下，中国与南洋一同处在被凝视的"东方共同体"的位置，在诗人模糊词汇所指的用心和努力之中，我们能看到的却是与南洋相似的惶惑不安的中国的影像。事实上，黄遵宪的个案清晰展现的是晚清南洋叙事从神话化走向生活化的趋势。他的南洋诗无论是写景抒情还是记事，都充满着在场不隔的生活感受，他以纪实的笔墨展现生民各姿各态的生活面貌的诗篇则具有史的价值。特别是他的《番客篇》在对婚礼宴席、服饰礼仪、人情世故、风俗掌故等的描摹中，呈现出了一幅有关南洋的全景式的"清明上河图"。诗人是忠实于他的时代和感受的，在打破闭关锁国、妄自尊大的传统思想禁锢的时代风潮之中，晚清文人所叙述的南洋也不是静止凝固的异域远景，而是人声鼎沸、你我同在的生活热土。作为生活热土的南洋形象之出现，凸显了南洋对晚清中国的生活意义。唐以来的战乱、饥荒、贫困迫使无数中国人远下南洋，在那里重建生存的空间和生活的信念，延至晚清，更有大批的劳工、苦力商人前往谋生，南洋成为华人最重要的生活空间。

　　进入民国之后，在我们所分析的一些作家笔下，也能看到将南洋自然化的种种描述。徐志摩在《浓得化不开·星加坡》中，通过热带的急雨、浓绿的青草、黑色的朱古律姑娘等意象描摹出了带着感官性和作为欲望化身的南洋形象；老舍笔下的南洋被渲染成香浓色烈的浪漫空间，它诱使人们逃离现实，选择"赤裸裸的在赤道边上的丛林中酣睡，作着各种颜色的热梦"[①]；刘呐鸥《赤道下》中的男女主人公，一到与世隔绝、原始纯情的南洋群

---

① 老舍：《离婚》，选自《老舍文集》第2卷，人民文学出版社1981年版，第360页。

岛上就变得轻松、释然,本能的爱欲被不断激发。此外,一些文本中还有一些南洋原始风俗的细节描写。许地山笔下缅甸人的降头巫术、马宁笔下土著民族的奇异风俗、洪灵菲笔下赤裸着全身在河边洗澡的暹罗少妇、许杰笔下在原始丛林中展开的马来人的情爱游戏、巴人笔下凭借本能生活的山芭深处的原住民,这些情节和细节都体现了南洋所具有的原始性、奇观性,诱使人建立起南洋与欲望、野蛮、原始、未开化、浪漫等意象之间的联想。

然而,空间的性质,并不纯是由自然景观和风俗图景决定的,而是由生在其中的人及其社会关系来决定的。现代中国作家呈现南洋"异域风情"的层面并不能显现其异域叙事的个性所在,相反,他们在"人在南洋"的叙事结构与逻辑之中所显现的现实性态度才是独特的。在现代中国作家的作品中,通过对南洋殖民地人民生活苦难的再现、对殖民者残虐本质的揭示以及对华人优越意识的自我批判,我们可以看出他们基于"难兄难弟"视野而对南洋产生的认同意识,在他们展现的南洋华人及当地老百姓的人生故事之中,在作家悲天悯人的情怀之中,南洋并不是遥远神秘的乌托邦世界,而是演绎人生悲欢离合的生活空间。进入20世纪30年代之后,生活化的叙事基调越发清晰。在反帝反战的共同使命中,很多流亡、寓居于南洋的现代作家已经深入本地生活之中,其笔下的南洋越来越凸显生活的意义,就将其作为是我们共同挣扎、喘息和奋斗的生活世界。如在艾芜、司马文森、姚紫等有着丰富的在场经验的作家笔下,异国情调已经被本土关怀替代;那些隔海遥望的中国作家如田汉、张爱玲、茅盾等也在对南洋的浪漫想象中增添了更多的现实关怀,表现出亲善的态度。事实上,从晚清开始,"志南洋而叹中国"的思路就是主导性的叙事,在现代中国作家看来,南洋在晚清以来的命运与遭遇就是中国的命运与遭遇,南洋镜像中呈现了现代中国反帝反封建的困境和历史经验,南洋叙事就是中国叙事。

总之,在本书中,虽然我们看到一些作家笔下的南洋被赋予了"浪漫、原始、野蛮、宁静"等自然属性,但总体的趋势与走向却是"生活化"。从自然化到生活化,构成现代中国作家笔下的南洋图像的运动轨迹,显现了他们对于"异"的处理立场与视角的转变——从"他"转向"你",从隔绝走向对话和理解。这正是现代中国处理"异"时不同于西方的方式策略的体现。

第二节　他乡?我乡?
——现代中国作家与南洋的情感关系

距离决定策略,叙述者与"异域"的情感关系显现其与异域的心理距离,也将决定其叙事的策略与态度,但现代中国作家与南洋的情感关系也是中国与南洋关系的一种隐喻。进入晚清之后,中国如何重新定位与调整南洋的位置,南洋对于中国意味着什么,是自我还是他者?现代中国作家的实际经验会对这一问题做出更合乎现实而非逻辑的回答。

晚清以前,有关"朝贡"秩序的想象(当然,某些疆域曾是中国的领土或藩属地)常使中国人将南洋纳入"我"的视野;晚清之后,南洋已被西方势力控制,成为"他人"的殖民地。显然,黄遵宪等晚清文人对这一转变有着清醒的认识,但在其文学叙事中,却表现出情感态度上的复杂性。一方面,在西方殖民统治之下,华人移民在南洋饱受侵凌,动荡不安,对于中国人而言,南洋便变成了一种创伤性的空间印记,它只能引发漂泊离散的异乡体验,而不是安身立命的家园感受。另一方面,华人移民南洋、经营南洋的历史悠久,在这片土地上处处可见中华文化的景观与意象,时时可以感受到与乡土中国生活的联系,不由不使人产生"恍若故乡"的亲切感。黄遵宪的南洋叙事中,我们便能体验到他与南洋的情感关系就处在"他乡"和"我乡"的张力之间,显得复杂多味。既有"绝好留连地,留连味细尝"①的享受感,又有"笠檐蓑袂桄榔杖,何日东坡遂北归"②的流离感;既有"近溯唐南蛮,远逮汉西域"③的自豪感,又有"咸归东道主,尽拔汉赤帜"④的失落感,既有"一溪春水涨弥弥,闲曳烟蓑理钓丝"⑤的闲适感,又有"华民三百万,反为丛驱雀"⑥的忧愤感。事实上,文化上的中国归属,民族意识上的中华认定,往往无法阻隔由生活和体验积累而成的对南洋的家园感受,对黄遵宪这样的短期流寓者如此,对丘菽园这样选择"终老南洋"者更是如此。

在许地山的笔下,可以体味到民国初到五四运动时期中国人对"南洋"的情感定位。许地山笔下的南洋虽然带有中西混杂的殖民地特色,但他对南洋内部存在的东西关系是轻描淡写的,在略带异国情调的南洋语境中演绎出的是建立在宗教视野之上的人文关怀与悲悯情怀——对个人生之苦痛的关注,"南洋作为失去之封地"所引发的切肤之痛和家国哀愁已经消失了。这正好标记出了晚清文人与五四文人的距离。此外,许地山基于东方共同体意识而产生的对"南洋"的对话思维和认同意识,逐渐远离了晚清文人残留的"中原中心主义"意识,显现出一种不自觉中对"异域文化"的赏叹、理解和尊重。

1927年到20世纪30年代初,中国作家与南洋的情感关系出现了新的动向。在徐志摩、丁玲等作家的"南洋情人"意象和

---

① 黄遵宪:《新嘉坡杂诗》,选自《人境庐诗草》卷7,钱仲联笺注,中国青年出版社2000年版,第453页。
② 黄遵宪:《寓章园养疴》,选自《人境庐诗草》卷7,第461页。
③ 黄遵宪:《锡兰岛卧佛》,选自《人境庐诗草》卷6,第346页。
④ 黄遵宪:《锡兰岛卧佛》,选自《人境庐诗草》卷6,第349页。
⑤ 黄遵宪:《番客篇》,选自《人境庐诗草》卷6,第481页。
⑥ 黄遵宪:《养疴杂诗》,选自《人境庐诗草》卷6,第488页。

"欲望"叙事中，显现出了对南洋爱恨交织的感情。爱恨交织往往被认为是对于他者的典型情感之一，体现了自我与他者的区别意识与复杂关系。徐志摩和丁玲的南洋情人看似具有典型的"他者"性，但是这一"他者"所指却未必是南洋自身。一方面，对这些作家而言，他们所描述的新加坡等地，其实是作为西方世界的幻象和象征出现的；特别是对财富南洋的向往或排斥，其所投射的真正对象其实是西方。另一方面，他们的南洋叙事都是在内审的心理层面将自身意欲投射在南洋之上，赋予其爱恨交织的情感态度，在这种内审视角中，对南洋的鄙夷和俯视之中就带有强烈的自我批判的意味，南洋便不过是其反观自我的视角而已。许杰、洪灵菲等人的南洋叙事则显现了鲜明的"我们和你们"意识，在反帝反资的联合战线上，南洋作为中国的"难兄难弟"出现。由此，在异国情调之外，他们对南洋各族人民的悲惨命运与不幸遭遇表示了极度的关注和同情，其创作中还有对南洋本土色彩的自觉倡导。借助童话话语，老舍在《小坡的生日》中将观光的好奇与浪漫的想象叠加在一起，体现了其南洋态度的复杂性——现实性态度和梦幻性态度的并存。其中既隐含了老舍试图亲近南洋、融入南洋的尝试，也呈现了尚未完全消失的时空和心理距离，最终文本呈现了游移不定的视点———一种既外在于南洋又内在于南洋的视点。

从20世纪30年代中期开始，中国作家笔下的南洋越来越具有家园的意义，成为作家的"第二故乡"。艾芜的南洋叙事是对其边地流浪生活的回忆。在回忆中，异域生活对于作者越来越具有梦幻感和家园感，而这种梦幻感和家园感又因现实生活中的不自由和困窘而被不断强化。而田汉、杜埃、张爱玲等作家所塑造的诗意、浪漫但又充满了生活感受和人情味的南洋形象，则预示了中国和南洋在战争情境中形成的新情感结构，相对于有距离的观者心态与游客心理，这种情感结构可称为"亲和"。对于司马文森和巴人等有长期的南洋寓居生活的中国作家而言，南洋这片渗透了自己汗水和泪水的土地，不再是"迷一样的异国情调"，而是缠绕在生活里的点点滴滴，由于南洋对其创作和人生产生了深刻的影响，他们甚至视之为永远的精神家园或第二故乡。处在20世纪五六十年代这一过渡时期，从中国作家的身份开始转向南洋本土的作家，其对南洋的情感有新的转向。如本书中的代表性作家姚紫的笔下，虽然还有对中国的魂牵梦萦，但中国变得越来越笼统含糊，没有确切地理指涉，南洋却成为必须面对的现实生活，是安身立命之地，南洋已经从第二故乡变成了永远的故乡。

总之，现代中国作家与南洋情感关系处在"他乡"与"我乡"的张力之间，由此他们确立了一个带有透视性的观看位置。这一特殊的观看位置使现代中国作家不会将南洋"他者化"，而是将之作为对话者和共存者进行书写与想象。透过文学所构成的话语谱系，我们可以看到，中国与南洋的关系不是二元对立关系，而是你中有我，我中有你的相互渗透关系，这也显现了现代中国处理"异"的独特经验与态度。

第三节 文本性？体验性？
——现代中国作家南洋叙事的资源及其运用

按照互文性理论，考察一种思想所依赖的网络才能最终决定其价值的高低，在本研究中，也着重挖掘了现代中国作家南洋叙事所依赖的资源及其对资源的态度与运用方式。在这种基于作家创作实践的考察中，一个具有普遍意义的问题浮现出来，那就是现代中国作家的南洋叙事是否依赖已有的"共同想像"？按照萨义德的理解,所谓"共同想像"实际是已经成型的"异域刻板印象",它显现了人们宁可相信文本图式化的权威而不愿与现实接触的封闭性态度,这样就导致了文本比它所描述的现实更具权威性,用途更大。① 现代中国作家南洋叙事的资源主要是传统与西方话语。前者是延续了几千年的传统中国的南洋经验,在不可胜数的史地丛书和神话传说中,有关南洋的各种言论与思想被复制传承下来,成为作家重写南洋的无意识。后者是晚清以来强势入驻的各类东方主义话语和态度。处在中西交会融合之起点的现代作家们,在既有的知识和思想体系中是否呈现了自己的主体性,如何呈现自己的主体性,是否形成具有独特发展脉络的南洋话语谱系呢?

从我们所考察的作家个案来看,既有"文本"对其创作是有影响的,但决定其南洋叙事的内容与策略的往往不是"文本",而是作家在场的南洋经验和现实语境,由此,作为历史的重写本,南洋也就成为现代作家展现自身主体性的场域。

晚清文人对南洋的命名、用典用事的手法、乐土桃源的意境构造都显现其与传统南洋想象的联系,身处南洋时的文教姿态又难以彻底摆脱中原—化外的传统思想框架。但他们毕竟是"读中国书、游世界地"的现代文人,他们开始利用西学视野和现场经验打破中国传统的南洋知识谱系,以实录精神和历史意识建构有关"南洋"的新的话语模式。在本书中,我们看到,黄遵宪、丘逢甲等人的南洋诗,都是在耳闻目睹、亲力亲为的基础上写成的,他们用自己的亲身经历,对古籍所记载的虚妄不实的传说加以批判和否定;更渗透了感时忧国的时代气概和放眼世界的开阔胸怀,从而超越了传统海客谈瀛的话语模式。而另一些长期寓居

---

① [美]爱德华·W.萨义德:《东方学》,王宇根译,生活·读书·新知三联书店2007年版,第305—306页。

南洋的知识者如丘菽园等人则以更为丰富的在地感受来形塑南洋现实的地理与文化地图，浮现出一种萌芽中的本土话语模式。

如果说晚清文人的南洋叙事还笼罩在传统的史地知识谱系之中的话，那么进入民国之后，现代作家的南洋叙事就在中西之间徘徊，且越来越倚重西方的话语资源。20世纪20年代末，徐志摩、丁玲的南洋叙事在洋腔古语之间受到西方浪漫主义和中国古典资源的双重制约与影响；老舍的南洋叙事受到康拉德的强烈影响，显现出浪漫化南洋的倾向；张爱玲的南洋形象就是原始、未开化的"自然"的化身，与一战后的西方作家毛姆、奥尼尔等人的东方想象相当接近；许杰、艾芜等人在南洋叙事中对国际与国内的左翼思想和革命话语的挪用与转借、郁达夫在斯蒂文森的南太平洋想象的影响下形成的南洋情结……不过，中国作家尽管受到西方各种有关异域的话语资源的影响，并认同了西方对于"异域"的某些认知逻辑，但并未将中国与西方的关系投影到中国与南洋的关系之上，也没有复制西方殖民主义的逻辑，而是在经过自我批判、自我放逐之后形成了南洋叙事的主体位置。这种自我批判和自我放逐的完成主要依靠的是现实需要和自我经验。正如杨联芬所言，从晚清到"五四"运动，现代知识分子的精神探索都是在对话中完成的，这种探索不但是极具个人化特征的思想探索思路，也是"作为个体与历史的对话，与西方的对话"，更重要的是其"对话的基础是困扰生存的现实问题"。① 现代作家正是将个人的南洋经验、时代的南洋观感与已有文化资源进行杂糅，在这一杂糅过程之中，逐渐凸显现实需要和自我经验的位置。

可以说，从晚清到20世纪50年代，现代中国作家的南洋叙事具有越来越鲜明的主体性，在文本与现实的相互参照下，在带

---

① 杨联芬：《晚清与五四文学的国民性焦虑（三）鲁迅国民性话语的矛盾与超越》，载《鲁迅研究月刊》2003年第12期。

有对话性和透视性的观看位置之上,现代中国作家以带有体验性的立场不断地修正已有的叙述话语,尝试形成有关南洋的新的表述话语。在本书中,从黄遵宪到姚紫,都体现了这种修正意识和主体意识。——黄遵宪富于情感性和历验性的"南洋"历史叙述和以旧词写新知的表述模式、许地山受宗教思维而形成的透视性的叙述位置、徐志摩建立在在场观感之上的欲望叙述、许杰等革命作家在南洋现实语境触发中形成的革命叙述、老舍作为华侨学校教师所体验的童话的南洋、艾芜以流浪者的边缘身份和南洋体验所呈现的底层话语,将南洋从背景氛围情调变成了点点滴滴的日常生活,杜埃在近七年与菲律宾人民朝夕共处的经验中形成了浪漫话语,充满了对异域文化的尊重和喜爱,又俱持着差异的眼光。司马文森、巴人等作家在与南洋共经患难的生活经验之上形成的叙述,充满了自我批判意识和人文关怀意识,祛除了中原中心主义的痕迹。姚紫在中国与南洋的互看位置之上形成的本土话语,具有资源利用上的开放性和文化心态上的平和性。

现代作家的南洋叙事在纵横之轴上显现出的种种变化,显现出了与萨义德所说的东方学静态化现实东方的趋势的差异所在。因为中国作家处理差异的方式,是以经验与体验纠正已有偏见,对现有文本的利用以经验为前提和限度的。而不是相反以文本的偏见来决定对现实的态度。出现这种转变的原因在于现代作家是以内置性的、透视性的眼光去观看南洋、想象南洋。这正是中国作家的南洋叙事与西洋、东洋叙事的基本差异所在。在现代中国的进程中,无论是西洋还是东洋,都曾是显意识层面对立的他者,而中国与南洋的关系不是"我与他"的关系,而是"我和你"的关系,这种关系对当代跨语境的社会文化和政治实践是有借鉴意义的。

马丁·布伯认为,"我和你"与"我和他"是两对具有原初意义的关键词，两者指向了生存意义的不同层面。"我和他"的关系是一种被动的关系，在这种关系中，"我"将事物作为观察和研究的对象并作为利己之物来对待，由此"我"也同时失去了自由与神性。而"我和你"的关系是一种尊重在者的相互认同相互理解的关系，是一种不以利用分割目的为出发点的相知相识，是一种伙伴关系。他不仅要从自己一方，也要从对方的视角来体会这一关系。马丁·布伯则形象地认为这种关系是"既亲若兄弟，又落落寡和"。① 中国与南洋的关系正是"我"和"你"的关系。

第四节　我的经验？我们的经验？
——现代中国作家南洋叙事的独特经验及现实意义

现代中国作家的南洋叙事自然能在文学历史中找到它的位置，无论是对今天的中国文学还是东南亚文学而言，它都可以构成丰富的资源。著名的文学史家王瑶20世纪80年代初就已经指出了这一点，在他看来，现代文学中有"一大批以东南亚地区人民，特别是华人的生活为背景的文学作品"，"这些作品不仅有自己绚丽的色彩：异域情调、热带风光、生活风习和活动场景丰富了我们的文学宝库，而且不同程度上对中国与东南亚国家自身的文学，尤其是以汉语为文学表达工具的华文文学，产生了重大影响"。只不过后来很少有研究者真正从文学交流与影响的角度去总结和探索这些文学作品的价值。事实上，很多现代中国作家处在中国文学史与东南亚文学史的交叉重叠地带，中国作家的南洋叙事既是中国文学中有关异域书写经验的体现②，也应该成为重

---

① ［德］马丁·布伯：《我和你》卷1，生活·读书·新知三联书店1986年版，第17—31页。

② 当代小说家仍在叙述"南洋"，南洋已经并且将持续成为汉语文学创作的资源。

建东南亚本土文学传统的重要资源,在更为宽阔的世界华文文学体系之中,它也应具有参考与借鉴性。20世纪90年代,在东南亚华文文学创作与研究界出现的对现代中国文学传统的否定,是一种狭隘和封闭的眼光的显现。在具有开放性和国际性的文学交流视野中,中国现代作家的南洋叙事的独特经验不只是"我"的经验,也是"他们"的经验,是"我们"的共同经验。

当然,除文学的意义之外,现代中国作家的南洋叙事在思想史视野中也有重要的位置,它体现了现代中国处理"异"的独特经验。正如沟口雄三所揭示的那样,在主流的东西或中西二元思维的思想历史框架中,应该加入更多差异化的元素以改变已有的"刻板思路"。① 中国的南洋立场和南洋经验将有助于在二元对立之外寻找第三种观察与融入世界的方式。

通过对晚清以来"中国与南洋"话语历史的过程性分析,我们能发现,南洋,这个以中国为中心的地理空间概念并不必然延伸出一种霸权想象,相反,我们可以在中国对南洋的建构与叙述历史中,看到中国舍弃中原主义走向对话立场的过程。事实上,现代中国与南洋的关系,是难以用自我与他者的关系来衡量的,在内与外之间,在融入与疏离之间,在现实与浪漫之间,在乐土与陋土之间,在光明与黑暗之间,具有混杂性、游移性,最终呈现的是带有对话性的"你"的视角。在主体间性的现代性视野中,只有你的视角才是我们观察"异"的最佳位置,建立在对话和尊重基础上的言说,才能让彼此遥远和陌生的种族与文化不以仇视偏激的眼光去歪曲对方,而是以积极容纳的心态去发现对方的美。只有在主体与主体实现平等的多元对话、沟通的基础上,才能最终克服彼此敌对孤立的处境,

---

① [日]沟口雄三:《作为方法的中国》,孙军悦译,生活·读书·新知三联书店2011年版,第125—133页。

实现共同发展。第二次世界大战结束后,东南亚国家出现对于中国与中国文化的敌对情绪和狭隘思想显然与缺乏对这段关系历史的关注和反思有一定关系。

因此,现代中国作家的南洋叙事经验,不只是"我"的经验,也是"我们"的经验,与学界之前提出的亚洲作为方法、中国作为方法一样,具有重要的方法论意义。作为一种已经远去了的地理影像,作为中国走向世界时的一种地理建构,今天重说"南洋",不仅能在理论层面上重新思考亚洲内部的关系,也在实践层面上显现出了一条在东西二元对立思维之外的差异文化共存共荣的道路,南洋可以作为一种具有方法论意义上的视野,帮助我们审视并治愈中西二元对立思维留下的后遗症。

近几年,南海争端成为影响中国与世界关系的棘手问题,菲律宾和越南、日本等国家采取的一系列行动,让仍未成为"海洋强国"的中国左右为难。在这些国家针对南海领域争端所采取的军事、经济、政治等行动中,我们认为最意味深长的莫过于"更名"等意识形态的行为,如菲律宾将南海改为西菲律宾海,越南称之为东海,南海中大小有争议的岛屿也在各个国家有不同的命名。这些举动比一切的军事和经济行为影响都更为深远,这实际是以修改历史的方式使东南亚国家人民对于南海的传统认知彻底消失。因为命名行为不仅仅是有关地理空间名称的改变而已,而是能产生实践效应的文化建构策略。同样,"南洋"这一包含了中国经验的想象空间的出现与消失,也是意味深长的,这一命名的出现,一方面是魏源等晚清知识分子在中国面临西方强敌入侵时所构想的一个想象性的防御边界,另一方面则是晚清中国人在战乱、流离、迁徙的海外生存经验积淀而成的生活空间。第二次世界大战后,随着东南亚国家的独立,南洋不再凸显其作为防御西方入侵的边界的意义,中国人也停止了大批量移居南洋的步伐，于是南洋被更具有地理意义而非想象意义的东南亚所替代。然而，在今天的语境之下，我们觉得，中国人仍需要投入更多的想象策略以形成自己的话语权，中国的崛起，不仅应该是军事和经济上的崛起，还应该是在文化和意识形态领域寻找并确立自己的主体性。这个世界是一个对话的世界，是"我"和"你"并存共生的时代，如何在意识形态领域去除敌意，反而变得无比重要。在这种意义上，应该重说"南洋"，尤其应在文学艺术领域重新整理和反思南洋经验。

新时期以来，中国的文学与文学研究界，"南洋"依然是一个被忽视的话题，仅有数个较为重要的南洋文本，如王安忆的《伤心太平洋》[1]，葛红兵的《葛红兵海外日记》[2]，张悦然的《誓鸟》[3]，杨金远的《下南洋》[4]，俞智先、廉越的《下南洋》[5]，在这些文本中，有些开始从更高的层面反思"南洋"的历史，如王安忆的《伤心太平洋》、葛红兵的《葛红兵海外日记》、张悦然的《誓鸟》等分别从家族历史、个人行走经验和情爱叙说等方面切入南洋的历史脉络之中，提出了一些发人深思的观点。但另一些文本则有将南洋重新"他者化"的危险，如九丹的《乌鸦：我的另类留学生活》[6]等。特别是在最近的南海争端之中，在网络等带有公共性与民间性的空间里，我们常常看到国人发表轻视东南亚国家的言论，显现出大国至上的文化姿态。因此，我们认为，我们很有必要重新回顾中国与南洋的历史，珍惜我们已经获取的宝贵历史经验。的确，与对西方强势而长期的了解学习

---

[1] 王安忆：《伤心太平洋》，时代文艺出版社2001年版。
[2] 葛红兵：《葛红兵海外日记》，长江文艺出版社2005年版。
[3] 张悦然：《誓鸟》，光明日报出版社2006年版。
[4] 杨金远：《下南洋》，群言出版社2009年版。
[5] 俞智先、廉越：《下南洋》，花城出版社2010年版。
[6] 九丹：《乌鸦：我的另类留学生活》，长江文艺出版社2001年版。

之潮相比，我们对于东南亚邻国的认知也许显得有些漫不经心。但如果不了解自己的海洋近邻，又不愿去除彼此的敌意，又如何在海洋时代营造一个和谐发展的环境，进而真正和平崛起于世界之林呢？

参考文献

一 论著

［日］井上清：《南洋与日本》，中华书局1914年版。
黄炎培：《东南洋之新教育：前编日本》，商务印书馆1918年版。
黄炎培：《东南洋之新教育：后编菲律宾》，商务印书馆1918年版。
林有壬：《南洋实地调查录》，商务印书馆1918年版。
朱镜宙：《南洋群岛：英属之部》，商务印书馆1920年版。
B. K. Yui：《南洋英属华侨教育之危机》，南洋教育社1921年版。
鲁葆如译述：《南洋荷属违警罚法》，大中华印务公司1921年版。
司徒赞：《南洋荷领东印度地理》，暨南学校1922年版。
李长傅：《中国殖民南洋小史》，《东方杂志》1926年第23卷第5号。
［日］梅谷光贞：《南洋的霸者》，中华南洋协会筹备处1926年版。
沈厥成、刘士木编著：《南洋地理上》，商务印书馆1926年版。
黄栩园：《南洋》第4版，中华书局1927年版。
刘虎如编：《荷属南洋史地补充读本》，商务印书馆1927年版。
邱致中编著：《南洋概况》，正中书局1927年版。
吴体仁：《南洋各属之教育制度》，商务印书馆1927年版。
张相时编译：《华侨中心之南洋》，海南书局1927年版。

顾因明编:《马来半岛土人之生活》,国立暨南大学南洋文化事业部 1928 年版。

胡炳熊:《南洋华侨殖民伟人传》,上海国立暨南大学南洋文化事业部 1928 年版。

[德] E. Hefferich:《南洋荷属东印度之经济》,刘士木译,国立暨南大学南洋文化事业部 1929 年版。

[日] 长野朗:《中华民族之国外发展》,黄朝琴译,国立暨南大学南洋文化事业部 1929 年版。

[德] 黄竞初:《南洋华侨》,商务印书馆 1929 年版。

李长傅:《南洋华侨史》,国立暨南大学南洋文化事业部 1929 年版。

刘士木:《南洋荷属东印度之实业教育》,国立暨南大学南洋文化事业部 1929 年版。

刘士木、钱鹤、李则纲合辑:《华侨教育论文集》,国立暨南大学南洋文化事业部 1929 年版。

丘守愚:《美哉南洋》,上海舆地书社 1929 年版。

温雄飞:《南洋华侨通史》,东方印书馆 1929 年版。

陈枚安编著:《南洋生活》,世界书局 1930 年版。

陈宗山:《南洋华侨革命史略》,国立暨南大学南洋美洲文化事业部 1930 年版。

[法] 费琅:《昆仑及南海古代航行考》,冯承钧译,商务印书馆 1930 年版。

刘士木:《南洋各属学校注册条例》,国立暨南大学南洋美洲文化事业部 1930 年版。

国立暨南大学南洋文化事业部编:《南洋华侨教育会议报告》,上海大东书局印刷所 1930 年版。

黄竞初:《南洋华侨》,商务印书馆 1930 年版。

李长傅:《南洋华侨概况》,国立暨南大学南洋美洲文化事业部 1930

年版。

刘士木编译：《南洋荷属东印度之教育制度》，国立暨南大学南洋美洲文化事业部1930年版。

《南洋商业调查工作初步计划》，国立暨南大学商学院南洋商业调查部1930年版。

钱鹤：《南洋华侨学校之调查与统计》，国立暨南大学南洋文化事业部1930年版。

宋蕴璞：《南洋英属海峡殖民地志略》，蕴兴商行1930年版。

[日] 藤山雷太：《南洋丛谈》，商务印书馆1930年版。

[日] 樱井芳次郎：《中华南部及南洋园艺视察谈》，国立暨南大学南洋及美洲文化事业部译1930年版。

[法] 费琅：《苏门答剌古国考》，冯承钧译，商务印书馆1931年版。

李长傅：《南洋通史》，暨南大学出版社1931年版。

吕家伟：《华侨运动之意义及其计划》，国立暨南大学南洋文化事业部1931年版。

王志成：《南洋风土见闻录》，商务印书馆1931年版。

沈厥成：《南洋奇观》，良友图书印刷有限公司1932年版。

张永福：《南洋与创立民国》，中华书局1933年版。

陈枚安：《南洋生活》，世界书局1933年版。

黄警顽编：《南洋霹雳华侨革命史绩》上海文华美术图书公司1933年版。

黎国昌：《南洋实业科学教育考察记》，广东省教育厅1933年版。

梁士杰编著：《南洋故事》，儿童书局1933年版。

刘继宣、束世澂：《中华民族拓殖南洋史》，商务印书馆1934年版。

罗靖华：《长夏的南洋》，中华书局1934年版。

丘守愚：《二十世纪之南洋》，商务印书馆1934年版。

[日] 山田毅一：《南洋大观》，东京平凡社1934年版。

黄素封编著：《科学的南洋》，商务印书馆1934年版。

黄栩园：《南洋》，中华书局1934年版。

日本评论社主编：《日本之南洋委托治理地》，正中书局1934年版。

李长傅：《南洋华侨史》，商务印书馆1934年版。

李崇厚：《大南洋论》，申报馆1934年12月1日。

刘继宣、束世澄：《中华民族拓殖南洋史》，国立编译馆、商务印书馆1935年版。

[日] 矢内原忠雄：《南洋群岛の研究》，东京岩波书店1935年版。

陈因著，钱鹤编：《南洋华侨概述》，华侨互济社1935年版。

[荷兰] 佛兰克·适威思尔：《十七世纪南洋群岛航海记两种》，黄素封、姚枬合译，商务印书馆1935年版。

李长傅：《南洋各国史》，国立暨南大学海外文化事业部1935年版。

黄素封编著：《南洋热带医药史话》，商务印书馆1936年版。

李长傅：《中国殖民史》，商务印书馆1936年版。

林之光：《南洋华侨教育调查研究》，国立中山大学出版部1936年版。

周汇潇编辑：《南洋地理与气候》，国立暨南大学海外文化教育部1936年版。

周汇潇译：《暹罗之物产》，国立暨南大学海外文化事业部1936年版。

陈达：《南洋华侨与闽粤社会》，商务印书馆1937年版。

冯承钧：《中国南洋交通史》，商务印书馆1937年版。

[英] Haddon, A. C.：《南洋猎头民族考察记》，商务印书馆1937年版。

何尔玉、萧友玉编著：《南洋群岛一瞥》，商务印书馆1937年版。

南洋商业团考察团：《南洋商业考察团报告书》，中华工业国外贸易协会1937年版。

沈厥成、刘士木编著：《南洋地理下册》，商务印书馆1937年版。

吴体仁：《南洋各属之教育制度》，商务印书馆1937年版。

许瀚：《南洋丛谈》，正中书局1937年版。

李长傅：《南洋史纲要》，商务印书馆1938年版。

傅无闷主编：《南洋年鉴1939》，南洋商报出版部1939年版。

郁树锟主编：《南洋年鉴》，南洋报社有限公司1939年版。

李长傅：《南洋地理》，中华书局有限公司1940年版。

[日] 浅香末起撰：《南洋经济研究》，千仓书房1941年版。

[日] 施冠卿编绘：《南洋群岛现势详图》，1941年版。

杨坚伟：《南洋华侨经济概况》，中亚印刷局1941年版。

张礼千：《马六甲史》，郑成快先生纪念委员会，1941年。

[日] 白坂义直：《大南洋史》，田中诚光堂1942年版。

[日] 柴田贤一：《烽火话南洋》，时与潮书店1942年版。

[日] 金田近二：《南洋及印度经济研究》，京都晃文社1942年版。

[日] 丸善：《大南洋地名辞典》，南洋经济研究所1942年版。

严青萍：《南洋经济地理》，正中书局1942年版。

中国国民经济研究所：《日本财阀之南洋投资——日本财阀资本与军需工业》，中国国民经济研究所1942年版。

曹云先：《郑和下南洋》，世界书局1943年版。

单岩基：《南洋贸易论》，申报馆1943年版。

国民新闻社：《南洋建设与澳洲危机》，国民新闻图书印刷公司1943年版。

张礼千：《倭寇侵略中之南洋》，商务印书馆1943年版。

陈正祥：《南洋地理》，独立出版社1944年版。

李裕编：《南洋印度之产业》，中华书局1944年版。

刘徵明：《南洋华侨问题》，金门出版社1944年版。

叶文雄、冲矛合编译：《南洋各国论》，读书出版社1944年版。

姚枬：《战后南洋经济问题》，商务印书馆 1945 年版。

陈寿彭：《南洋与东南洋群岛志略》，正中书局 1946 年版。

［日］田村寿原著，张荫桐译述：《南洋华侨与经济之现势》，商务印书馆 1946 年版。

姚枬：《马来亚华侨经济概况》，南洋经济协进会 1946 年版。

余顺贤：《中国与南洋贸易》，国民印刷所 1946 年版。

张礼千、章渊若主编：《南洋华侨与经济之现势》，上海商务印书馆 1946 年版。

李长傅：《南洋史纲要》，商务印书馆 1947 年版。

刘佐人：《南洋现势》，中国文化服务社 1947 年版。

许云樵译注：《佛罗利氏航海记》，新加坡南洋书局公司 1947 年版。

张礼千：《东西洋考中之针路》，新加坡南洋数据有限公司 1947 年版。

陈序经：《南洋与中国》，岭南大学西南经济研究所刊行 1948 年版。

高事恒：《南洋论》，南洋经济研究所 1948 年版。

郁树锟等编：《南洋年鉴》，南洋报社有限公司 1951 年版。

司徒赞：《南洋荷领东印度地理》，南京暨南学校 1952 年版。

林惠祥：《南洋马来族与华南古民族的关系》，厦门大学人类博物馆油印本 1958 年版。

姚枬、许钰编译：《古代南洋史地丛考》，商务印书馆 1958 年版。

周汉人编著：《南洋潮侨人物志与潮州各县沿革史》，中华出版社 1958 年版。

南大教育学会主编：《南洋教育论集》，南大教育学会 1959 年版。

孙然：《南洋新话》，上海书局 1960 年版。

［马来亚］伍连德：《伍连德传》，徐民谋节译，新加坡南洋学会 1960 年版。

许云樵编：《南洋历史年代表》，星洲世界书局有限公司 1961 年版。

许云樵:《南洋史》,星洲世界书局有限公司1961年版。

许云樵编:《南洋华语俚俗辞典》,星洲世界书局有限公司1961年版。

[葡萄牙]伊利地亚(Eredia,E.G.):《黄金半岛题本》,星洲世界书局有限公司1961年版。

李星可:《南洋与中国戏》,南洋学会1962年版。

曾铁忱:《新嘉坡史话》,南洋印刷社1962年版。

[马来西亚]玛戈:《马来亚艺术简史》,南洋出版有限公司1963年版。

曾铁忱:《悲剧人物莱佛士》,南洋出版有限公司1963年版。

刘强:《婆罗洲一瞥新加坡》,南洋学会1966年版。

邱新民:《东南亚古代史地论丛》,南洋学会1969年版。

方修:《马华新文学史稿》(上中下),星洲世界书局有限公司1971年版。

刘继宣、束世澂:《中华民族拓殖南洋史》,台北商务印书馆1971年版。

许云樵:《南洋文献叙录长编》,南洋大学1971年版。

方修编著:《马华新文学大系》,星洲世界书局有限公司1972年版。

黄傲云:《中国作家与南洋》,香港:科华图书出版公司1972年版。

林平祥:《南洋民俗志异》,台北:广文书店1972年版。

《星马华文报星马资料引得初编——1965年1月至3月南洋商报星洲日报》,南洋大学1973年版。

吴华:《新嘉坡华族会馆志》,南洋学会1975年版。

吴体仁:《南洋华裔的华勒斯——孙洪范》,新加坡热带经济植物研究社1975年版。

陈铁凡编著:《南洋华裔文物论集》,台北:燕京文化事业股份有限公司1977年版。

陈维龙:《东南亚华裔闻人传略》,南洋学会出版社 1977 年版。

崔贵强:《星马史论丛》,新加坡南洋学会 1977 年版。

[新加坡]王润华:《郁达夫在新加坡与马来西亚》,台北:中国时报 1977 年版。

吴华:《新嘉坡华族会馆志》,南洋学会 1977 年版。

许苏吾:《南洋学会与南洋研究》,南洋学会 1977 年版。

杨进发:《战前星华社会结构与领导层初探》,新加坡南洋学会 1977 年版。

林万菁:《中国作家在新加坡及其影响:1927—1948》,万里书局 1978 年版。

刘子政编著:《黄乃裳与新福州》,南洋学会 1979 年版。

郑良树:《马来西亚·新加坡华人文化史论丛》,南洋学会 1982 年版。

杨建成主编:《荷领东印度史》,台北:中华学术院南洋研究所 1983 年版。

杨建成主编:《南洋华侨抗日救国运动始末:1937—1942》,文史哲出版社 1983 年版。

杨建成主编:《三十年代南洋华侨领袖调查报告书》,台北:中华学术院南洋研究所 1983 年版。

杨建成主编:《三十年代南洋华侨侨汇投资调查报告书》,台北:中华学术院南洋研究所 1983 年版。

杨建成主编:《中华民族之海外发展》,台北:中华学术院南洋研究所 1983 年版。

黄祖文、朱钦源编译:《缅甸史译丛》,新加坡南洋学会 1984 年版。

杨建成主编:《三十年代菲律宾华侨商人》,台北:中华学术院南洋研究所 1984 年版。

《三十年代南洋华侨团体调查报告书》,台北:中华学术院南洋研究所1984年版。

杨建成主编：《荷属东印度华侨商人》，台北：中华学术院南洋研究所1984年版。

杨建成主编：《华侨政治经济论》，台北：中华学术院南洋研究所1984年版。

杨建成主编：《华侨之研究》，文史哲出版社1984年版。

杨建成主编：《侨汇流通之研究》，中华学术院南洋研究所1984年版。

杨建成主编：《三十年代南洋华商经营策略之剖析》，台北：中华学术院南洋研究所1984年版。

郑良树：《新马华族史料文献汇目》，南洋学会1984年版。

纪念伟大航海家郑和下西洋580周年筹备委员会，中国航海史研究室主编：《郑和下西洋资料汇编》，人民交通出版社1985年版。

李亦园等：《东南亚华人社会研究》，台北：正中书局1985年版。

中华书局：《清实录》，中华书局1985年版。

[美] 沈已尧：《海外排华百年史》，中国社会科学出版社1985年版。

谭兴国：《艾芜的生平与创作》，重庆出版社1985年版。

杨建成：《华侨史》，中华学术院南洋研究所1985年版。

杨建成主编：《三十年代荷领东印度之华侨》，中华学术院南洋研究所1985年版。

杨建成主编：《三十年代南洋陆运调查报告书》，台北：中华学术院南洋研究所1985年版。

方修：《新马文学史论集》，三联书店香港分店与新加坡文学书屋联合出版1986年香港版。

[新加坡] 柯木林、林孝胜：《新华历史与人物研究》，南洋学会1986年版。

［德］马丁·布伯：《我和你》，陈维纲译，生活·读书·新知三联书店1986年版。

杨建成主编：《法属中南半岛之华侨》，台北：中华学术院南洋研究所1986年版。

杨建成主编：《菲律宾的华侨》，台北：中华学术院南洋研究所1986年版。

杨建成主编：《泰国的华侨》，台北：文史哲出版社1986年版。

杨建成主编：《英属马来亚华侨》，台北：中华学术院南洋研究所1986年版。

李励图、陈荣照主编：《南洋与中国》，南洋学会1987年版。

王赓武著，姚楠编译：《东南亚与华人——王赓武教授论文选集》，中国友谊出版公司1985年版。

［新加坡］王润华：《中国作家对新马抗战文学的贡献》，台北：抗战文学研讨会1987年版。

王晓明：《沙汀艾芜的小说世界》，上海文艺出版社1987年版。

［新加坡］姚梦桐：《郁达夫旅新生活与作品研究》，新加坡出版社1987年版。

张维华：《明清之际中西关系简史》，齐鲁书社1987年版。

黄傲云：《中国作家与南洋》，科华图书出版公司1988年版。

王赓武：《南海贸易与南洋华人》，中华书局香港分局1988年版。

郑观应：《郑观应集》，上海人民出版社1988年版。

陈碧笙主编：《南洋华侨史》，江西人民出版社1989年版。

崔贵强：《新马华人国家认同的转向（1945—1959）》，厦门大学出版社1989年版。

［新加坡］杨松年：《〈南洋商报〉副刊〈狮声〉研究》，新加坡同安会馆1990年版。

庄钦永：《新呷华人史新考》，南洋学会1990年版。

［美］费正清主编：《剑桥中华民国史》，章建刚等译，上海人民出版社1991年版。

李长傅：《南洋华侨史》，上海书店1991年版。

苏菲：《战后二十年新马华文小说研究》，暨南大学出版社1991年版。

王任叔：《印尼社会发展概观》，上海书店1991年版。

樊洪业：《耶稣会士与中国科学》，中国人民大学出版社1992年版。

夏诚华：《近代广东省侨汇研究（1862—1949）：以广、潮、梅、琼地区为例》，新加坡南洋学会1992年版。

厦门大学南洋研究所编：《南洋研究论文集》，厦门大学出版社1992年版。

杨作清、王震：《徐悲鸿在南洋》，新疆人民出版社1992年版。

梁英明等：《近现代东南亚》，北京大学出版社1994年版。

欧志雄：《南洋华侨与解放战争》，暨南大学出版社1994年版。

郑子瑜：《郑子瑜学术论著自选集》，首都师范大学出版社1994年版。

［新加坡］王润华：《老舍小说新论》，台北：东大图书公司1995年版。

［新加坡］杨松年、王慷鼎编：《东南亚华人文学与文化》，新加坡亚洲研究学会1995年版。

叶钟铃：《黄乃裳与南洋华人》，新加坡亚洲研究学会1995年版。

周南京：《风雨同舟：东南亚与华人问题》，中国华侨出版社1995年版。

胡愈之：《胡愈之文集》第四集，生活·读书·新知三联书店1996年版。

［马来西亚］黄锦树：《马华文学：内在中国、语言与文学史》，华社资料研究中心1996年版。

林孝胜编：《东南亚华人与中国经济与社会》，新加坡亚洲研究学会 1996 年版。

[日] 铃木正夫著，李振声译：《苏门答腊的郁达夫》，远东出版社 1996 年版。

向达：《中西交通史》，上海书店 1996 年版。

巫乐华：《南洋华侨史话》，商务印书馆 1997 年版。

[伊朗] 雷敏·亚罕拜格普：《哲学与人生：以赛亚·伯林访谈录》，杨孝明译，选自《万象译事》，辽宁教育出版社 1998 年版。

唐德刚：《晚清七十年·中国社会文化转型综论》，远流出版社 1998 年版。

陈贤茂主编：《海外华文文学史》，鹭江出版社 1999 年版。

高伟浓：《下南洋：东南亚丛林里的淘金史》，南方日报出版社 2000 年版。

周宁：《中西最初的遭遇与冲突》，学苑出版社 2000 年版。

李长傅：《南洋史地与华侨华人研究：李长傅先生论文选集》，暨南大学出版社 2001 年版。

[新加坡] 王润华：《华文后殖民文学——中国、东南亚的个案研究》，学林出版社 2001 年版。

王赓武：《南洋华人简史》，水牛出版社 2002 年版。

王赓武：《王赓武自选集》，上海教育出版社 2002 年版。

叶钟铃：《黄遵宪与南洋文学》，新加坡亚洲研究学会 2002 年版。

余定邦、黄重言等编：《中国古籍中有关新加坡和马来西亚的资料汇编》，中华书局 2002 年版。

[美] 爱德华·W. 萨义德：《文化与帝国主义》，李琨译，生活·读书·新知三联书店 2003 年版。

[日] 柄谷行人：《日本现代文学的起源·序言》，赵京华译，生活·读书·新知三联书店 2003 年版。

张锦忠：《南洋论述：马华文学与文化属性》，麦田出版社2003年版。

江怡主编：《理性与启蒙——后现代经典文选》，东方出版社2004年版。

魏源：《海国图志·叙东南洋》，岳麓书社2004年版。

朱崇科：《本土性的纠葛：边缘放逐·"南洋"虚构·本土迷思》，唐山出版社2004年版。

［新加坡］梁元生：《新加坡华人社会史论》，八方文化创作室2005年版。

鲁迅：《鲁迅全集》，人民文学出版社2005年版。

［英］迈克·克朗：《文化地理学》，杨淑华、宋慧明译，南京大学出版社2005年版。

梅青：《中国建筑文化向南洋的传播：为纪念郑和下西洋伟大壮举六百周年献礼》，中国建筑工业出版社2005年版。

谢培屏编：《战后遣返华侨史料汇编3，越南·荷属东印度·北婆罗洲·马来亚·新加坡·南洋华侨机工篇》，台北："国史馆"2005年版。

陈共存主编：《南侨魂：陈嘉庚与南洋华侨机工回国抗日服务纪实》，云南美术出版社2006年版。

陈光兴：《去帝国——亚洲作为方法》，台北：行人出版社2006年版。

胡兴荣：《记忆南洋大学》，广西师范大学出版社2006年版。

黄升任：《黄遵宪评传》，南京大学出版社2006年版。

梁英明等：《古代东南亚历史与文化研究》，昆仑出版社2006年版。

丘淑玲：《理想与现实》，南洋理工大学中华语言文化中心2006年版。

熊贤关主编：《性别与疆界》，南洋理工大学中华语言文化中心、八方文化创作室2006年版。

［美］爱德华·W. 萨义德：《东方学》，王宇根译，生活·读书·新知三联书店 2007 年版。

曹聚仁：《上海春秋》，生活·读书·新知三联书店 2007 年版。

陈达娅、陈勇编著：《再会吧南洋：海南南洋华侨机工回国抗战回忆》，中国华侨出版社 2007 年版。

［新加坡］柯木林等：《石叻史记》，青年书局 2007 年版。

许云樵主编：《南洋民间故事丛刊》，新加坡青年书局 2007 年版。

杨义：《中国现代小说史》，中国社会科学出版社 2007 年版。

余斌：《张爱玲传》，南京大学出版社 2007 年版。

陈恒汉：《南洋纵横——文化接触和语言教育研究》，中国言实出版社 2008 年版。

耿素丽、章鑫尧选编：《民国期刊资料分类汇编·南洋史料（全十八册）》，国家图书馆出版社 2008 年版。

［新加坡］黄贤强：《跨域史学：近代中国与南洋华人研究的新视野》，厦门大学出版社 2008 年版。

汪晖：《现代中国思想的兴起》，生活·读书·新知三联书店 2008 年版。

［澳］颜清湟：《东南亚华人之研究》，香港社会出版社有限公司 2008 年版。

赵佳楹：《中国近代外交史》，世界知识出版社 2008 年版。

朱崇科：《考古文学南洋——新马华文文学与本土性》，上海三联书店 2008 年版。

朱杰勤：《东南亚华侨史（外一种）》，中华书局 2008 年版。

李元瑾编著：《东西穿梭，南北往返：林文庆的厦大情缘》，新加坡南洋理工大学中华语言文化中心 2009 年版。

刘禾：《帝国的话语政治》，杨立华等译，生活·读书·新知三联书店 2009 年版。

沈庆利：《现代中国异域小说研究》第四章，北京大学出版社 2009年版。

二 期刊论文

梁启超：《祖国大航海家郑和传》，日本《新民丛报》1904 年第 21 号。

易本羲：《南洋华侨史论》，日本《民报》1910 年。

程其保：《台湾开创记本南洋侨民之调查》，《清华大学学报》（自然科学版）1915 年第 1 期。

成仿吾：《有关〈命命鸟〉的批评》，《创造》（季刊）1923 年 5 月 1 日第 2 卷第 1 期。

张星琅：《斐律史上李马奔 Limahong 之真人考》，《燕京学报》第 8 期单行版，1930 年 12 月。

李长傅：《地理学上所见之南洋》，《南洋研究》1931 年第 3 卷第 6 期。

许云樵：《三宝公在南洋的传说》，《珊瑚》1932 年第 3 卷第 2 期。

吴晗：《十六世纪前之中国与南洋——南洋之开拓》，《清华大学学报》（自然科学版）1936 年第 11 卷第 1 期。

陈育松：《婆罗史支那王传说之研究》，《南洋学报》1940 年第 1 卷第 2 期。

高维辰：《南洋与中国》，《思潮月刊》1940 年 11 月。

李长傅：《南洋贸易之摇篮时代》，《南洋学报》1940 年第 1 卷第 2 期。

李长傅：《中泰古代交通史考》，《南洋学报》1940 年第 1 卷第 1 期。

夷吾：《郑和七使南洋纪略》，《侨务季刊》1940 年第 1 卷第 3 期。

翦伯赞：《明代海外贸易的发展与中国人在南洋的黄金时代》，《时事类编特刊》1941 年第 5 卷第 63 期。

苏乾英：《中国南海关系史料述要》，《学术》1941 年第 10 期。

文实权：《三保太监下南洋之实证》，《新民报》1942 年第 4 卷第 5 期。

苏乾英：《古代中国与南洋诸国通商考》，《南洋研究》1944 年第 11 卷第 2 期。

张礼千：《南洋的地名》，《南洋研究》1944 年第 40 卷第 18 号。

张礼千：《七洲洋》，《东方杂志》1947 年第 43 卷第 8 号。

李长傅：《台湾与南洋》，《南洋学报》1948 年第 5 卷第 1 期。

刘熙钧：《战后南洋华侨商业发展的两条道路》，《厦门大学学报》（哲学社会科学版）1952 年第 1 期。

孙健：《华侨与辛亥革命》，《历史研究》1978 年第 4 期。

杨松年：《益群日报的〈枯岛〉》，新加坡《星洲日报》1981 年 12 月 21 日。

钟珍维、丁身尊：《辛亥"三·二九"广州起义与海外华侨》，《华南师范大学学报》（社会科学版）1981 年第 4 期。

陈敦行、周小珊：《浅析郁达夫在南洋的创作生涯》，《安徽大学学报》（哲学社会科学版）1982 年第 3 期。

丘少伟：《华侨与辛亥革命》，《兰州学刊》1982 年第 3 期。

庄国土：《论晚清政府在南洋的设领护侨活动及其作用——晚清华侨政策研究之一》，《南洋问题研究》1983 年第 3 期。

庄国土：《清初中国与南洋关系》，《台湾研究集刊》1983 年第 2 期。

贺圣达：《建国以来国内缅甸研究概况》，《东南亚》1984 年第 4 期。

蒋荷贞：《新文学在南洋的传播——记许杰在吉隆坡的文学活动》，《杭州师范学院学报》（社会科学版）1984 年第 2 期。

廖赤阳：《晚清"护侨"政策的实施及评价》，《华侨大学学报》（哲学社会科学版）1984 年第 1 期。

谭文：《从福建侨乡族谱看南洋华侨史》，《福建论坛》（人文社会科学版）1984年第6期。

王民同：《东南亚名称沿革》，《东南亚》1984年第2期。

王小燕：《马来西亚的华人教育》，《东南亚》1984年第2期。

郭梁：《抗日救亡运动与南洋华侨社会》，《南洋问题研究》1985年第4期。

路元：《中华抗日儿女在南洋——记菲律宾华侨抗日游击支队》，《瞭望》1985年第3期。

黄绮文：《辛亥革命与南洋华侨资产阶级》，《安徽师范大学学报》（社会科学版）1986年第2期。

黄镛琨：《广西籍华侨华人旅居南洋述略》，《八桂侨刊》1987年第1期。

王瑶：《中国现代作家笔下的东南亚》，《厦门大学学报》（哲学社会科学版）1987年第3期。

林文锦：《南洋为何没有伟大作品产生——回忆战前新马文坛的一次文艺论争》，《华文文学》1988年第1期。

王润华：《中国作家对新马抗战文学的贡献》，《中国现代文学研究丛刊》1988年第2期。

王振科：《中国现实主义文学理论在新马的传播——兼评许杰和郁达夫在新马的文学活动》，《上海第二工业大学学报》1988年第1期。

周策纵：《第二届华文文学大同世界国际会议总结辞》，见《第二届华文文学大同世界国际会议论文集》，新加坡歌德学院与新加坡作家协会联合出版1988年版。

关汉华：《明代南洋华侨初探》，《广东社会科学》1989年第1期。

吴凤斌：《试析清代以前逐渐融化于当地的南洋华侨》，《南洋问题研究》1989年第1期。

符荣鑫:《杜埃的"南洋小说"试论——兼谈华侨题材的创作》,《海南师院学报》1990年第1期。

王振科:《中国现代作家在新马的文学活动》,《海南师院学报》1990年第2期。

庄国土:《明末南洋华侨的数量推算和职业、籍贯构成》,《南洋问题研究》1990年第2期。

仇智源、胡波:《孙中山与南洋华侨1900—1911》,《岭南文史》1992年第1期。

熊月之:《近代西学东渐的序幕——早期传教士在南洋等地活动史料钩沉》,《史林》1992年第4期。

张天:《华侨对南洋的开发与中华文化的南移》,《西北第二民族学院学报》(哲学社会科学版)1992年第4期。

郑甫弘:《明末清初南洋华人移民与中国商业文明的传播》,《南洋问题研究》1992年第2期。

郑甫弘:《十六、十七世纪中国移民对东南亚语言及日常生活的影响》,《南洋问题研究》1992年第3期。

庄国土:《清初鸦片战争前夕南洋华侨的人口结构》,《南洋问题研究》1992年第1期。

郭梁:《陈嘉庚与南洋华侨抗日救亡运动》,《厦门大学学报》(哲学社会科学版)1993年第4期。

王力平:《南洋华侨对辛亥革命的巨大贡献》,《内蒙古教育学院学报》1993年第S1期。

朱立立:《论杨骚作品中的感伤与愤世》,《华侨大学学报》(哲学社会科学版)1993年第1期。

丘菊贤:《客家迁徙南洋论略》,《河南大学学报》(社会科学版)1994年第3期。

王金香、吴贵民:《近代南洋华侨禁烟述评》,《山西师大学报》

（社会科学版）1994 年第 3 期。

安梅莲：《南洋华侨捐资输财助抗战》，《侨园》1995 年第 5 期。

陈爱玉：《陈嘉庚与南洋华侨抗日救亡组织》，《福州大学学报》（社会科学版）1995 年第 2 期。

陈青山：《抗战歌声响彻南洋上空——回忆马来亚"抗援会"与华侨抗日救亡运动》，《统一论坛》1995 年第 4 期。

刘雪河：《南洋华侨对祖国抗战的贡献》，《岭南文史》1995 年第 3 期。

梅莲：《少年抗日在南洋》，《海内与海外》1995 年第 8 期。

彭金燕：《情系南洋——记巴人在南洋的文学活动》，《世界华文文学论坛》1995 年第 1 期。

石楠：《刘海粟南洋历险记——为纪念抗战胜利 50 周年而作》，《世纪行》1995 年第 5 期。

桢淳：《简氏兄弟"实业救国"——记南洋兄弟烟草公司与英美烟草公司的斗争》，《民国春秋》1995 年第 3 期。

朱双一：《赴台马来西亚侨生文学的中华情结和南洋色彩》，《台湾研究集刊》1995 年第 1 期。

郭建军：《世纪末回首——论作为南洋反思文学的小黑小说》，《华侨大学学报》（哲学社会科学版）1996 年第 2 期。

杨仲子：《父亲杨赓笙在南洋为云南护国军筹饷的一段史料》，《北京观察》1996 年第 2 期。

林力：《明代的南洋华侨》，《历史教学》1997 年第 8 期。

刘永华：《十九世纪南洋华人合会试探》，《华侨华人历史研究》1997 年第 S1 期。

王力坚：《驰域外之，观写心上之语——论黄遵宪的南洋诗》，《广东社会科学》1997 年第 4 期。

蒋成德：《郁达夫南洋时期文学思想简论》，《辽宁师范大学学报》

（社会科学版）1997 年第 6 期。

陈立贵：《林万菁和他的〈中国作家在新加坡及其影响（1927—1948）〉》，《华侨华人历史研究》1998 年第 4 期。

昴贵鸣：《胡愈之与〈南洋商报〉》，《炎黄春秋》1998 年第 11 期。

夏泉：《何炳松与南洋问题研究》，《东南亚研究》1998 年第 3 期。

黄万华：《历史伤痕的独特呈现——世纪末的南洋反思小说》，《华文文学》1998 年第 4 期。

高朗、白刃：《董锄平在南洋和古巴》，《海内与海外》1999 年第 6 期。

彭伟步：《南洋商报的办报特色与社会影响》，《东南亚研究》1999 年第 4 期。

钟小武：《十九世纪末二十世纪初南洋华侨孔教复兴运动的缘起和性质》，《八桂侨刊》1999 年第 2 期。

庄礼伟：《南洋哀鸿——印尼华人的苦难岁月》，《南风窗》1999 年第 8 期。

侯松岭：《华侨华人：移民南洋及其影响》，《东南亚研究》2000 年第 2 期。

王静怡：《19 世纪到 20 世纪 50 年代中国音乐在南洋四国的传播特点》，《福建师范大学学报》（哲学社会科学版）2000 年第 1 期。

刘勇：《论 17 世纪初至 19 世纪末南洋群岛华商当地化的进程》，《南洋问题研究》2000 年第 3 期。

明石阳至、张坚：《1908—1928 年南洋华侨抗日和抵制日货运动：关于南洋华侨民族主义的研究（上）》，《南洋资料译丛》2000 年第 3 期。

明石阳至、张坚：《1908—1928 年南洋华侨抗日和抵制日货运动：关于南洋华侨民族主义的研究（下）》，《南洋资料译丛》2000

年第 4 期。

王荣华:《通译·"胡译"——郁达夫在南洋》,《党史纵横》2000 年第 6 期。

张克宏:《邱逢甲的南洋之行》,《华侨华人历史研究》2000 年第 4 期。

庄国土:《从民族主义到爱国主义：1911—1941 年间南洋华侨对中国认同的变化》,《中山大学学报》(社会科学版) 2000 年第 4 期。

曹惠民:《巴人南洋题材创作略评》,《宁波大学学报》(人文科学版) 2001 年第 3 期。

陈梦熊:《巴人流亡南洋遗札二篇》,《文教资料》2001 年第 6 期。

冯立军:《"禁止南洋贸易"后果之我见》,《东南亚研究》2001 年第 4 期。

高伟浓:《南洋华人的"留守太太"与"压寨夫人"》,《东南亚纵横》2001 年第 6 期。

蒋成德:《郁达夫南洋散文漫评》,《宁德师专学报》(哲学社会科学版) 2001 年第 1 期。

李志:《国境之外的五四新文学"革命"——论南洋地区华文文学中的"文白之争"》,《文艺理论与批评》2001 年第 6 期。

欧志雄:《解放战争时期南洋华侨社会刍议》,《八桂侨刊》2001 年第 4 期。

王克平:《巴人在南洋的战斗生涯》,《丹东师专学报》2001 年第 3 期。

王翔:《近代南洋琼侨的社团与生活》,《海南大学学报》(人文社会科学版) 2001 年第 3 期。

高伟浓:《华夏九皇信仰与其播迁南洋探说》,《东南亚纵横》2002 年第 Z1 期。

蒋成德：《郁达夫南洋散文初评》，《盐城师范学院学报》（人文社会科学版）2002 年第 1 期。

李炎锟：《南洋劳工纪实》，《苏州杂志》2002 年第 3 期。

李志：《"移植"与"嫁接"——海外华文文学滥觞时期的继承关系》，《南京师大学报》（社会科学版）2002 年第 5 期。

李志：《从"移民文学"到"本土文学"——从南洋华文新文学的诞生、发展看海外华文文学的承继关系》，《文艺理论与批评》2002 年第 4 期。

莫嘉丽：《抗战时期的郁达夫与南洋〈星洲日报·晨星〉》，《东南亚研究》2002 年第 3 期。

王翔：《近代南洋琼侨的职业类型与经济机能》，《海南大学学报》（人文社会科学版）2002 年第 1 期。

朱双一：《南洋游记·逃难记·狱中记——若干值得注意的早期东南亚华文作品》，《世界华文文学论坛》2002 年第 2 期。

陈才俊：《基督新教在南洋的对华拓教活动》，《东南亚纵横》2003 年第 7 期。

戴一峰：《饮食文化与海外市场：清代中国与南洋的海参贸易》，《中国经济史研究》2003 年第 1 期。

韩少功：《重说南洋》，《新东方》2003 年第 3 期。

李志：《鲁迅及其作品在南洋地区华文文学中的影响述论》，《西南民族学院学报》（哲学社会科学版）2003 年第 3 期。

李志：《早期南洋华文新文学借鉴西方文学特点小议》，《西南师范大学学报》（人文社会科学版）2003 年第 6 期。

李志：《中国文学走向世界的起点——略论南洋地区华文新文学的历史贡献》，《甘肃社会科学》2003 年第 3 期。

苟贵鸣：《走出"国门"的文化使者——胡愈之与〈南洋商报〉》，《海内与海外》2003 年第 4 期。

沈庆利：《异国背景与许地山的小说创作》，《西南师范大学学报》（人文社会科学版）2003 年第 29 卷第 5 期。

萧致治：《黄兴与南洋华侨》，《湖南师范大学社会科学学报》2003 年第 2 期。

杨联芬：《晚清与五四文学的国民性焦虑（三）鲁迅国民性话语的矛盾与超越》，《鲁迅研究月刊》2003 年第 12 期。

崔萍：《为祖国而战的华侨抗日英雄——记抗战时期的南洋机工》，《统一论坛》2004 年第 4 期。

许福吉：《新华散文的南洋与都会文化属性》，《华文文学》2004 年第 6 期。

高俊林：《郁达夫的南洋诗散论》，《渭南师范学院学报》2004 年第 1 期。

黄贤强：《清末槟城副领事戴欣然与南洋华人方言群社会》，《华侨华人历史研究》2004 年第 3 期。

李小平：《漂泊者"真心真血的流露"———浅谈杨骚二十年代漂泊南洋的创作》，《漳州师范学院学报》（哲学社会科学版）2004 年第 2 期。

李志：《境外的新文学园地——五四时期南洋地区文艺副刊〈新国民杂志〉研究》，《中国现代文学研究丛刊》2004 年第 4 期。

李志：《文化与美学的解读——新视角下的南洋华文新文学》，《江西社会科学》2004 年第 4 期。

［马来西亚］林春美：《欲望朱古律：解读徐志摩与张资平的南洋》，《柳州师专学报》2004 年第 19 卷第 4 期。

林卫国：《从南洋到延安——马来西亚华侨蔡明训回国抗战纪实》，《党史文汇》2004 年第 6 期。

李志：《由南洋新文学看海外新人文传统的发轫》，《社会科学战线》2004 年第 5 期。

陆静、杜凌云：《抗日战争时期南洋华侨的拳拳报国心》，《吉林省社会主义学院学报》2004年第1期。

马永明：《试析香山早期向南洋移民的背景、过程和特点》，《东南亚纵横》2004年第6期。

彭蕙：《明代洪武年间出使南洋使节研究》，《东南亚研究》2004年第1期。

邱海燕：《南洋革命第一人——陈楚楠》，《福建史志》2004年第4期。

沙平：《滇缅公路与南洋机工》，《八桂侨刊》2004年第6期。

宋红岭：《郁达夫南洋时期的政论时评》，《新闻知识》2004年第12期。

高伟浓、秦素菡：《南洋华侨张永福生平及其思想转变》，《东南亚研究》2005年第6期。

贺圣达：《中华海外儿女抗日在南洋——东南亚华侨的武装抗日斗争》，《云南民族大学学报》（哲学社会科学版）2005年第6期。

黄新亚：《郑和与海上丝路系列专论（四）南洋华人社会》，《中国经贸》2005年第11期。

李元瑾：《从新加坡两次儒学发展高潮检视中国、新加坡、东南亚之间的文化互动》，《中国哲学史》2005年第3期。

李志：《论滥觞时期海外华文文学面对西方文学的姿态》，《南京师大学报》（社会科学版）2005年第6期。

刘明辉：《南洋：陈嘉庚联共抗日》，《政协天地》2005年第9期。

南治国：《"凝视"下的图像——中国现代作家笔下的南洋》，《暨南学报》（哲学社会科学版）2005年第3期。

张建英：《南洋都市语境下的新加坡华文文学语言》，《湖南文理学院学报》（社会科学版）2005年第6期。

陈伟明、侯波：《20世纪以前的南洋华侨在中外饮食文化交流中的作用》,《东南亚研究》2006年第1期。

陈艳云:《日据时期台湾总督府对南洋华侨的调查》,《东南亚研究》2006年第1期。

丁仕原:《郁达夫究竟为何要去南洋》,《求索》2006年第8期。

方建新、傅建辉:《国民政府时期南洋华侨教育的发展状况及原因》,《中国石油大学胜利学院学报》2006年第4期。

黄江泉:《对南洋市场的开拓与近代中国工业化》,《五邑大学学报》(社会科学版)2006年第1期。

蒋成德:《郁达夫南洋时期抗战思想述论——纪念郁达夫诞辰110周年》,《徐州教育学院学报》2006年第1期。

麦群忠:《滇缅路上建奇功——南洋华侨机工回国抗战纪实》,《文史春秋》2006年第11期。

严春宝:《儒家文化的南洋绝唱——峇峇文化》,《河北省社会主义学院学报》2006年第1期。

庄国土:《对晚清在南洋设立领事馆的反思》,《厦门大学学报》(哲学社会科学版)2006年第5期。

蔡志诚:《南洋想象:地缘美学与主体间性的介入——以朱崇科的马华文学"本土性"研究为例》,《世界华文文学论坛》2007年第2期。

周德钧:《百年"南洋"》,《武汉文史资料》2007年第12期。

蔡翔:《国家/地方:革命想象中的冲突、调和与妥协》,《当地作家评论》2008年第2期。

陈漱渝:《民盟史上的一篇珍贵文献——兼谈胡愈之在南洋的革命活动》,《群言》2008年第10期。

朱崇科:《鲁迅"神访"郁达夫:不在场的南洋遭遇》,《中国现代文学研究丛刊》2008年第6期。

朱文斌:《论曹禺剧作在南洋的传播与影响》,《文学评论》2008

年第 5 期。

黄伟:《黄遵宪域外山水诗论略》,《西北师大学报》(社会科学版) 2009 年第 4 期。

纪宗安、崔丕:《日本对南洋华侨的调查及其影响 (1925—1945)》,《中国社会科学》2009 年第 1 期。

夏菁:《欲望在高热光源下想象——试论中国现代作家游记的南洋情调》,《文艺争鸣》2009 年第 7 期。

于锦恩、徐品香:《民国时期黄炎培华侨汉语文教育思想探析》,《阅江学刊》2009 年第 1 期。

潮龙起、邓玉柱:《民国时期南洋华侨社团的日常活动——以万隆华侨公会为例》,《汕头大学学报》(人文社会科学版) 2010 年第 5 期。

冀满红、赵金文:《丘逢甲与南洋华侨》,《东南亚研究》2010 年第 6 期。

盛文丽、郑凯:《海外移民对祖国社会与经济发展的历史贡献——华侨们在辛亥革命、抗战时期所作的贡献》,《学理论》2010 年第 7 期。

吴志国:《试析民国初期华侨双重国籍的负面影响——以简照南恢复国籍案为例》,《华侨华人历史研究》2010 年第 4 期。

李志颖:《中岛敦文学与南洋殖民地体验——解读中岛敦的作品集〈南岛谭〉》,《东南亚研究》2011 年第 5 期。

邱格屏:《辛亥革命时期革命派对海外洪门的动员》,《山东大学学报》(哲学社会科学版) 2011 年第 5 期。

王珏:《清政府与南洋华侨对"国"的认识落差——以晚清护侨讨论的文献为中心》,《八桂侨刊》2011 年第 2 期。

徐炳三:《辛亥纪念与国共内战时期南洋华侨的政治表达》,《周口师范学院学报》2011 年第 3 期。

徐炳三：《辛亥遗产与南洋华侨抗战之精神动力》，《史学集刊》2011年第2期。

颜敏：《民国南洋学的几种话语》，《东南亚研究》2011年第2期。

张进：《近代苏商与清末民初的出版事业》，《出版科学》2011年第5期。

易淑琼：《民国南洋华侨文献出版热及"南洋"观辨析》，《华侨华人历史研究》2016年第2期。

吴婉惠：《战争、思想与秩序：日本对南洋华侨的宣传政策与活动（1937—1941）》，《广东社会科学》2019年第5期。

刘慧、谢仁敏：《晚清驻外领事与南洋华文文学的发生》，《华侨华人历史研究》2022年第2期。

三 博士学位论文

卞凤奎：《台湾总督府的华南与南洋拓进政策》，博士学位论文，厦门大学，2001年。

廖文辉：《马新的中英文源流东南亚研究及其比较（1800—1965）》，博士学位论文，厦门大学，2009年。

吴明罡：《近代南洋华侨教育研究》，博士学位论文，吉林大学，2010年。

汪鲸：《新加坡华人族群的生活世界与认同体系（1819—1912）》，博士学位论文，暨南大学，2011年。

谭勇辉（Tam Yonghuei）：《早期南洋华人诗歌的传承与开拓》，博士学位论文，南京大学，2014年。

黄敏：《世界华文文学中的南洋叙事研究（1945—2015）》，博士学位论文，南京大学，2016年。

四 硕士学位论文

郭立珍：《论明朝后期南洋华侨华人在中国—南洋贸易中的地位和作用》，硕士学位论文，郑州大学，2001年。

李惠芬：《二十世纪上半叶英美烟公司与南洋兄弟烟草公司营销策略比较研究》，硕士学位论文，南京师范大学，2002年。

施华静：《从〈东方杂志〉看中国近现代知识分子的南洋观》，硕士学位论文，中山大学，2004年。

郑梅玲：《论明清时期闽文化与文学的外向性拓展》，硕士学位论文，福建师范大学，2004年。

程燕：《民间的魅力——艾芜"西南边地小说"》，硕士学位论文，郑州大学，2005年。

蒙星宇：《南洋奇葩》，硕士学位论文，暨南大学，2005年。

刘野：《20世纪初南洋兄弟烟草公司与英美烟草公司的广告竞争》，硕士学位论文，东北师范大学，2006年。

徐持庆：《诗在南洋矣》，硕士学位论文，暨南大学，2006年。

肖怿：《二十世纪二三十年代中国南下的革命作家与南洋的关系——洪灵菲、许杰、马宁研究》，硕士学位论文，厦门大学，2008年。

臧宏宇：《抗日战争时期南洋华侨对祖国的经济支援》，硕士学位论文，东北师范大学，2008年。

贺丽：《许南英及其诗歌研究》，硕士学位论文，济南大学，2010年。

黄娇娇：《一个"异质"的文学存在——论许地山的创作特色》，硕士学位论文，北京大学，2010年。

赵钢：《论马来亚华人对辛亥革命的重要贡献》，硕士学位论文，吉林大学，2011年。

陈小英：《邱菽园旧体文学研究》，硕士学位论文，福建师范大学，

2012年。

尹小娟:《作家中岛敦的南洋行》,硕士学位论文,山东大学,2014年。

宋春丽:《现代小说中的南洋想象研究——以老舍、徐志摩、许地山为中心》,硕士学位论文,中国海洋大学,2015年。

张帅:《马来西亚华文报纸镜像中的中国国家形象——以〈南洋商报〉为例(2009—2013)》,硕士学位论文,暨南大学,2015年。

陈岸怡:《铁抗文学作品研究》,硕士学位论文,南京大学,2016年。

李治:《融贯中西 挥彩南洋——刘抗个案研究》,硕士学位论文,华东师范大学,2016年。

梁秀红(LIONG SIEW HONG):《南洋与张爱玲:考释张爱玲作品中的南洋书写》,硕士学位论文,南京大学,2016年。

余晓芸:《南洋华侨排除阻力支援国内抗战研究》,硕士学位论文,东北师范大学,2016年。

丁金翠:《20世纪20—40年代中国现代作家笔下的南洋形象研究》,硕士学位论文,青岛大学,2017年。

庄泽虹:《冷战语境与新加坡国家建构:南洋大学的创立与改制》,硕士学位论文,广西师范大学,2017年。

方圆(VALIDIO ROSE SUJIANTO):《中国现代游记中的南洋形象及语言特色》,硕士学位论文,华中师范大学,2019年。

费园:《电视纪录片〈下南洋〉的空间书写与历史重构》,硕士学位论文,浙江师范大学,2019年。

RUTH KIANA NURATRI(卢斯):《中国游记中的印尼华人形象及文化认同研究(1933—1984年)》,硕士学位论文,华中师范大学,2019年。

郑俊惠:《近代海外竹枝词中的"欧美"与"南洋"》,硕士学位论文,华东师范大学,2019年。

李鑫钰:《在边地的身份探寻——论艾芜三四十年代的南行书写》,硕士学位论文,西南交通大学,2020年。

王棱:《巴人杂文研究》,硕士学位论文,西南大学,2020年。

姚瑞:《〈南洋研究〉之研究(1928—1944)》,硕士学位论文,福建师范大学,2020年。

张雪艳:《南洋经验与黑婴的文学创作(1932—1937)》,硕士学位论文,暨南大学,2020年。

魏亚卓:《郁达夫的东亚旅行与近代体验》,硕士学位论文,东北师范大学,2022年。

附录　有关南洋的文学作品一览

1. 1848 年，马复初：《朝觐途记》，见方国瑜等编《云南史料丛刊》第 22 辑，云南大学出版社 2001 年版。

2. 1866 年，斌椿：《乘槎日记》，湖南人民出版社 1981 年版。

3. 1866 年，斌椿：《海国胜游草》，岳麓书社 1985 年版，走向世界丛书。

4. 1866 年，斌椿：《天外归帆草》，岳麓书社 1985 年版，走向世界丛书。

5. 1866 年，张德彝：《航海述奇》，岳麓书社 1985 年版，走向世界丛书。

6. 1867 年，王韬：《漫游随录》，湖南人民出版社 1982 年版，陈尚凡、任光亮校点，走向世界丛书。

7. 1870 年，王韬：《弢园文录外编》，岳麓书社 1985 年版，走向世界丛书。

8. 1868 年，张德彝：《欧美环游记》，岳麓书社 1985 年版，走向世界丛书。

9. 1870 年，志刚：《初使泰西记》，岳麓书社 1985 年版，走向世界丛书。

10. 1871 年，王芝：《海客日谭》，台北：广文书局影印红杏山房本 1970 年版。

11. 1876—1879 年，郭嵩焘：《伦敦与巴黎日记》，岳麓书社 1984 年版。

12. 1878—1885 年，曾纪泽：《出使英法俄国日记》，岳麓书社 1985 年版。

13. 1876 年，李圭：《环游地球新录》，岳麓书社 1985 年版。

14. 1878 年，张德彝：《随使英俄记》，岳麓书社 1986 年版。

15. 1881 年，马建忠：《南行记》，《小方壶斋舆地丛钞补编再补编六》。

16. 1884 年，郑观应：《南行日记》，《郑观应全集上》，上海人民出版社 1988 年版。

17. 1887 年，李钟珏：《新加坡风土记》，丛书集成初编本，内还有《海录》、《日本考纪》、《西方要纪》，商务印书馆 1936 年版。

18. 1890—1894 年，薛福成：《出使英法义比四国日记》，《出使英法义比四国日记续》，岳麓书社 1985 年版。

19. 1891 年，力钧：《槟榔屿志略》，福建师大历史系华侨史资料选辑组编《晚清海外笔记选·华侨在东南亚》，见海洋出版社 1983 年版；另有无名氏的《南洋述要》《游越南记》《游历笔记》等篇。

20. 1881—1891 年，左秉隆：《勤勉堂诗抄》，新加坡南洋历史学会 1959 年版。

21. 1891—1893 年，黄遵宪：《新嘉坡杂事诗》，《人境庐诗草》，钱仲联笺注，中国青年出版社 2000 年版。

22. 1898 年，黄遵宪：《以莲菊桃杂供一瓶作歌》，《人境庐诗草》，钱仲联笺注，中国青年出版社 2000 年版。

23. 1902 年，黄遵宪：《番客篇》，原刊于《新民丛报》第 22 号，《人境庐诗草》，钱仲联笺注，中国青年出版社 2000 年版。

24. 1898—1941 年，丘菽园：《菽园诗集》，沈云龙主编，台北：文海出版社 1977 年版。

25. 1900 年，丘逢甲：《岭云海日楼诗钞》，上海古籍出版社 1982 年版。

26. 1900 年，梁启超：《新大陆游记及其他》，岳麓书社 1985 年版。

27. 1901 年，康有为：《康有为诗集》，《康有为全集》第 12 集，姜义华、张荣华编校，中国人民大学出版社 2007 年版。

28. 1904 年，康有为：《欧洲十一国游记两种》，岳麓书社 1985 年版。

29. 1906 年，陈宝琛：《息力杂诗》，见《沧趣楼杂诗》，上海古籍出版社 2006 年版。

30. 1903—1906 年，吴趼人：《二十年目睹之怪现状》，原刊于新小说第 8—15、17—24 号，1903—1906 年，见于人民文学出版社 1978 年版。

31. 1907—1908 年，吴趼人：《发财秘诀》原载于《月月小说》第 11—14 号，1907—1908 年，见《吴趼人全集》第三卷，北方文艺出版社 1998 年版。

32. 1907 年，荒江钓叟：《月球殖民地小说》，见中国近代小说大系《痴人说梦记、月球殖民地小说、新纪元》，江西人民出版社 1989 年版。

33. 1909 年，容闳：《西学东渐记》，岳麓书社 1985 年版。

34. 1909—1912 年，苏曼殊：《断鸿零雁记》（1909—1912 年写于南洋），柳亚子《苏曼殊全集》，中国书店 1930 年版。

35. 1915 年，夏思痛：《南洋》，上海泰东图书局 1915 年版。

36. 1920 年，朱镜宙：《南洋群岛》，商务印书馆 1920 年版。

37. 1920 年，侯鸿鉴：《南洋旅行记》，无锡锡城公司 1920 年版。

38. 1921 年，许地山：《命命鸟》《缀网劳蛛》《商人妇》《萤灯》，《中国文学珍藏大系许地山卷》，陈建辉主编，蓝天出版社 2002 年版。

39. 1922 年，张资平：《冲击期化石》，上海泰东图书局初版，《冲击期化石、飞絮、苔莉》，人民文学出版社 1988 年版。

40. 1923 年，傅绍曾：《南洋见闻录》，求知学社 1923 年版。

41. 1924 年，黄栩园：《南洋》，中华书局 1924 年版。

42. 1924 年，梁绍文：《南洋旅行漫记》，中华书局 1924 年版。

43. 1924 年，亿兰生：《南游闻见志奇》，《小说世界》1924 年第 7 卷第 8 期。

44. 1925 年，鲁迅：《杂忆》，见《鲁迅全集》第一集，人民文学出版社 1982 年版。

45. 1925 年，徐志摩：《巴黎的鳞爪》，上海新月书店 1927 年版，广州出版社同名版本，1995 年版。

46. 1926 年，郭沫若：《落叶》，创造社出版社 1926 年版，见《郭沫若全集·文学编·第九卷》，人民文学出版社 1985 年版。

47. 1927 年，郁达夫：《过去》，原载于《洪水》半月刊第 3 卷第 26 期，1927 年 2 月 1 日。见《郁达夫全集小说卷下》，浙江大学出版社 2007 年版。

48. 1927 年，张资平：《苔莉》，创造社出版社 1927 年版。

49. 1927 年，张资平：《最后的幸福》，上海现代书局 1927 年版。

50. 1927 年，丁玲：《莎菲女士的日记》，短篇小说，作于 1927 年，原载于 1928 年 2 月 10 日《小说月报》第 19 卷第 2 号。见丁玲《在黑暗中》，人民文学出版社 2000 年版。

51. 1927 年，巴金：《西贡》，选自《海行杂记》，1927，《巴金全集·第 11 卷》，人民文学出版社 1961 年版。

52. 1927 年，巴金：《新加坡》，选自《海行杂记》，1927，《巴金全集·第 11 卷》，人民文学出版社 1961 年版。

53. 1928 年，徐志摩：《浓得化不开·星加坡》，原载于 1928 年 12 月 10 日的《新月》周刊第 1 卷第 10 期，见顾永棣、顾倩编《徐志摩小说全集》，学林出版社 2005 年版。

54. 1928 年，杨骚：《受难者的短曲》，上海开明书店 1928 年版。

55. 1928 年，聂绀弩：《马来琴歌》，1928 年作，原载于 1930 年 10 月 5 日南京《文艺月刊》第 1 卷第 3 号，《聂绀弩全集》第 5 集，武汉出版社 2004 年版。

56. 1928 年，卓宏谋：《南洋群岛游记》，北平王驸马胡同卓宅 1928 年版。

57. 1928 年，洪灵菲：《流亡》，现代书局 1928 年版，又见《洪灵菲选集》，人民文学出版社 1982 年版。

58. 1928 年，洪灵菲：《转变》，亚东图书馆 1928 年版。

59. 1928 年，徐志摩：《浓得化不开·星加坡》，短篇小说，原载于 1928 年 12 月 10 日《新月》月刊，见顾永棣、顾倩编《徐志摩小说全集》，学林出版社 2005 年版。

60. 1929 年，洪灵菲：《归家》，现代书局 1929 年版。

61. 1929 年，许杰：《马戏班》，中篇小说，上海朝阳社 1929 年版。

62. 1929 年，邬翰芳：《菲律宾考察记》，商务印书馆 1929 年版。

63. 1929 年，许杰：《锡矿场》，上海明日书店 1929 年版。

64. 1929 年，邱守愚：《美哉南洋》，上海舆地书社 1929 年版。

65. 1930 年，洪灵菲：《大海》，《拓荒者》1930 年第 1 卷第 2 期至第 3 期。

66. 1930 年，聂绀弩：《马来琴歌》，原刊于 1930 年，见《聂绀弩全集》第五卷，武汉出版社 2000 年版。

67. 1930 年，丁玲：《韦护》，长篇小说，原载于 1930 年 1—5

月〈小说月报〉第 21 卷 1—5 号，单行本由大江书铺 1930 年 9 月出版。见丁玲《在黑暗中》，人民文学出版社 2000 年版。

68. 1930 年，胡也频：《光明在我们的前面》，1930 年 10 月春秋书店初版，见《胡也频选集·下册》，福建人民出版社 1981 年版。

69. 1930 年，许杰：《椰子与榴莲》（南洋漫记），上海现代书局 1930 年版，引自河北教育出版社 1994 年版。

70. 1930 年，刘薰宇：《南洋游记》，上海开明书店 1930 年版。

71. 1931 年，张资平：《上帝的儿女们》，上海光明书局 1931 年版。

72. 1931 年，老舍：《小坡的生日》，长篇小说，1931 年 1—4 月，小说月报第 22 卷第 1—4 号连载，生活书店 1943 年版。见《老舍文集·第三卷》，人民文学出版社 1981 年版。

73. 1931 年，王志成：《南洋风土见闻录》，商务印书馆 1931 年版。

74. 1931 年，傅绍曾：《南洋见闻录》，北京师范大学图书馆 1931 年版。

75. 1932 年，陈枚安：《南洋生活》，上海世界书局 1932 年版。

76. 1932 年，沈厥成：《南洋奇观》，良友图书印刷有限公司 1932 年版。

77. 1932 年，罗井花：《南洋旅行记》，中华书局 1932 年版。

78. 1932 年，刘呐鸥：《赤道下》，原载于 1932 年 11 月上海《现代》第 2 卷第 1 期，见《都市风景线》，浙江文艺出版社 2004 年版。

79. 1933 年，梁士杰：《南洋故事》，上海儿童书局 1933 年版。

80. 1934 年，鲁迅：《致刘炜明》1934 年 12 月，见《鲁迅全集·第十二卷》（书信），人民文学出版社 1982 年版。

81. 1934 年，罗靖华：《长夏的南洋》，中华书局 1934 年版。

82. 1935 年，侣伦：《红茶》，岛上社 1935 年版。

83. 1935 年，林参天：《浓烟》，上海书店 1935 年版。

84. 1935 年，郑健庐：《南洋三月记》，中华书局 1935 年版。

85. 1935 年，田汉：《回春之曲》，普通书店 1935 年版，见《田汉剧作选》，人民文学出版社 1955 年版。

86. 1935 年，艾芜：《漂泊杂记》，上海生活书店 1935 年版。

87. 1935 年，艾芜：《南行记》，上海文化生活出版社 1935 年版。

88. 1936 年，艾芜：《芭蕉谷》，原载于 1936 年 6 月《文学》第 6 卷第 6 期，见《南行记》，华夏出版社 2009 年版。

89. 1936 年，巴人：《证章》，生活书店 1936 年版。

90. 1937 年，何尔玉等：《南洋群岛一瞥》，商务印书馆 1937 年版。

91. 1937 年，许瀚：《南洋丛谈》，杭州"现代书局"1937 年版。

92. 1937 年，杨文瑛：《暹罗杂记》，商务印书馆 1937 年版。

93. 1938 年，萧乾：《劫后的马来亚》，见《萧乾选集·第二卷》，四川人民出版社 1983 年版。

94. 1939 年，许地山：《玉官》，原载于 1939 年的《大风》，见《无忧花》，江苏文艺出版社 2008 年版。

95. 1939 年，金丁：《旁观者》，原见于 1939 年 4 月《南洋周刊》第四期，见方修主编《金丁作品选》，新加坡上海书局有限公司 1980 年版。

96. 1939 年，吴天：《孤岛三重奏》，国民书店 1939 年版。

97. 1939 年，林语堂：《京华烟云》英文版，见北京外语教学与研究出版社同名版本 1999 年版。

98. 1940 年，吴天：《海恋》，国民书店 1940 年版。

99. 1941 年，司马文森：《菲岛梦游记》（出版地不详）1941

年版。

100. 1941 年,陈残云:《南洋伯还乡》,中篇小说,香港南侨编译社 1941 年版,见《陈残云自选集》,花城出版社 1983 年版。

101. 1941 年,侣伦:《黑丽拉》,上海中国图书公司 1941 年版。

102. 1941 年,郁达夫:《马六甲游记》,见《郁达夫全集》,浙江出版社 2007 年版。

103. 1942 年,马宁:《香岛风云》,桂林科学出版社 1942 年版。

104. 1942 年,茅盾:《过封锁线》,原刊于 1942 年 12 月 15 日《文艺杂志》第 2 卷第 1 期,见《茅盾全集·小说 9 集》,人民文学出版社 1985 年版。

105. 1943 年,南达:《采椰集》,重庆独立出版社 1943 年版。

106. 1943 年,张爱玲:《倾城之恋》,初载于 1943 年《万象》第 3 卷第 5 期,见《倾城之恋》,北京十月文艺出版社 2009 年版。

107. 1943 年,马宁:《风雨南洋》,桂林椰风出版社 1943 年版。

108. 1944 年,陈残云:《走出马来亚》,见《陈残云自选集》,花城出版社 1983 年版。

109. 1944 年,张爱玲:《白玫瑰与红玫瑰》,原载于 1944 年 5、6、7 月《杂志》第 13 卷第 2、3、4 期,第三期,第四期。见《红玫瑰与白玫瑰》,北京十月文艺出版社 2009 年版。

110. 1945 年,巴人:《五祖庙》,花城出版社 1986 年版。

111. 1945 年,司马文森:《妖妇》,新陆出版社 1945 年版。

112. 1946 年,黄谷柳:《孤燕》,香港《工商日报》1946 年 7 月 3 日至 8 月 19 日。

113. 1946 年,无名氏:《野兽·野兽·野兽》,中国文联出版公司 1989 年版。

114. 1946 年,陈残云:《南洋伯还乡》,见《陈残云自选集》,花城出版社 1983 年版。

115. 1946 年，吴天：《春雷》，开明书店 1946 年版。

116. 1947 年，陈佐洱：《南洋游猎记》，上海金屋书店 1947 年版。

117. 1947 年，桂华山：《菲律宾狱中回忆录》，华侨投资建业公司 1947 年版。

118. 1947 年，杜埃：《萨克林田庄》《法布尔的家》《番娜》，见《丛林曲》，作家出版社 1947 年版。

119. 1948 年，杜运燮：《诗四十首》，文化生活出版社 1948 年版。

120. 1948 年，聂绀弩：《上岸》，见《聂绀弩全集》第四卷，武汉出版社 2000 年版。

121. 1948 年，陈烈甫：《菲游观感记》，南侨通讯社 1948 年版。

122. 1949 年，杜埃：《在吕宋平原》，人间书屋 1949 年版。

123. 1949 年，无名氏：《海艳》，花城出版社 1995 年版。

124. 1949 年，司马文森：《南洋淘金记》，长篇小说，香港文生出版社 1949 年版，见人民文学出版社同名版本 1986 年版。

125. 1950 年代，姚紫：《咖啡的诱惑》，漓江出版社 1987 年版，海外华文文学丛书。

126. 1950 年代，苗秀：《新加坡屋顶下》，漓江出版社 1987 年版，海外华文文学丛书。

127. 1951 年，吴进（杜运燮）：《热带风光》，香港学文书店 1951 年版，见《海城路上的求索》，中国文学出版社 1998 年版。

128. 1940 年代末至 1950 年代初，巴人：《印尼散记》，湖南人民出版社 1985 年版。

129. 1955—1956 年，秦牧：《松鼠》《回国》等，见《秦牧华侨题材作品选》，福建人民出版社 1984 年版。

130. 1956 年，丁作韶：《东南亚游记》，台北：帕米尔书店 1956

年版。

131. 1957 年，谢冰莹：《菲岛游记》，台北：力行书局 1957 年版。

132. 1950 年代，凌叔华：《我所知道的槟城》，见《爱庐山梦影·凌叔华经典作品》，当代世界出版社 2004 年版。

133. 1960 年代，徐訏：《马六甲的天气》，见黄傲云《中国作家与南洋》，香港科华图书出版公司 1972 年版。

134. 1960 年，钟理和：《雨》，选自《原乡人》，华夏出版社 2009 年版。

135. 1964 年，司马文森：《桐江风雨》，作家出版社 1964 年版。

136. 1974 年，张枫：《胶林儿女》，广东人民出版社 1974 年版。

137. 1982 年，聂绀弩：《华民政务司》，见《聂绀弩全集·第 4 卷》，武汉出版社 2000 年版。

138. 1983 年，白刃：《南洋漂流记》，花城出版社 1983 年版。

139. 1983 年，黄浪华：《飘泊南洋》，人民文学出版社 1983 年版。

140. 1984 年，陈残云：《热带惊涛录》，花城出版社 1984 年版。

141. 1985 年，杜埃：《风雨太平洋》（全 3 册），1985（第一部花城出版社），2002（第二、三部珠海出版社）。

142. 1986 年，张系国：《雾锁南洋》原刊于中央日报，1986 年，见《男人的手帕》，台湾洪范书店 1990 年版。

143. 1990 年，萧村：《新加坡情思》，中国华侨出版社 1990 年版。

144. 1994 年，郑良树：《青云传奇》和《石叻风云》，香港中文大学海外华人研究社 1994 年版。

145. 1990 年代，黄锦树：《死在南洋》，山东文艺出版社 2007 年版。

146. 2001 年，九丹：《乌鸦——我的另类留学生活》，长江文艺出版社 2001 年版。

147. 2001 年，王安忆：《伤心太平洋》，时代文艺出版社 2001 年版。

148. 2002 年，张笑天：《张笑天文集·长篇小说卷·南洋岁月》，吉林人民出版社 2002 年版。

149. 2003 年，董桥：《旧时月色·辑一（南洋）》，江苏文艺出版社 2003 年版。

150. 2005 年，葛红兵：《葛红兵海外日记》，长江文艺出版社 2005 年版。

151. 2006 年，张悦然：《誓鸟》，光明日报出版社 2006 年版。

152. 2009 年，杨金远：《下南洋》，群言出版社 2009 年版。

153. 2010 年，俞智先、廉越：《下南洋》，花城出版社 2010 年版，同名电视剧剧本。

154. 2010—至今：南洋网络小说：《南洋华侨的崛起》《翡翠人生》《南洋霸主》《南洋往事》《南洋人民》等。

后　记

不敢相信，我博士后出站已有十二年之久，这些年，停停转转、犹犹豫豫，错过了一次次离开惠州的机会，就好像错过了人生中的无数好姻缘。悔吗？当然有过。可翻开这本十二年前写的博士后报告，如同见到了十二年前的自己，那时，我对学术充满热诚，现在，我热爱学术的初心仍在。足矣，没有大城市、没有高平台，遭遇过生活的种种非难，我依然拥有热爱学术的心情和热情，这难道不是奇迹吗？我满足了。

回忆起在中国社会科学院的短短两年，满满的都是感激。金丽师妹如精灵般的身影和她善良体贴的心，是位于望京的社科院研究生宿舍楼最美的风景，和她在一起蹭课北大清华的时光是那么浪漫美好，她仿佛是我前生的牵绊，离开北京多年后我还暗自牵挂着她的一切。君毅师妹勤奋聪慧、沉稳温柔，有着超出同龄人的忍耐力，她点点滴滴地感化着我的狂躁不安，有如菩萨低眉，却照见众生。学术渊博、为人谨慎的思清师兄，是我崇拜的偶像，他清秀谦和的外里藏着一颗桀骜不驯的心，对待学术上的任何一个细节，他都有他的坚持和识见，我竭力想靠近他，想从他身上得一点仙气，获一点学术的灵性，可惜这么多年，只能仰望，不可抵达。还有巨川兄，豪爽讲义气，多次帮我，还让我心安理得地接受，心存感激。

最庆幸的是，当年杨义老师还在所里，每日可以见到他，听他天南海北地闲聊。大家集聚在他小小的房子里，站着、靠着、坐着，各种姿态，你一言我一语，却欢喜自在。我对学术的真正认知，也就是在这样的闲谈中慢慢获得的，在杨老师的身上，我感受到了学术之大，学术之美，学术对于人生的支撑意义。感恩自己的遇见，能遇见像杨老师一样的学术高人，此生有何遗憾？文学所的老师们都很优秀，现在上海交大的张中良老师，总在轻言细语间拨云见雾，对我的教益提携不敢忘；黎湘萍老师，听他的课既感受到他的热情，也感受到他的睿智，满满的享受感。

在我心中，赵稀方老师如亲人，似兄长。初见他是在一次大会上做后殖民理论的学术报告时，我惊为天人，无比向往；而后的一次学术同行又让我见到了他的守信与单纯；也许因我的血脉里也流淌着向往自由、简单生活的因子，我觉得赵老师是个理想的学人，可亲可信。我一心想做他的博士后，也终于梦想成真。这么多年来，我从未向赵老师请求过什么，也从未刻意亲近过他，是因为我懂得我们都是同样的人，不太想麻烦别人。这次博士后论文出版时，我急切地恳求他写个序言，他一答应我就流泪了，是的，师生之情是三生修来的缘分，有一份情足矣，夫复何求？

助我写出这本书的，还有我的两位导师，暨大的王列耀先生和复旦的陈思和先生，王老师指引我进入东南亚华文文学研究领域，陈老师为我这本书写过推荐语，有了他们温暖的学术庇护，我的人生就有了光，任何的逆境都不会干扰我了，深谢两位恩师。

我还要感谢我深爱的家人，我的学术朋友和惠州学院的领导和同事们。我知道，我的根已经深深扎入惠州的泥土里，如今，

后　记

虽没有苏轼不辞长作岭南人的豪情，却也明白了命运的安排不可违逆，就算是在这粤港澳大湾区的边隅之地，我依然会向上生长，在安静的书房里成就每一天的璀璨！

最后，感谢我美丽善良的好师姐郭晓鸿女士，为这本书的出版，她耗费了太多心力，我铭记在心，永不敢忘。

颜　敏